L'Infaillible Silas Lord

Du même auteur
dans la même collection

L'assassin habite au 21
Le condamné meurt à cinq heures
Quai des Orfèvres
Une veuve dort seule

Collection de romans d'aventures
créée par Albert Pigasse

www.lemasque.com

S.A. Steeman

L'Infaillible Silas Lord

ÉDITIONS DU MASQUE
17, rue Jacob, 75006 Paris

À mon vieux complice, SINTAIR, à l'ingéniosité de qui Carolus Gertner et E.B. Mars doivent d'avoir été empoisonnés sans savoir comment, bien amicalement.

Prologue

Il en va de certains lieux comme de certaines gens. Le temps ne paraît pas les toucher.

Ainsi, à Ostende, le square Clémentine et son vis-à-vis, le square Stéphanie, demeurent, à peu de chose près, tels qu'ils étaient au début du siècle. Les coquettes petites villas – pour la plupart de style rococo – qui farandolent, autour d'un îlot de verdure, continuent d'abriter de vieux soldats retraités, de petits ménages bourgeois, des officiers de marine et leurs épouses esseulées, des docteurs, des notaires. Les noms mêmes qu'elles portent appartiennent au passé, à cette époque heureuse et insouciante dont le souvenir a comme un goût de champagne. Il y a une villa Régina, *anno* 1891, une villa Circé, *anno* 1898, une villa Linda-Béatrice, une villa Honoré-Mafalda, et le promeneur qui s'est égaré dans ces parages s'arrête, étonné. Des servantes lavent des seuils à grande eau, un vieux monsieur en pantoufles émonde ses rosiers, un robinet invisible fait un bruit de source, tout est clair, net, luisant ! Le promeneur se prend à rêver. Tant de sérénité l'accable. Il est prêt à jurer que rien ne saurait la rompre.

Notre promeneur n'est pas du pays.

Le crime – commis dans la nuit du 8 au 9 juillet 1906 – fut découvert, le 9, à 8 heures du matin, et tout Ostende, avant midi, en était informé.

Le premier à savoir – après Mme Pluche, la femme de ménage – fut le petit Silas. Il jouait sagement, dans le square, quand Mme Pluche sortit, en boulet de canon, de la villa de l'Alma. La pauvre femme était livide, elle avait perdu une de ses savates et criait d'une voix perçante : « Au secours !... Mademoiselle !... On a tué Mademoiselle ! »

Le petit Silas demeura tout interdit. Sa toupie s'aventura dans la rigole et disparut dans un égout, sans qu'il fît rien pour la rattraper. Mme Pluche, après avoir tourné sur elle-même à plusieurs reprises, s'était finalement élancée dans la direction du commissariat le plus proche, laissant la porte de la villa grande ouverte sur un trou d'ombre.

Le petit Silas éprouvait une étrange et pénible sensation, inconnue jusqu'alors. Exactement comme si un enchanteur malin l'avait transformé en statue ou en arbre. Sa gorge était serrée et il ne pouvait détacher son regard de la porte de la villa.

Comme dans un rêve, la voix de Mme Pluche continuait de lui parvenir, de plus en plus lointaine, de plus en plus irréelle : « Mademoiselle !... On a tué Mademoiselle ! »

À son grand étonnement, le petit Silas se retrouva assis sur le bord du trottoir ensoleillé. Des gens commençaient à apparaître aux fenêtres, couraient çà et là, comme des perdus, s'interpellaient de seuil à seuil.

Mlle Flore ! Le petit Silas l'avait vue bien souvent – pas au théâtre, pour sûr, un petit garçon comme lui ne va pas au théâtre – mais dans la rue, à sa fenêtre, dans son jardin, ou encore au retour des courses, mollement assise sur les coussins d'un fiacre, ses jupes bouillonnantes étalées autour d'elle, le visage abrité par une ombrelle à volants. Elle occupait, dans son cœur, une place à part. Elle était si jolie, si... différente de toutes les personnes qu'il connaissait. Confusément, il sentait, cependant, qu'exprimer cette admiration devant autrui – son père ou sa mère, par exemple – n'eût pas été sans danger. Mme Lord disait, en parlant de la jeune femme : « *Cette* Mlle Flore... », tandis que M. Lord ricanait méchamment.

Et voilà qu'on l'avait tuée. Assassinée ! Comme dans un livre.

Le petit Silas rôda, toute la matinée, aux abords de la villa. Quand la police fit circuler les curieux, il sut échapper à son œil vigilant. Il vit des fiacres débarquer des messieurs à l'aspect solennel, les uns portant sous le bras de lourdes serviettes de cuir, les autres maniant avec précaution des appareils photographiques. Son cœur, cependant, demeurait serré et il ne parvenait pas à s'amuser vraiment de ce spectacle extraordinaire. En d'autres temps, son imagination lui eût suggéré toutes espèces de jeux auxquels auraient inconsciemment participé les importants personnages allant et venant autour de lui. Ils seraient devenus, tour à tour, trappeurs, Indiens Comanches, affiliés de la Main Noire, Thugs déguisés. Et le petit Silas aurait eu, à la main, une invisible Winchester à l'inépuisable changeur. Hélas ! aujourd'hui, Mlle Flore occupait toutes ses pensées. Il essayait de se la représenter morte – c'est-à-dire moins jolie que d'habitude – et n'y réussissait pas.

Les parents du petit Silas tenaient un magasin de tabac et cigares, au coin de la chaussée de Thourout et de la chaussée de Nieuport. Eux aussi, naturellement, avaient été parmi les premiers à apprendre l'événement et on ne parla pas d'autre chose au déjeuner.

– Tu ne manges pas ! dit soudain M. Lord à son fils. Si je savais que tu t'es de nouveau bourré de caramels...

– Laisse ce petit tranquille ! intervint Mme Lord. Il a hérité ma nature sensible. Tu vois bien que cette affaire l'a bouleversé.

– En tout cas, reprit M. Lord, désireux de sauvegarder son autorité, je te défends d'aller jouer par là, cet après-midi.

L'enfant demeura silencieux. Il aimait, d'ordinaire, la riche odeur de havane qui emplissait la salle à manger et se faisait plus précise chaque fois que son père ou sa mère entrouvraient la porte du magasin pour aller servir un client. Mais, aujourd'hui, elle lui levait le cœur. Et la sonnerie de la porte d'entrée le faisait sursauter sans répit.

– Alors, étranglée d'une seule main ? avait chuchoté, en sortant de la villa, le gros monsieur décoré qui devait être le juge d'instruction.

Et le grand maigre, qui marchait à ses côtés, avait hoché la tête gravement, en homme qui ne veut pas se compromettre.

Avant 2 heures, le petit Silas avait regagné son poste d'observation. Un gamin éveillé apprend pas mal de choses en se cachant dans l'ombre des grandes personnes. Les journaux du soir, lus en cachette, achevèrent de renseigner l'enfant.

Mlle Flore, en vêtements de nuit, avait été trouvée étranglée sur son lit. Un certain désordre régnait dans la chambre à coucher, mais c'était le désordre que Mlle Flore avait l'habitude d'y mettre. On se perdait en conjectures sur les mobiles du crime. Rien n'avait été volé et le meurtrier s'était montré suffisamment habile pour ne laisser aucun indice derrière lui. Détail particulièrement troublant : toutes les fleurs – roses rouges et roses roses – garnissant, comme à l'accoutumée, la chambre à coucher, avaient été répandues sur le cadavre.

En partie peut-être à cause de cette macabre et romantique mise en scène, les enquêteurs penchaient à croire au crime passionnel et leurs soupçons s'étaient portés sur l'amant de cœur de la victime, jeune débauché vivant d'expédients, connu, dans les milieux où l'on s'amuse, sous le sobriquet de « Gardénia ». Le petit Silas comprit très vite que l'individu ainsi désigné était le grand jeune homme blond qu'il avait vu quelquefois, non sans une secrète jalousie, s'empresser auprès de Mlle Flore ou pénétrer furtivement chez elle, le soir, en habit et chapeau haut de forme, une fleur blanche à la boutonnière. Le petit Silas aurait autant aimé que ce fût lui le coupable, mais « Gardénia » – de son vrai nom : Peter Marie – avait pu fournir un alibi. Il prétendait avoir passé toute la nuit dans un tripot, le *Tonkin,* ce qui était confirmé par divers témoignages. En vérité, ceux-ci n'établissaient pas la présence constante du jeune homme au *Tonkin,* mais rendaient sa culpabilité fort improbable. *Ajoutons,* concluaient les journaux, *qu'il semble difficile, sinon impossible, d'étrangler quelqu'un d'une seule main. Or, Peter Marie, victime jadis d'un accident de voiture, a une main et un avant-bras artificiels.*

Le petit Silas eut, cette nuit-là, d'affreux cauchemars. Des doigts osseux le saisissaient à la gorge et l'étranglaient lentement, tandis qu'une créature rampante, cachée sous son lit, lui rendait le service imprévu de râler pour lui.

Le lendemain matin, l'enfant parut plus soucieux, plus ému encore que la veille. Sa mère voulut le garder à la maison, mais il réussit à tromper sa vigilance et, sitôt dans la rue, courut à la villa de l'Alma.

Tous les volets en étaient baissés. Elle paraissait aveugle et sourde. Sur le trottoir, un agent de police faisait les cent pas.

« Est-ce que les maisons ont, quelquefois, de la peine ? » se demanda le petit Silas. Puis il repoussa cette idée baroque, comme indigne d'un garçon de son âge.

Toute la journée, il demeura là, évitant le regard de l'agent, se rongeant les ongles jusqu'au sang, méditant les projets les plus fous. Il connaissait toutes les villas du square, avait, par la pensée, pénétré cent fois dans chacune. Il lui était arrivé d'éprouver quelque difficulté. Mais la villa de l'Alma était de celles qui se défendent mal contre l'intrus, grâce à sa cuisine située au sous-sol et prenant jour au ras du trottoir.

Avant même d'avoir compris ce qui lui arrivait, le petit Silas eut, dans la main, un lourd caillou pointu. Le bris du carreau fit se retourner l'agent. Mais les fenêtres de la cuisine et l'enfant, dissimulé derrière un arbre, étaient, également, hors de sa vue. Il reprit, philosophiquement, sa ronde.

Vers 8 heures du soir, le petit Silas obtint de son père l'autorisation d'aller acheter un cahier et des plumes. Cinq minutes plus tard, il se glissait dans le jardinet de la villa de l'Alma. Un bruit de pas le fit se jeter par terre. Le sol parut l'engloutir.

Alors, commença vraiment, pour l'enfant, la passionnante et dramatique aventure qui devait orienter sa vie. Il s'était coupé au genou, en tombant sur le carrelage de la cuisine semé de morceaux de verre. Dans cette obscurité d'un noir d'encre qui le faisait crier de peur *quand il était petit*, il se dirigea à tâtons vers la porte. Elle était coincée par des sacs écroulés. Il dut lutter longtemps pour en venir à bout. Enfin, étouffant bravement les battements désordonnés de son cœur, les yeux fixés droit devant lui, guetté par tous les démons de la nuit, il monta vers la chambre du crime.

Avant de quitter le magasin paternel, prévoyant son audacieuse escapade sans oser y croire, il avait fourré, dans sa poche, un bout de bougie et une boîte d'allumettes. Appelant à son aide tous les invisibles affidés qui l'assistaient en chaque circonstance difficile de sa vie, il se mit à errer, sa chandelle au poing, dans les pièces endormies, petit spectre épouvanté par sa propre ombre.

Il savait que la chambre de Mlle Flore était située au premier, sur le devant, et pensa mourir au moment d'en pousser la porte. Si l'assassin l'attendait, de l'autre côté du battant ?

L'assassin n'était pas là. La morte non plus, heureusement ! Peu familiarisé avec les méthodes de la police, le petit Silas s'était demandé, pendant un instant, si on ne laissait pas les cadavres là où ils étaient tombés, jusqu'à conclusion de l'enquête... Tout compte fait, il redoutait plus encore de se trouver face à face avec le cadavre qu'avec le meurtrier.

Les jambes coupées par l'émotion, il s'assit sur le premier fauteuil venu, enfonça sa bougie dans un vase à col étroit, posa celui-ci entre ses jambes. Il ne fallait pas qu'on vît la moindre lumière filtrer entre les volets ou alors... Il préférait ne pas penser à ce qui se passerait alors !

Sa main gauche était criblée de petites gouttes de cire chaude. Il se mit à la frotter énergiquement et, dans l'instant, eut conscience de sa folie. Qu'était-il venu chercher ici ? Ne risquait-il pas la prison, si on le surprenait ?

Sûrement si ! On devait fourrer des enfants dans des maisons de correction pour moins que cela... Mais cette perspective même, pour si redoutable qu'elle lui parût, demeura impuissante à lui faire abandonner la place.

La chambre était toute rouge. Elle paraissait telle, du moins, grâce à la flamme vacillante de la bougie qui incendiait les murs, créait des effets d'ombre et de lumière surprenants. Un paravent de Coromandel vacillait, eût-on dit, sous la poussée de toute une famille de cruels mandarins, un babouin de peluche semblait sur le point de sauter de l'ottomane où il était couché.

Le petit Silas éprouvait – en dépit de sa peur ou, plus probablement, à cause d'elle – un bonheur inouï. Il en arrivait presque à oublier que Mlle Flore était morte. Seul comptait le plaisir de se trouver dans sa chambre, au milieu de toutes ces belles choses qui paraissaient s'animer discrètement pour lui faire accueil.

Il comprenait mal ce qui lui arrivait. Il n'aurait rien pu expliquer. Mais il eût volontiers pleuré s'il avait su pourquoi.

Il s'était proposé d'aller et venir dans la chambre, de toucher aux choses. Il ne pouvait pas. Il demeurait là, écrasé dans son fauteuil par des sensations trop violentes pour un petit garçon de son âge, au bord de la féerie comme à cette minute merveilleuse où l'on glisse sur la pente du sommeil.

Par moments, un menu craquement ou un grésillement de la bougie dissipait brutalement sa quiétude. Mais il se rassurait vite. Lorsqu'il eut le plus peur, c'est quand se déclencha le timbre grêle d'une pendule invisible.

Il compta les coups, se trompa, car les premiers l'avaient surpris et il n'aurait su dire s'il avait commencé de compter à partir de deux ou de trois. Il finit par se convaincre qu'il était 9 heures, promena autour de lui un regard attentif et le sentiment de son impuissance l'envahit.

Ses héros préférés, à peine arrivés sur les lieux d'un crime, distinguaient d'un coup d'œil le précieux indice qui les conduirait à la vérité. Ils ne se trompaient jamais. S'il y avait quelque chose à voir sur le tapis, c'était le tapis qu'ils regardaient. Si le coupable avait perdu un bouton de manchette sur le lit, c'était sur le lit qu'ils se penchaient...

Hélas ! le petit Silas avait beau froncer le sourcil, rien n'attirait spécialement son attention. Tout la sollicitait, sans doute, mais rien ne la retenait. Et – pour la première fois de sa vie – il jugea sans sévérité le policier ordinaire qui ne découvre jamais rien.

Il avait la partie belle, cependant... Si le corps rigide de Mlle Flore avait disparu, tout le reste, en effet, était demeuré tel que l'avaient trouvé les magistrats. Devant un petit secrétaire aux tiroirs ouverts, un fauteuil placé en oblique semblait avoir été repoussé, l'instant d'avant, par une main impatiente. Les coussins de la bergère demeuraient creusés en leur milieu. Comme tombée à la renverse sur le dossier d'une chaise, une robe de liberty absinthe aux manches pendantes se donnait des airs de victime. Le lit, avec ses draps arrachés, ressemblait à une nef frangée d'écume. Du linge aux mousseuses dentelles mettait, çà et là, comme de blancs bouquets de mariée. Un flacon débouché continuait d'imprégner l'atmosphère d'un parfum de lavande. Enfin, il y avait les fleurs... Ces milliers et milliers de pétales qu'une main meurtrière avait répandus, comme une semence vénéneuse, sur le corps de la victime.

Fut-ce l'odeur amère des fleurs mortes ? Fut-ce l'émotion ? Le petit Silas sentit sa tête dodeliner, ses yeux se fermer. Il avait remarqué au-dessus du lit un adorable portrait au pastel. Mlle Flore en descendit, rieuse, prit le petit Silas par la main et l'entraîna dans une course folle...

Quand l'enfant rouvrit les yeux, la bougie tirait à sa fin. Tout autour de lui, les ombres s'accusaient davantage de seconde en seconde, le rouge sourd du tapis, les bleus, les blancs jetaient leurs dernières notes de couleur, comme des cris.

Alors, ce qu'aucun de ces policiers clairvoyants n'avait vu, la veille, ce détail de rien du tout qui eût échappé à une foule d'observateurs, cette aiguille cachée sur une pelote, cet épi caché dans une gerbe, sauta brusquement aux yeux du petit Silas.

Hébété, il vit, parmi le monceau de pétales tombés du lit, comme deux flocons de neige jumeaux. Sans doute, sans cette disparition progressive, cette mort lente de la lumière, ne les eût-il jamais distingués. Il retint un cri, se pencha...

Les seules fleurs qui eussent garni la chambre de Mlle Flore, le jour de sa mort, étaient des roses, des roses de Damas passant par toute la gamme des rouges et des roses. Les journaux l'avaient signalé et la subtile harmonie de tons qui se révélait dans chaque détail de l'ameublement ne laissait aucune prise au doute.

Or, les flocons de neige jumeaux étaient deux pétales blancs, d'un blanc crémeux, des pétales de...

Le petit Silas se redressa et tendit une main tremblante vers le pastel où Mlle Flore continuait de sourire. Cette image, il l'emporterait. Il l'avait méritée.

Sa rentrée tardive valut au petit Silas le plus sévère châtiment – traduisez : la plus sensationnelle raclée – de son enfance. Il l'accepta avec stoïcisme, sans une plainte. Et ce fut à partir de ce jour qu'on lui vit un nouveau visage, fermé et réfléchi, visage d'homme qu'un secret sordide ou magnifique fait plus riche et plus puissant que ses semblables.

Le crime – je crois l'avoir dit – avait eu lieu dans la nuit du 8 au 9 juillet 1906... Dans celle du 8 au 9 juillet 1909, Peter Marie, alias « Gardénia », se tirait une balle dans la tempe.

Chaque courrier lui apportait, depuis trois ans, une lettre anonyme le pressant – en termes puérils et vengeurs – de suivre sa victime dans la mort[1].

1. C'est grâce aux confidences soutirées, quelque trente ans plus tard, à Silas Lord lui-même, que j'ai pu reconstituer ce qui précède.

PREMIÈRE PARTIE

THE RIGHT MAN...

1

SILAS LORD ET SON ÉQUIPE

L'homme était grand – un mètre quatre-vingts environ – et légèrement voûté. Il portait un costume de tweed fatigué, mais encore élégant, une chemise de soie gris perle, au devant chiffonné, et un chapeau de feutre souple, bosselé à la diable. Une barbe de plusieurs jours envahissait, jusqu'aux pommettes, son visage maigre et cuivré. La silhouette typique de l'aventurier ! Mais ce qui me frappa le plus, en lui, dès l'abord, ce furent ses yeux clairs, comme délavés, déteints par d'éblouissants midis, son regard d'une étrange fixité, le sourire, enfin, railleur et dédaigneux, qui – on le sentait – devait rarement quitter ses lèvres.

En entendant frapper, j'avais vivement repoussé ma chaise. L'inconnu s'encadra, néanmoins, dans la porte large ouverte, alors que je n'en étais encore qu'à mi-chemin. Il convient d'avouer que j'avais perdu deux ou trois secondes à faire disparaître le cent unième fascicule des *Aventures de Nick Carter* et la bouteille de porto dont j'attendais un moment d'oubli.

– Pardon, dis-je, mais…

Je restai court. Ma timidité a toujours crû en raison directe de l'assurance d'autrui, et celle de l'inconnu me stupéfiait littéralement.

Sans m'accorder un regard, l'homme au complet de tweed pénétra dans le bureau, le traversa sans hâte et disparut à mes yeux, par la porte du fond. Je l'entendis fureter dans les pièces contiguës, et peut-être l'excès de mon indignation m'eût-il finalement inspiré le courage de l'y suivre s'il n'était revenu sur ses pas, en lançant un appel bref :

– Hep !

L'appartement – l'ex-appartement de M. Papapoulos – fut, aussitôt, envahi par un groupe d'individus qui avaient dû attendre, jusque-là, sur le palier. Ceci était bien fait pour me confirmer dans l'idée d'un guet-apens. Toutefois, l'aspect des nouveaux venus me rassura. À leurs vêtements, on reconnaissait des artisans. Mieux, chacun d'eux offrait un type si accompli qu'on eût dit les porte-drapeau de leurs corporations. Les deux premiers étaient plombier et menuisier, les autres électricien, vitrier, tapissier… et je ne pus m'empêcher de concevoir une secrète admiration – admiration appelée à croître et embellir – pour l'homme étonnant qui avait su réunir, à une heure et en un lieu dits, d'aussi fuyants personnages.

Je fis un pas en avant, puis deux en arrière. Personne ne semblait se soucier de ma présence. Religieusement écouté, l'inconnu au complet de tweed donnait des ordres, d'une voix brève et impérieuse, et, pendant dix bonnes minutes, je n'entendis guère que des formules lapidaires de ce genre :

– Vous m'arracherez cette tapisserie... je veux des placards de là à là... Ici, une vraie cheminée... Au centre de cette rosace : un plafonnier... Vous me flanquerez cette cloison par terre... Quant au petit clocher bleu, là-bas, je tiens à le contempler, de mon bureau, sans attraper un torticolis... Vous élargirez la baie.

Et – nouveau miracle – il y en avait toujours un des cinq – du menuisier, du plombier, de l'électricien, du tapissier ou du vitrier – pour répondre avec humilité :

– Bien, monsieur.

– Je vous donne quarante-huit heures ! conclut l'inconnu d'un ton sans réplique.

Comme il achevait, il se trouva nez à nez – si l'on peut dire – avec les aspidistras dont M. Papapoulos entretenait une véritable plantation et les considéra d'un air courroucé.

Le tapissier intervint :

– Des fois que vous ne tiendriez pas spécialement à ces machins-là, monsieur, je peux les emporter. Voilà des mois que ma femme me tarabuste pour que je lui en achète.

– Ça va bien. Vous les lui offrirez de ma part.

Un bruit de pas se faisait entendre depuis quelques instants dans l'escalier sans tapis. Je tournai la tête vers la porte, juste à temps pour voir apparaître deux nouveaux personnages. Ils n'offraient rien de très remarquable et ma perplexité grandissante m'empêcha, du reste, de leur consacrer beaucoup d'attention. Encore maintenant, je les décrirais malaisément en détail. Vêtus de façon voyante et négligée, ils étaient, tous deux, petits, nerveux et basanés. Mais à cela se bornait leur ressemblance. Pour le reste, on eût dit que la nature s'était complu à les opposer l'un à l'autre. Ainsi, le premier était chauve – le deuxième, exceptionnellement chevelu. Je crois que j'en aurai tracé le portrait le plus fidèle en déclarant qu'on s'attendait à leur voir exécuter, à tout moment, un sketch comique.

Ils entrèrent, naturellement, comme chez eux. Et – naturellement – ils n'eurent pas un regard pour ma modeste personne. Il est vrai que je commençais à m'habituer !

– Eh bien ? interrogea l'inconnu au complet de tweed, dès qu'il les eut aperçus.

– Trüde réclame un nouveau délai, dit le chauve. Il prétend n'être pas en mesure de s'exécuter avant la fin de la semaine. Je lui ai répondu que je vous en parlerais mais...

– Il fallait lui répondre...

Ici, devrait normalement figurer un mot brutal, mais immortel, que je ne saurais prendre sur moi de répéter, de crainte d'effaroucher mes lecteurs.

– Il n'est pas trop tard, du reste ! acheva froidement celui qu'en moi-même je persistais à appeler « l'aventurier ». Faites un saut jusque-là. Et ne revenez qu'avec tout le paquet.

– *Okay, boss.*

– Nous les tenons ! dit, à son tour, le chevelu, invité, par signe, à parler. Martel se fait encore un peu tirer l'oreille, pour la forme, mais les deux autres l'auront convaincu d'ici demain. Un seul danger : Benet. Croyez-vous qu'il se douterait de quelque chose si je l'invitais, ce soir, au *Paradise* ?

– Non. L'idée est bonne. Emmenez Hell et Paula.

– *Righi ho.*

Sur le moment, je le confesse, ces interjections – dont les films américains m'avaient appris, *grosso modo*, la signification – me parurent prétentieuses et un peu ridicules. (Quelle eût été mon opinion si j'avais su alors que ni Béguin, le chevelu, ni Torpilleur le chauve, ne parlaient un mot d'anglais !) Mais je ne devais pas tarder à changer d'avis et à en émailler, moi aussi, nos conversations quotidiennes, car elles leur donnaient du nerf, les scandaient, les rythmaient comme à coups de poing.

À peine les deux compères avaient-ils quitté l'appartement, qu'un jeune homme au teint blême, vêtu de bleu, sans chapeau et les cheveux embroussaillés, se précipita vers nous. Ses yeux proéminents s'abritaient derrière de grandes lunettes d'écaille qui le faisaient ressembler, vaguement, à une chouette, et il brandissait un volumineux rouleau de papier d'un air triomphant.

Je reculai, d'instinct, jusqu'au mur et m'y adossai, incapable de coordonner mes pensées. Ce qui m'arrivait était par trop inattendu ! Il me semblait qu'une sorte de trombe s'était engouffrée, avec l'inconnu, dans ma triste retraite, et j'avais besoin de me cramponner à quelque chose. Je me cramponnai au dossier d'une chaise que l'électricien vint me disputer aussitôt.

Le jeune homme aux lunettes d'écaille avait déployé son rouleau de papier :

– Voilà ! dit-il avec simplicité.

Il exhibait un projet d'affiche et je réussis, en me penchant un peu, à lire ce texte, composé en lettres énormes – rouges et bleues – et dont le moindre mot m'est resté gravé dans l'esprit :

PLUS FORT QUE SHERLOCK HOLMES
Le mystère est-il entré dans votre vie ?
Le crime frappe-t-il à votre porte ?
Consultez
SILAS LORD
le premier détective du monde
qui n'a jamais *connu* d'échec.

En veut-on à votre bourse?
En veut-on à votre vie?
Il vous protégera.
L'un de vos proches a-t-il disparu?
Il vous le rendra.

SILAS LORD
a travaillé avec toutes les polices du monde
et
son nom, hier encore, brillait au ciel de Broadway.

SILAS LORD
lit dans les astres,
dans les cœurs,
dans les mains,
dans les âmes,

PLUS FORT QUE SHERLOCK HOLMES,
il s'engage à résoudre
le problème le plus ardu,
l'énigme la plus embrouillée,
en 24 heures.

Consultez-le, aujourd'hui,
et
demain, *vous connaîtrez* la vérité

Suivaient l'indication des heures de consultation et une adresse, *mon* adresse, je veux dire : l'adresse, l'ancienne adresse de M. Papapoulos.

– Vous me supprimerez ça ! dit Silas Lord. (Il était, désormais, impossible de conserver le moindre doute sur l'identité de « l'aventurier ».) *Silas Lord lit dans les astres, dans les cœurs, dans les mains, dans les âmes !* Me prendriez-vous pour un fakir ?

Il examinait le projet d'affiche, d'un air méditatif :

– ... *et son nom, hier encore,* lut-il à mi-voix, *brillait au ciel de Broadway.* Ma parole, c'est presque vrai ! Il n'y brillait pas hier, mais il y brillera demain... Faites voir votre dessin.

Le jeune homme en bleu entreprit de se fouiller et les rouleaux de papier s'amoncelèrent à ses pieds. Finalement, il en brandit un de même format que le précédent, et nous pûmes, cette fois, contempler, esquissée à grands coups de fusain, une silhouette humaine aux yeux sans regard, aux doigts crispés, maigre à faire peur, qui pouvait passer pour celle d'un étrangleur en quête d'une proie comme pour celle d'un danseur de rumba en pleine action.

– Excellent ! dit Silas Lord. Mais je défie votre bonhomme de garder l'équilibre, en oubliant ainsi sa jambe gauche derrière lui... Attendez.

Il saisit, sur mon bureau, une des luxueuses feuilles de papier vélin supérieur que M. Papapoulos, ignorant du sort injuste qui l'attendait, avait fait graver, huit jours plus tôt, à son nom, et ses doigts habiles l'eurent, en moins d'un instant, modelée comme de la glaise.

– Épatant !

Le jeune homme en bleu débordait d'enthousiasme. Il semblait ignorer toute vanité d'auteur et se répandit en compliments que l'on sentait sincères.

– Je ne comprends pas, dit-il en matière de conclusion, pourquoi vous m'avez demandé de dessiner cette affiche... Vous avez dix fois plus de talent que moi.

Silas Lord hocha la tête :

– Chacun son métier... Voyez-vous, si votre femme venait à s'enfuir, un jour, avec votre voisin de palier, je n'aimerais pas que vous couriez, vous-même, après. J'aimerais que vous m'en chargiez.

Le jeune homme eut un large sourire consentant :

– Volontiers... je ne suis pas marié.

– Je sais ! répondit Silas Lord, souriant à son tour. Je ne me permets de plaisanter la vertu des femmes mariées qu'avec les célibataires.

Pendant ce bref dialogue, l'agitation n'avait fait que croître autour de nous. Tapissier, électricien, vitrier, plombier et menuisier – les uns juchés sur des chaises ou sur des tables, voire au faîte de pyramides édifiées à l'aide des deux ; les autres couchés par terre ou encore sautillant à croupetons – prenaient mesures sur mesures, tenaient, à voix basse et dans les coins, des conciliabules mystérieux, bref, se dépensaient, apparemment, sans compter. Jamais je n'aurais cru que les bureaux de M. Papapoulos pussent contenir tant de monde ! Mais où mon étonnement frisa l'incrédulité, c'est quand j'aperçus deux nouveaux intrus – un homme et une femme – qui devaient se trouver là depuis un bon moment déjà. L'homme, confortablement installé dans un fauteuil, fumait une cigarette, les yeux mi-clos, les jambes étendues. Il avait les cheveux blonds, d'un blond presque blanc, et il me rappela, en plus gros, en plus âgé aussi, l'acteur américain Gene Raymond. Je vais beaucoup au cinéma – en fait, jusqu'à ce que Silas Lord intervînt dans ma vie, un peu à la manière d'un aérolithe, c'était ma seule distraction – et je suis tenté, je l'avoue, de découvrir des ressemblances qui ne frappent pas toujours autrui. La femme, elle, appartenait – du moins, j'en jugeai ainsi à première vue – à ce type de brunes, diligentes et modestes, qui font les bonnes secrétaires. Elle portait une petite robe de laine marron et regardait obstinément par la fenêtre, tout en battant, du bout des doigts, sur les vitres, une marche silencieuse. Je devais apprendre, avant la fin de la matinée, que le jeune homme s'appelait Stacey, la jeune femme, Paula, et qu'ils appartenaient, tous deux, comme Béguin et Torpilleur, au personnel de Silas Lord. L'indolent Stacey me fut, d'emblée, sympathique. Pour mieux dire, il devait vite m'éblouir par son flegme et son aimable cynisme. Paula fut plus lente à éveiller mon intérêt. Peut-être – sans que j'en eusse conscience – le voulut-elle ainsi ? Elle semblait tenir à se faire oublier et ne se départit que rarement, par la suite, de cette attitude. Elle avait de beaux yeux – je devais, tout de même, finir par m'en apercevoir –, mais répugnait à vous livrer son regard.

Tout à mon examen, je n'avais pas remarqué que le blême jeune homme en bleu rempochait ses projets d'affiche et prenait congé. À la longue, cependant, j'éprouvai la désagréable sensation d'être observé. Je tournai la tête. Silas Lord me considérait, d'un air grave, tout en faisant machinalement cliqueter un trousseau de clés dans la poche de son pantalon.

On se résigne mal à être l'objet d'une curiosité silencieuse et la chose me parut d'autant plus pénible que le regard froid de « l'aventurier » semblait lire, en moi, à livre ouvert. Toute littérature à part, j'avais l'impression d'être passé aux rayons X ! Cela dura quelques secondes – qui me seront comptées au jour du Jugement Dernier – et j'allais parler, dire n'importe quoi, crier peut-être, quand Silas Lord, me devançant, prononça ce seul mot... qui n'était même pas une question :

– *Oublié ?...*

Les larmes me montèrent aux yeux. Impossible de définir plus exactement, plus cruellement et plus brièvement, à la fois, ma situation !

En vain, avais-je essayé de me leurrer. Je savais, depuis le début de la semaine, que M. Papapoulos ne reparaîtrait plus... Il avait trop d'imagination, aussi ! Passe encore de découvrir du cuivre à Tirnovo – on ne sait pas très bien où c'est, Tirnovo –, de la potasse à Mombasa et de l'étain à Grand-Popo. Mais l'affaire du trésor de la grotte de Fingal m'avait laissé, moi-même, sceptique, en dépit des attestations des neuf scaphandriers, et ce n'est pas sans appréhension que j'avais surpris, un soir, M. Papapoulos en train de consulter fébrilement l'horaire des chemins de fer. Le lendemain, il était demeuré invisible. Le surlendemain aussi. Il y avait six jours de cela. Mais l'espoir est tenace au cœur de l'homme et M. Papapoulos me devait trois semaines d'appointements. J'avais continué de venir au bureau, attendant – je m'en rendais compte, aujourd'hui – un miracle.

Et ce miracle…

– Ne vous frappez pas ! reprit Silas Lord, devant mon muet désespoir. Remerciez, plutôt, le sort qui va vous permettre de réaliser le rêve ambitieux de vos quinze ans. Je vous prends, dans mon équipe, aux appointements de…

Et il lâcha un chiffre qui acheva de me bouleverser.

– Mais… balbutiai-je enfin. Pourquoi ?

– Vous avez vu Béguin et Torpilleur. Ils ont fait, il y a dix minutes, une brève apparition… ou une entrée comique, appelez cela comme vous voulez ! Voilà Stacey et Paula. Tous sont des collaborateurs éprouvés, habiles. Habile, Stacey l'est même un peu trop… Mais, maintenant, il m'en faut un honnête et qui en ait l'air. Ce sera vous.

Je me sentis envahi par une de ces joies délirantes comme on n'en éprouve guère plus de quatre ou cinq au cours d'une vie. Mais je suis ainsi fait que trop grand bonheur et chagrin provoquent, en moi, les mêmes réflexes défensifs. D'instinct, je protestai :

– Vous ne me connaissez pas. Vous ne savez pas si…

Silas Lord m'interrompit. Le trousseau de clés, au fond de sa poche, cliquetait sans arrêt :

– Sottise, je sais, exactement, tout ce que j'ai besoin de savoir.

Une pause brève. Puis :

Arrêtez-moi si je déraille ! Vous êtes timide, timoré même, nerveux, impressionnable, sensible, scrupuleux, crédule, porté à la rêverie. Votre amour de l'ordre confine à la manie. Vous vous servez, pour écrire, d'un porte-plume réservoir, déjà vieux, que vous tenez entre l'index et le majeur, et d'encre bleue qui noircit en séchant. Enfant, vous répugniez à mettre des gants. Vous possédez un certain talent de dessinateur. La vie a été dure pour vous et vous avez passé des moments difficiles, à tel point que vous avez été obligé, pour vous procurer quelque ressource, de vous défaire d'objets personnels auxquels vous teniez particulièrement. La coquetterie est l'un de vos points faibles. Vous aimez les fleurs. Le cinéma vous attire et vos préférences vont aux films américains. Vous habitez le quartier. Ce matin, vous avez dormi plus tard que de coutume et vous avez couru pour venir. Vous étiez désemparé par l'abandon de votre patron, déprimé, presque désespéré. Enfin, vous avez su éveiller l'intérêt d'une aimable fille d'Ève, probablement dactylo ou demoiselle de magasin, vous partagez votre modeste logis avec un chat trouvé et atteint de surdité, et l'un de vos voisins joue de la cornemuse.

J'étais abasourdi. Silas Lord jouit, un instant, de ma stupeur, puis daigna me donner quelques éclaircissements :

– Pour avoir une idée de votre caractère, il suffit de vous observer pendant cinq minutes. Passons. De même, il suffit de jeter un coup d'œil sur votre bureau pour se rendre compte que vous êtes ordonné jusqu'à la minutie. Pas un objet qui ne soit à sa place, en dépit des heures difficiles que vous venez de vivre. Je sais que vous écrivez en tenant votre stylo entre l'index et le majeur, grâce aux petites taches d'encre qui maculent ces deux doigts à la racine... et un stylo à l'état neuf fuit rarement. Il y a un trou dans votre cravate, un petit trou rond provenant, sans doute, d'une brûlure de cigarette. Pour le rendre moins apparent, vous avez encré le coton blanc, cousu à l'intérieur, et dont un bout était devenu visible. Votre cravate étant bleue, vous vous êtes, évidemment, servi d'encre bleue (toujours votre souci du détail), mais elle a foncé, depuis. Enfant, vous répugniez à mettre des gants car des engelures déforment la plupart de vos doigts. Les amusants petits bonshommes qui décorent les carreaux embués des fenêtres n'ont pu, me semble-t-il, être dessinés que par vous. Je vois mal M. Papapoulos se livrer à ce jeu innocent. Votre annulaire porte encore la marque d'une chevalière ; votre cravate, celle d'une épingle. Étant donné votre condition sociale, l'usure de vos vêtements, etc., il est permis de supposer que vous avez été obligé de vous défaire de ces objets par la nécessité, nécessité pressante, car on attribue, d'ordinaire, une valeur de souvenir à semblables bijoux ; les natures sensibles comme la vôtre, surtout. Un coup d'œil au revers de votre veston m'a permis de constater que votre boutonnière était élargie et un peu déformée. Évidemment, vous l'avez fleurie, chaque fois que vos ressources ou l'occasion le permettaient. Depuis cinq minutes, vous vous efforcez de prendre une attitude dégagée, peu en rapport avec votre personnage, familière, par contre, aux gangsters de l'écran. D'où ma certitude que vous allez souvent au cinéma, voir, de préférence, des films américains. Cette marque humide et poisseuse, sur votre bureau, doit provenir d'une bouteille d'apéritif ou d'alcool, escamotée à mon entrée ici...

Je rougis jusqu'aux cheveux, mais la suite dissipa, en partie, ma confusion :

– Vous n'êtes pas homme à vous livrer à des excès. Pour recourir ainsi à la cave à liqueurs de M. Papapoulos, il a fallu que vous éprouviez un urgent besoin de vous remonter. Voyons, que vous ai-je dit encore ?

– J'habite le quartier et j'ai dormi, ce matin, plus tard que de coutume ? suggérai-je.

– Des ouvriers de la Compagnie du Gaz ont éventré la rue sur presque toute sa longueur. Examinez les pieds de Stacey, ceux de Paula, les miens. Tous, y compris ces vaillants artisans, nous avons de la terre jaune collée à nos semelles. Vous, pas. C'est donc que vous êtes venu par l'autre bout de la rue. Mais aucune ligne de tramway n'aboutit de ce côté-là. C'est donc que vous êtes venu à pied. Tranquillement ? Non, vous couriez. Vous couriez parce que vous étiez en retard. En effet, vous n'avez pas pris le temps de vous raser, bien que votre barbe date de trois jours, au moins ; vous n'avez boutonné que quatre boutons de votre gilet sur cinq ; votre cravate est nouée de travers ; les bouts de vos lacets ne sont que partiellement rentrés à l'intérieur de vos souliers... Maintenant, regardez-vous ! Voici mon miroir de poche. Vous avez du rouge à lèvres sur la joue. Mais placé de telle manière qu'il suggère un baiser gauche, hâtif. Qu'en conclure ? Tout simplement que vous rencontrez, chaque matin, une charmante jeune fille ou jeune femme qui, redoutant, aujourd'hui, d'arriver trop tard à son travail, a écourté vos habituelles effusions.

Silas Lord effleura mon épaule et exhiba, entre deux doigts, un long poil blanc :

– Ceci ne peut appartenir qu'à un chat, qui plus est, à un chat angora de race pure. Or, les angoras de race pure sont sourds… et trop chers pour votre bourse. J'en déduis que vous avez recueilli celui qui vit sous votre toit… Enfin, la température est singulièrement clémente, pour la saison, et vous êtes, ici, préservé du froid, du moindre courant d'air. Dans ces conditions, les petits tampons d'ouate hydrophile qui bouchent vos oreilles – et que vous avez oublié d'enlever, ce matin ; encore une preuve que vous étiez pressé ! – ne peuvent servir qu'à une chose : mettre vos tympans à l'abri d'un instrument de musique particulièrement bruyant ou irritant. J'ai suggéré la cornemuse. Peut-être votre voisin joue-t-il, après tout, du cor de chasse ou de l'ophicléide !

Je demeurai sans voix… C'était en essuyant négligemment une règle que j'avais taché mes doigts d'encre. À mon grand regret, je n'avais pas encore trouvé l'âme sœur. Par contre, une exubérante cousine, habitant à deux pas de chez moi, ne manquait jamais de m'embrasser, à chacune de nos rencontres, fût-ce en pleine rue, ce dont je me serais passé volontiers. J'étais incapable de tirer une ligne droite à main levée et soupçonnais fort le vitrier ou le tapissier d'avoir conçu, dans un moment d'expansion, les petits bonshommes folâtrant sur les vitres. Ma boutonnière était déformée par l'insigne d'un club de football. Je n'avais pas de chat angora, mais me servais d'une vieille fourrure mitée, en guise de courtepointe. Je n'avais pas davantage de voisin mélomane, mais souffrais des oreilles depuis de longues années.

– Eh bien ? fit Silas Lord. Y ai-je vu clair ?

Je rougis pour la Xe fois, comme pris en faute. Qu'importaient ses petites erreurs de raisonnement !

Tout ce qu'il avait dit aurait pu être vrai. Mieux, *cela aurait dû être vrai.*

Aussi n'eus-je aucunement conscience de lui mentir en répondant par l'affirmative.

Je m'attendais à un sourire ou à quelque autre marque de satisfaction. Au lieu de cela, Silas Lord fronça le sourcil droit, leva le gauche – ce qui donna à son visage une expression quasi sardonique – et j'éprouvai, de nouveau, la pénible impression qu'il lisait, sans effort, mes plus secrètes pensées.

– Allons donc ! (Sa voix était presque dure.) Vous êtes un bon jeune homme. Mais, moi, je ne suis pas Sherlock Holmes. *Je suis plus fort que Sherlock Holmes !* N'oubliez jamais ça.

Il me tourna le dos. Et – je dois l'avouer, à ma confusion – ne s'occupa pas plus de moi, pendant l'heure qui suivit, que si je n'avais pas existé.

Le soir même, pour célébrer ma providentielle rencontre avec Silas Lord, j'allai au cinéma voir *La Vamp de Vancouver*.

Après la projection des actualités, un silence absolu se fit dans la salle. Puis, à la surprise de tous, une inquiétante silhouette aux doigts crispés se profila sur l'écran. Elle grandit, déborda la toile, revint s'y encadrer, parut jouer avec son ombre. Enfin, elle s'effaça devant un texte aux lettres étincelantes comme de l'or pur, qui débutait ainsi :

Le mystère est-il entré dans votre vie ?
Le crime frappe-t-il à votre porte ?

2

« Bob »

Il convient, avant d'aller plus loin, de dissiper toute équivoque. Je ne suis pas romancier et nourris peu d'espoir de le devenir jamais... En d'autres termes, le lecteur ne saurait s'attendre à trouver sous ma plume de ces raffinements de style, de ces raccourcis saisissants, de ces vertigineux sondages du cœur humain auxquels l'assidue fréquentation des maîtres l'a habitué.

Sans doute, ai-je obtenu, jadis, quelques prix de composition française. Je signale le fait moins pour m'en prévaloir que pour chercher des excuses à mon audace. Cet encouragement même me manquerait-il que mon devoir ne m'en apparaîtrait pas moins clairement. Il tient en peu de mots : faire connaître mieux aux foules qu'il intrigua, qu'il émerveilla si longtemps, l'homme étonnant, génial (le mot n'est pas de moi, il a été prononcé maintes fois déjà) dont je fus l'assistant puis, très vite, le confident et l'ami.

Silas Lord!... Qui ne se souvient de ce nom devenu légendaire ? Synonyme de sagacité quasi miraculeuse, il a, des années durant, incendié le ciel de toutes les capitales européennes, rendant l'espoir à l'innocent injustement accusé, faisant frémir le coupable au fond de sa retraite. Enseignes au néon, affiches, etc., l'ont multiplié à l'infini... Puis, un jour, il s'est éteint, subitement, comme il s'était allumé. Sorti de l'ombre, le magicien qui le portait est rentré dans l'ombre. Et, à l'heure où j'écris ces lignes, je m'interroge en vain sur son sort. Peut-être erre-t-il, mourant de soif, dans un désert blanc de soleil ? Peut-être règne-t-il au cœur de l'Afrique, sur une peuplade inconnue ? Peut-être un rapide l'entraîne-t-il, dans un esquif désarmé, vers des chutes écumantes ?

– Tout ceci ne peut pas durer, David, me disait-il quelquefois. (Je m'appelle David Ford.) Ma destinée, c'est de courir le monde...

Et, comme je lui demandais ce que je ferais sans lui :

– Bah ! je reviendrai. Je finis toujours par revenir. Le jour que vous vous y attendrez le moins, vous m'entendrez frapper à votre porte... Comme ça !

Disait-il vrai ? Reverrai-je jamais Silas Lord ?... Je le souhaite et le redoute à la fois. Sûrement, il estimerait que ce livre est une lâcheté ; une impardonnable faiblesse, tout au moins.

Hélas ! je suis un faible ! L'évocation du passé, seule, peut tromper mon attente...

Un avertissement encore. Il n'entre nullement dans mes intentions de raconter *toutes* les aventures de Silas Lord. Plusieurs volumes n'y suffiraient pas. J'ai dû me borner à retenir huit ou neuf des plus étranges ou des plus passionnantes On en lira le récit dans la première partie de ces mémoires. L'exposé de l'affaire Patricola – qui survit, dans la mémoire d'aucuns, sous le nom de « l'affaire des masques » – fera l'objet de la deuxième partie. Le bouquet du feu d'artifice se tirera, comme de juste, dans la troisième.

– Surtout, m'a dit mon éditeur, pas de littérature ! J'attends de vous un récit sans fard et sans artifice, un récit tout nu. Votre matière est trop riche pour que vous musiez en chemin. Ni digressions, ni morceaux de bravoure. De l'objectivité pure ! « Droit au but », telle doit être votre devise.

J'ai acquiescé, non sans envier un peu les littérateurs attitrés de la maison, tout particulièrement, M. Guy Pilate de Port-Armande, auteur de *Péchés avoués* et de *L'amour sous les tamaris*.

Aujourd'hui... Ma foi, si je les admire moins, je les envie davantage ! je n'ignore plus la redoutable puissance des mots et qu'une description bienvenue fournit à un auteur embarrassé la meilleure des transitions.

Dire tout bonnement ce qu'on a à dire ?... Jamais je n'aurais cru que ce fût aussi difficile !

– Je vous donne quarante-huit heures !

Tel était, on s'en souvient, l'ultimatum lancé par Silas Lord aux artisans réunis comme par miracle autour de lui... Cinq jours plus tard – retard normal quand on sait ce que parler veut dire – M. Papapoulos, lui-même, n'eût pas reconnu les mornes bureaux où il avait exercé sa fructueuse industrie de placier en chimères.

Dans l'entretemps, nous avions eu des visites. Fretin dont Silas Lord avait dédaigné de s'occuper personnellement, affaires sans importance revenant de droit à Béguin et Torpilleur dont c'était le lot, je l'appris bien vite, d'écouter les doléances de femmes jalouses, de filer les époux en instance de divorce, de confondre les employés soupçonnés d'indélicatesse, etc.

Par parenthèse, on s'étonnera peut-être de ne lire que trois ou quatre fois, par la suite, les noms de ces deux burlesques personnages, alors que j'ai accordé à leur présentation autant d'importance qu'à celle des autres membres de l'équipe. Mais leur activité demeura singulièrement obscure pour moi. Hommes à toutes mains, ils travaillaient dans l'ombre, disparaissant des jours entiers, ne se rappelant parfois à nous que par de brefs coups de téléphone. Je les comparerais volontiers à des machinistes consignés dans les coulisses. Ils avaient quitté depuis longtemps le service de Silas Lord que je ne m'en doutais nullement.

Mon travail à moi débuta, somme toute, par des vacances. Silas Lord m'avait fait comprendre que ma présence au bureau, ces premiers jours, serait une gêne pour tous. J'en profitai pour renouveler, grâce aux largesses de mon nouveau patron, ma garde-robe très éprouvée, me replongeant, chaque soir, dans la lecture des aventures de mes héros favoris : Nick Carter, Nat Pinkerton, Lord Lister. J'y goûtais un plaisir tout neuf, maintenant que l'admiration béate cédait le pas devant l'esprit critique, maintenant que « j'étais de la partie » !

Le jour où je remis les pieds au bureau, je crus rêver. Grâce à une baie immense comme je n'en avais jamais vu encore qu'au cinéma, nous apercevions la moitié du panorama de la ville. Quant à l'aménagement intérieur, conçu selon les canons du goût le plus moderne, il défiait toute description. Aquarium, lampes à réflecteurs, sièges de métal et de verre, rien ne manquait ! Je n'eus pas plutôt foulé l'épais tapis havane qui recouvrait, comme un gazon serré, le plancher de toutes les pièces, que je retournai sur le palier m'essuyer les pieds. De très loin, me parvenaient – dérision ! – les lamentations de M. Papapoulos à qui le propriétaire n'avait jamais permis de faire installer la moindre prise de courant.

Silas Lord n'était pas là. Dans son bureau, Paula tapait à la machine et Stacey, vautré dans un fauteuil, un phonographe à ses pieds, écoutait toute une série de disques nouveaux. Chacun à sa manière paraissait très absorbé. La première répondit à mon bonjour sans lever la tête ; Stacey dit : « Hello ! » d'une voix languissante. Nous ne bavardâmes pas plus avant et j'eus toute la journée pour me demander avec inquiétude (on connaît ma nature scrupuleuse...) si j'étais payé pour ne rien faire.

Silas Lord revint, le lendemain matin, Dieu sait d'où, le teint brouillé, les épaules basses, les vêtements fripés. Repoussant Paula qui s'empressait, tout en le regardant avec reproche, il se jeta sur un divan pour sombrer dans un sommeil qui avait toutes les apparences de la mort. J'étais consterné et stupéfait. Je le fus bien davantage par la promptitude de son réveil...

Sans doute découvrirais-je aisément, parmi mes souvenirs, affaire plus passionnante ou plus pathétique que celle de « la lettre ». Si je l'ai, néanmoins, choisie, de préférence à tant d'autres, c'est qu'elle fut la première où la perspicacité de Silas Lord trouva à s'exercer en ma présence, c'est aussi qu'elle demeure la seule à avoir été résolue avec l'aide du hasard. Je ne puis, enfin, évoquer la figure de l'inspecteur Taurochs, sans évoquer, du même coup, celle du falot M. Sanche.

Silas Lord dormait depuis vingt minutes et je m'efforçais de demeurer immobile sur ma chaise pour ne pas troubler son repos effrayant lorsqu'un bruit de pas rapides – des pas puissants et lourds d'homme qui ne se laisse pas détourner de son chemin – se firent entendre dans l'antichambre. La voix de Paula éleva une protestation, je voulus me porter au-devant du danger. Trop tard ! Poussée par une main impatiente, la porte du bureau claquait déjà contre le mur.

– Ce vieux Taurochs ! dit Silas Lord, assis au bord du divan, les coudes aux genoux.

Il ajouta gentiment :

– Je vous attendais.

L'homme qui entra ne mesurait pas loin de deux mètres. Une jaquette élimée, choquante comme un travesti, sanglait son torse de lutteur forain. Il portait un col à coins cassés, de propreté douteuse, une cravate du genre ficelle, un pantalon à rayures, des guêtres grises. Quant à sa tête, on eût dit une brosse ; une brosse aux crins clairsemés, les uns gris de fer, les autres allant du blond paille au roux.

Traversant la pièce en deux enjambées, il se planta devant le divan, les poings aux hanches, son chapeau melon repoussé sur la nuque. Son regard alla de Silas Lord à l'affiche qui ornait le mur du fond. Sa mâchoire avançait comme celle d'un dogue prêt à mordre.

Il aboya :

– Où situez-vous Broadway ?

Il y avait de quoi être pris de court. Silas Lord répondit sans se démonter :

– Devant moi.

– Devant vous, hein ? répéta l'autre avec une irritation mal contenue. Autrement dit, vous n'y avez jamais mis les pieds !

Silas Lord se leva. En dépit de sa grande taille, il paraissait presque frêle à côté de l'hercule en jaquette.

– Je crois, David, dit-il, en se tournant vers moi, que vous ne connaissez pas l'inspecteur Taurochs ? Ses collègues préfèrent l'appeler *Aurochs* ou encore, par analogie : « le Taureau ». Ce n'est peut-être pas très, très spirituel. Le surnom, par contre, pourrait lui aller plus mal. À le voir foncer, on se demande, d'instinct, ce qu'on peut bien arborer de rouge.

– Fermez ça, Lord ! grommela l'inspecteur. Tout votre esprit ne vous sauvera pas le jour où je vous mettrai la main dessus !

Mon nouveau patron prit un air peiné :

– Ah ! je sens que vous ne me pardonnez pas qu'il y ait eu maldonne dans l'affaire de l'*Évêché* ?

Il apparut que le nouveau venu n'attendait que cela pour éclater :

– Pardieu, non ! je ne vous l'ai pas pardonné et, dussé-je vivre cent ans, je ne vous le pardonnerai pas !

Il pointa vers nous un index boudiné :

– Je suis venu vous dire ceci, Lord. Il est rare que la police éprouve une affection débordante pour les amateurs. Mais, quand ils ont un passé aussi lourdement chargé que le vôtre, elle devient particulièrement méfiante. Un avertissement : Marchez droit. Sans doute vous êtes-vous montré assez malin pour ne jamais vous faire prendre la main dans le sac, jusqu'ici, mais le vent peut tourner. Quelque chose me dit qu'il tournera et alors...

Silas Lord l'interrompit sèchement :

– Je ne vous conseille pas de tenir pareil langage devant témoin, mon cher. Je serais obligé de vous attaquer pour diffamation.

S'adossant au bureau, l'inspecteur mima une joie homérique, à grand renfort de claques sur les cuisses. Son rire sonnait si faux, qu'il vous faisait courir de petits frissons sous la peau. Dès cet instant, l'homme me fut odieux.

– Pour diffamation, hé ? dit-il, enfin, d'une voix mouillée, entre deux hoquets. Vous en seriez, ma foi, bien capable ! Seulement, voilà, je n'avancerai pas cette carte-là ! Connaissez-vous l'histoire du dompteur et du spectateur qui le suivait partout, dans l'espoir de le voir manger par ses lions ? Vous vous êtes toujours pris pour un dompteur, Lord. Vous aimez les flonflons et les paillettes. Moi, je partage l'inaltérable confiance du monsieur du premier rang. À une différence près, pourtant ! Si vous deviez tarder trop longtemps encore à vous étaler sur la piste, je n'hésiterais pas à vous y aider par un petit croc-en-jambe.

– Hum ! fit Silas Lord. Vous savez attendre, mon vieux. C'est une justice à vous rendre. Mais quant à donner des crocs-en-jambe ! Je crains que vos réflexes ne soient un peu...

Il se tourna vers Paula qui tournait autour de nous :

– Soufflez-moi le mot, mon ange.

– Émoussés ? suggéra Paula... et je l'eusse volontiers embrassée pour son insolence.

La porte qui s'ouvrait coupa court à ces velléités, de même qu'elle prévint un nouvel éclat de la part de l'inspecteur. Stacey entra, poussant devant lui un petit homme à l'aspect profondément malheureux qui me fit songer à Charlie Ruggles.

– Je vous présente M. Sanche, un client sérieux ! (Stacey était rayonnant.) Parole ! Il vous prend pour Merlin l'enchanteur !

Un moment de confusion suivit. Puis le petit homme à l'aspect malheureux fut pourvu d'un siège et notre attention à tous convergea vers sa chétive personne.

Avec cet aplomb imprévu des timides contraints de passer à l'action, il exhiba soudain une lettre qu'il déposa vivement devant Silas Lord en disant :

– Faites-moi le plaisir de lire ceci.

L'écriture – une écriture d'homme – que nous avions sous les yeux était petite et pâteuse, presque illisible. Par-dessus l'épaule de Silas Lord, je réussis, néanmoins, à déchiffrer ce qui suit :

Après le brouillard, la pluie. Puis le soleil, Puis le tonnerre. Vacances perdues. La ville déserte, à louer, appartient aux ombres, aux fantômes. Mon studio aussi leur appartient. Multiplié à l'infini comme par un feu de glaces, un pâle reflet le hante. Celui, vous l'avez deviné, de la froide visiteuse qui m'arrive, toujours, dans des robes montantes jusqu'à l'âme. Quand reviendrez-vous, petite sœur, discuter de Schopenhauer, sous la lampe ? Ne tardez pas trop... ou je fais le plein d'essence d'Elsa et vole vous rejoindre. Êtes-vous en short ? Je vous baise le bout des doigts. Êtes-vous en robe du soir ? Je ne veux pas dire d'horreurs.

Pour toute signature, il y avait : *Bob*.

Tandis que nous lisions, notre petit visiteur remontait au déluge :

– Je m'appelle Sanche, Nicolas. Peut-être avez-vous déjà vu mon nom sur la vitrine du petit magasin, au coin de la rue ? *Poissons d'appartement et articles de pêche*. Je ne savais à quoi me résoudre, monsieur Lord, lorsqu'une de vos affiches m'est tombée sous les yeux : *Consultez-le aujourd'hui et demain vous connaîtrez la vérité*. Cela m'a séduit... Mes ennuis datent de l'hiver. Auparavant, je vivais tranquillement, en célibataire. Comment vous expliquer ?

– Je ne pense pas, interrompit Silas Lord, qu'il soit nécessaire de nous donner beaucoup d'explications. Vous êtes marié, depuis peu, et avez pâti de ce changement d'existence. Votre femme est jeune, jolie, coquette. Blonde, si je ne me trompe. Vous suspectez sa fidélité. Quant à cette lettre, vous l'avez découverte ce matin dans son chiffonnier, en cherchant le bouton de col que vous veniez d'égarer. J'ajouterai que Mme Sanche a passé l'été hors de la ville, probablement au bord de la mer.

Notre timide visiteur cligna les yeux, comme ébloui par une lumière trop vive. Je crois bien que nous partagions, tous, son étonnement. Enfin, comme il fallait s'y attendre, l'inspecteur Taurochs se mit à crier :

– Vous payez-vous ma tête ? À d'autres, Lord ! Vous ne me blufferez pas ainsi !

Menaçant, il se pencha vers M. Sanche :

– Avouez, vous ! Combien avez-vous touché pour faire le Jacques ?

– Du calme, inspecteur ! intervint, doucement, Silas Lord. Monsieur nous a appris, lui-même, qu'il s'était marié récemment. Son préambule, pour mieux dire, le donnait à entendre. Un coup d'œil à son alliance, un autre à sa cravate et à sa pochette de couleur tendre, choisies dans l'évident dessein de plaire, et la probabilité devenait certitude.

Mon nouveau patron eut un sourire d'excuse :

– Pardonnez-moi, monsieur Sanche, d'attirer l'attention sur quelques détails de votre toilette que vous préféreriez, sans doute, voir demeurer inaperçus. Le gant que vous portez à la main droite est troué, votre pantalon réclame impérieusement un coup de fer, votre chapeau un coup de brosse. On en peut conclure que Mme Sanche, comme beaucoup de femmes jeunes et coquettes, fait passer le plaisir avant le devoir. Malheureusement, vous en souffrez : votre teint, jauni par l'ictère, est celui d'un homme rongé de soucis. La lettre que voici dégage un parfum persistant à base de lavande – *Pour blonde*, de Ramah – et votre faux col est fixé à l'aide d'une fermeture de fortune. L'enchaînement de ces faits saute aux yeux, de même que s'impose un rapprochement entre les allusions de « Bob » à des vacances gâchées et la décoloration partielle de sa lettre, demeurée exposée au grand soleil...

Enfin, si votre confiance en votre femme n'était pas entamée, vous ne seriez pas ici.

M. Sanche baissa la tête, comme accablé par une douloureuse évidence.

– Ce que je veux que vous découvriez, murmura-t-il, c'est qui est « Bob » !...

Silas Lord parut hésiter. L'affaire, pensai-je, présentait trop peu d'intérêt pour qu'il consentît à s'en occuper personnellement. Je me trompais.

– Une chose est certaine, déclara-t-il soudain. Cette lettre est l'œuvre d'un intellectuel, d'un artiste, vivant, fort probablement, de sa plume.

M. Sanche approuva sans enthousiasme :

– J'allais vous l'apprendre. Trois hommes, seulement, ont pu l'écrire. *Hic jacet lepus* : deux d'entre eux sont journalistes. Le troisième, Trogh, est romancier.

– Trogh ! Vous avez bien dit : Trogh ?

– Tout le mal est venu de là, gémit M. Sanche. Le goût immodéré de ma femme pour la littérature ! Au début, cela allait encore à moitié : Claire se contentait de noircir des pages et des pages, le soir, avant de se coucher. De mon côté, pour ne pas lui paraître trop ignorant, je relisais mes classiques. Puis elle s'est mise à fréquenter les salles de rédaction, les milieux d'artistes. C'est ainsi qu'elle rencontra Daniel, le critique littéraire de *L'Époque*. Puis Sourbois, reporter à *L'Image*. Enfin, Firmin Trogh. Ils prirent l'habitude de venir à la maison et de discuter à n'en plus finir, des soirées entières. Ma femme était dans le ravissement. Au bout de quinze jours, ils la tutoyaient et l'embrassaient. « Voyez-vous », me disaient-ils, « Claire, pour nous, c'est comme une petite sœur retrouvée... »

L'infortuné commerçant se prit la tête dans les mains :

– On se croit immunisé contre le mariage. Et puis ! Vous connaissez le vers célèbre de Molière : *Elle a d'assez beaux yeux pour des yeux de province.* On se laisse pincer comme un gamin !

La grimace de Silas Lord me donna à penser que le petit M. Sanche, en dépit de ses lectures et de ses fréquentations, devait confondre ses auteurs. J'observai l'inspecteur Taurochs. Image même du soupçon, il n'avait pas sourcillé.

– Je peux supporter pas mal de choses, monsieur Lord, acheva notre visiteur en désignant la lettre étalée sur le bureau. Mais que ma femme se découvre des frères comme ça, non !

– Je vous comprends, monsieur Sanche, dit bonnement Silas Lord. Cependant... (Il regarda l'inspecteur Taurochs et l'ombre d'un sourire effleura ses lèvres minces)... avant que je n'essaye de démasquer votre rival, vous devez prendre un engagement : celui de ne recourir, en aucun cas, à la violence.

Je dois à la vérité de dire que le petit M. Sanche se rengorgea, à l'idée qu'on pût le croire capable de perdre son sang-froid. Ce bref accès d'orgueil passé, il redevint sombre :

– Mais comment vous y prendrez-vous pour...

– Deux ou trois questions, d'abord ! Vous êtes absolument certain de pouvoir limiter le champ des soupçons à Daniel, Trogh et Sourbois ?

– Certain. Ma femme n'a pas d'autres relations masculines.

– L'écriture de « Bob » n'est nullement déguisée. Comme, d'une part, elle ne vous rappelle rien ; comme, d'autre part, vous n'avez éliminé aucun de vos trois... amis, j'en déduis que vous n'avez jamais vu de texte manuscrit dû à la plume de l'un ou l'autre d'entre eux. Réussiriez-vous à vous en procurer ?

– Je crains que ce ne soit impossible.

– Trogh répond au prénom de Firmin. Et les deux autres ?

– Daniel s'appelle Marc. Sourbois s'appelle Nicolas, comme moi.

– Bref, aucune raison de soupçonner plus particulièrement l'un des trois ?

– Aucune. Ils se sont toujours montrés également empressés auprès de ma femme. De plus, je suis fort mal renseigné sur leur vie privée, leurs habitudes, leurs déplacements, etc.

– Dans ces conditions… (Silas Lord se renversa sur son siège) qu'attendez-vous de moi ? Un miracle ?

M. Sanche montra un peu de confusion. En revanche, son regard naïf se porta sur l'affiche qui tapissait, depuis quelques jours, toutes les palissades de la ville, l'affiche qui lançait aux passants cet insolent défi :

PLUS FORT QUE SHERLOCK HOLMES
il s'engage à résoudre
le problème le plus ardu,
l'énigme la plus embrouillée,
en 24 heures.

L'inspecteur Taurochs, lui, ricana :

– *E finita la commedia !* J'aurais parié ma solde de tout un mois que vous vous dégonfleriez, Lord !

Mes yeux s'emplirent de larmes de rage et de honte. Comment, en effet, mon nouveau patron, tout habile qu'il fût, aurait-il pu désigner l'auteur de la lettre parmi trois hommes dont il ignorait tout ?

– Une analyse graphologique même ne vous aiderait pas à en sortir ! insista lourdement l'inspecteur. Leur caractère vous étant inconnu, vous ne sauriez lequel des trois compères elle désigne. Jetez l'éponge, Sherlock !

La réplique ne se fit pas attendre :

– Minute, mon bon Lestrade ! Il me reste une chance. Le hasard veut que Daniel, Trogh et Sourbois écrivent, tous les trois...

– Et après ?

– Après ! C'est une base de comparaison !

– Vous voulez rire ?

– Pas le moins du monde. Il ne nous est pas permis de confronter leur prose manuscrite ? Nous allons confronter leur prose imprimée ! Stacey, courez acheter *L'Époque* et *L'Image*. Il me faudrait aussi le dernier roman de Trogh.

– Mais... commençai-je.

J'avais vu un ouvrage de Trogh – *La Dernière Escale* – dans un tiroir du bureau, pas plus tard que la veille, et me disposais à y faire allusion. Un froncement de sourcils du *boss* me ferma la bouche.

Cinq minutes plus tard, Stacey était de retour.

– Cette fois, monsieur Sanche, dit Silas Lord, je n'attendrai pas vingt-quatre heures pour me prononcer. Vous saurez qui est « Bob » avant vingt minutes, ou vous ne l'apprendrez jamais par moi.

Il avait ouvert les journaux et le livre – *La Dernière Escale,* précisément – et étalé la lettre au beau milieu.

L'inspecteur Taurochs revint à la charge :

– Ça, c'est le bouquet ! Vous perdez votre temps, Lord, si vous espérez nous faire admettre qu'il est possible de distinguer des écritures auxquelles l'impression a ôté toute personnalité ! Un *a* elzévir restera toujours un *a* elzévir ; un *b* romain restera toujours un *b* romain...

– Êtes-vous fumeurs, messieurs ? dit Silas Lord, pour toute réponse. Vous trouverez des *Corora* sur la commode et des cigarettes sur la cheminée.

Puis il parut s'absorber dans la confrontation des textes disposés devant lui. Je dis : « il parut » car sa pensée était visiblement ailleurs, tandis qu'il parcourait les articles de Daniel et de Sourbois. Il avait pris un des petits morceaux de glaise à modeler qui traînaient, toujours, sur son bureau ou dans sa poche et le triturait machinalement.

– Monsieur Sanche ! Inspecteur ! appela-t-il enfin.

Nous nous groupâmes tous, avec empressement, autour de lui.

– Désolé de vous contredire une fois de plus, inspecteur ! dit-il alors. Il n'est pas vrai qu'un *a* elzévir demeure toujours un *a* elzévir et qu'un *b* romain se refuse à toute confidence. Et le bienveillant hasard qui a voulu que Daniel Trogh et Sourbois se fassent imprimer, tous les trois, s'est montré bon prince jusqu'au bout. Voyez, plutôt...

Il feuilletait *La Dernière Escale* et nous remarquâmes que certains passages – certaines lettres, pour être plus précis – étaient soulignés au crayon bleu :

– Ici, page 19, le typo – *facteur humain avec lequel vous oubliez de compter,* inspecteur ! – a, au début d'une phrase, écrit *Ce* pour *Le*. Faute peu apparente mais indubitable, après lecture du contexte. Pages 55 et 117, même bénigne erreur qui, j'en jurerais, doit se répéter fréquemment. Nous arrivons, ainsi, à la page 188 où la confusion du *L* majuscule avec une autre lettre s'avère plus grave, puisque nous tombons sur un horrible *J'aima-t-il* pour : *L'aima-t-il.* Qu'en conclure ? Évidemment, que l'auteur forme mal ses *L* majuscules. La lettre de « Bob » ne renferme, malheureusement, à cet égard, qu'un unique point de comparaison, mais caractéristique. Celui-ci : *La ville, déserte.* Le *L* majuscule, se rapprochant d'un *L* imprimé, ne pourrait-il être facilement pris pour un *C* ?...

– Et c'est là-dessus que vous vous basez pour… ? commença l'inspecteur Taurochs.

– Si les *L* majuscules de Firmin Trogh, reprit imperturbablement Silas Lord, peuvent être aisément confondus avec d'autres lettres, comme le prouvent les erreurs typographiques que je viens de relever, remarquez, par contre, que le *C* majuscule, commençant cette phrase de « Bob » : *Celui, vous l'avez deviné…*, a la structure d'un *L*. Par le fait, ce *C* et le *L* majuscule de *La ville…* sont frères jumeaux. Eh bien ! vous lirez au moins deux fois, dans *La Dernière Escale*, pages 61 et 117 : *Le* pour *Ce* ou *La* pour *Ça*. Pour en finir avec les majuscules, je vous ferai observer que la plupart de celles de la lettre ressemblent d'autant plus à des minuscules que la ponctuation est irrégulière. Revenons au roman. L'un des personnages principaux s'appelle Norman Villa. Le typo, à plusieurs reprises, a orthographié le nom, ainsi – *Norman villa*, et deux fois même : *Normanvilla*, en un mot.

Stacey et moi échangeâmes un regard de triomphe. Le sang battait plus vite à mes tempes.

– À quoi bon poursuivre le parallèle ? je pourrais vous signaler vingt autres similitudes car, Dieu merci, les typos chargés de composer *La Dernière Escale* semblent avoir eu à cœur de justifier leur vieille réputation de négligence. Qu'il vous suffise de savoir encore ceci : si « Bob » a oublié, dans son encrier, l'accent circonflexe de *fantôme*, vous chercherez en vain, dans le roman de Trogh, page 81, notamment, les accents circonflexes de *dôme* et de *monôme*, et pages 112 et 113, ceux de *fraîchir* et de *blême*, remplacé par un accent grave. Examinons la manière dont « Bob » trace ses *s*, ses *r*, et ses *v*. Comme c'est le cas pour nombre d'intellectuels, ses lettres s'inspirent des caractères imprimés. Bon, sautons page 115. Que lisons-nous, à la ligne 6 ?

Verve au lieu de *verre*. Et là ? *Cuve* au lieu de *cure*. Toutes fautes, par parenthèse, comptant parmi celles qui ont le plus de chance de passer inaperçues des correcteurs et des auteurs. En voici une plus grave qui se répète au moins deux fois, à ma connaissance : *politicar* au lieu de *politicien*. Évidemment, Trogh trace sans soin la finale de certains mots, exactement comme « Bob » dont le *plein* de *plein d'essence* est quasi illisible.

Refermant brusquement *La Dernière Escale*, Silas Lord leva les yeux vers nous :

– À mon avis, monsieur Sanche, la preuve semble faite que « Bob » et Firmin Trogh sont un seul et même personnage. Maintenant, si vous voulez obtenir une confirmation, tâchez de savoir si Trogh est minutieux ou négligent et s'il écrit ses ouvrages à la main.

– Il les écrit à la main ! s'écria M. Sanche dont la tristesse semblait dissipée par la satisfaction puérile de voir l'énigme résolue. Il s'est plaint, un jour, en ma présence, d'éprouver, dans la main droite, ce qu'il appelait « la crampe de l'écrivain » !

Ce dernier coup parut affecter particulièrement l'inspecteur Taurochs. Avant qu'il eût ouvert la bouche, Silas Lord se leva et lui tapota l'épaule :

– Ma foi, il est parfois souhaitable d'avoir les réflexes un peu lents ! À combien disiez-vous que s'élevait votre solde, inspecteur ?

– Naturellement, vous avez eu de la chance ! dis-je, un jour, à Silas Lord, en reparlant de cette affaire.

Notre intimité croissante autorisait, alors, de ma part, pareille réflexion.

– Exact, David ! me répondit-il. J'ai eu de la chance ! Vous vous trompez, toutefois, quand vous croyez qu'elle s'est manifestée pendant la confrontation des textes. Elle s'était manifestée, plusieurs jours auparavant, tandis que je lisais *La Dernière Escale*. À ce moment-là, en effet, je m'étais fait machinalement la réflexion qu'il ne serait pas impossible de reconstituer partiellement, grâce aux erreurs typographiques relevées dans l'ouvrage, l'écriture de son auteur.

– Mais alors, dis-je, vous saviez qui était « Bob », tout de suite après avoir lu la lettre ?

– Évidemment, David, ou je ne me serais pas occupé de l'affaire.

– Mais alors… dis-je encore. Vos hésitations, vos atermoiements et le reste…

Silas Lord prit un air navré :

– Hélas, David ! Le reste était comédie.

3

LE MORT BURLESQUE OU CRIME À DISTANCE

J'ignore quelle impression a pu produire, sur le lecteur, le récit de « notre » premier cas. Peut-être d'aucuns – les exploits de Silas Lord sont encore présents à bien des esprits – le trouveront-ils banal. À ceux-là, je répondrai que si le monde ne s'est pas fait en un jour, Silas Lord n'atteignit pas d'un coup à la célébrité. Il eut, pour se faire connaître, à s'occuper, d'abord, d'affaires de peu d'importance. Les grosses ne vinrent qu'ensuite. Mon premier récit aura eu, du moins, pour avantage de mettre en lumière ce sens de l'opportunité que « le premier détective du monde » avait exceptionnellement développé.

Maintenant qu'il me faut faire un nouveau choix parmi mes souvenirs, une phrase de Silas Lord me revient à l'esprit. Il déclarait volontiers :

– Le cas banal, voilà l'ennemi ! On ne sait par quel bout le prendre. Dupin disait, il avait raison : « Plus un crime est mystérieux, bizarre, plus il est aisé à résoudre. »

Pour illustrer cette théorie, je pourrais vous rappeler en détail le crime des trois sœurs Façon ou les monstrueux forfaits du diacre de Sainte-Apolline. Mais ils firent couler tant d'encre que je leur préfère l'affaire Vranx. Tout bien considéré, elle est plus étrange encore...

Le cadavre fut découvert à l'aube, par un maraîcher, sur le trottoir de gauche de la rue du Jeudi. Il était couché face contre terre. C'était celui d'un homme âgé d'une trentaine d'années dont l'accoutrement défiait la raison. Il portait, en effet, outre un pyjama à voyantes rayures, un veston d'alpaga et un faux col empesé. Enfin, un chapeau haut de forme avait roulé dans la rigole. Cela ressemblait à une funèbre mascarade et, lorsqu'ils examinèrent le cadavre, ces messieurs de la police se demandèrent, pendant un instant, s'ils n'étaient pas l'objet d'une illusion : *la victime avait, aux pieds, des patins à roulettes !*

Le médecin légiste se montra catégorique : la mort était due à une chute, une chute de plusieurs mètres. Le corps ne portait pas d'autres blessures que celles résultant de cette chute.

La victime ne tarda pas à être identifiée. On l'avait trouvée étendue devant sa propre maison. Robert Vranx, tel était son nom.

La presse, naturellement, s'empara de l'affaire et un titre : *Le mort à roulettes* – dont l'auteur aurait pu, certes, être mieux inspiré – fit sensation. On sut que feu Robert Vranx laissait un frère, Marcel, et une sœur, Danièle. On sut que celle-ci était « blonde comme les blés » et fiancée depuis peu à un agent de change, Georges Hans.

L'affaire, cependant ne « donna » pas ce qu'en attendaient et espéraient d'aucuns. La solution en fut trop rapide à leur gré. Quarante-huit heures après la macabre découverte, Silas Lord démasquait le coupable – car il y avait un coupable ! – et le livrait à la police.

La police, d'ailleurs, s'empressa de le relâcher. Mais ceci est une autre histoire...

C'est à la demande de Georges Hans que nous nous occupâmes de l'affaire. Le lendemain du drame, l'agent de change nous faisait passer sa carte. Je le revois encore... De taille moyenne, chauve et sanguin, saluant à l'allemande. Des vêtements de bonne coupe mais défraîchis. Un Éric von Stroheim portant binocle.

Il croyait à un crime et le déclara en termes pompeux, ajoutant qu'il ne regarderait pas à la dépense pour voir plus tôt sous les verrous le meurtrier de « feu son futur beau-frère ».

– Un taxi m'attend devant la porte, proposa-t-il finalement. Si vous vouliez...

Depuis la veille, Silas Lord lisait tout ce qui avait trait à l'affaire.

– Allons ! dit-il.

Les Vranx habitaient au dernier étage du n° 12 de la rue du Jeudi. Pour être plus précis, ils vivaient sur le toit. Étrange maison, étranges occupants !

Introduits par Georges Hans, nous surprîmes Marcel et Danièle Vranx dans un petit appartement de quatre pièces auquel de larges fenêtres sans rideaux donnaient les apparences d'une dunette. On ouvrait une porte, on descendait deux marches, et l'on était sur le toit, un toit français, légèrement déclive et sans garde-fou, hérissé de cheminées et d'antennes de T.S.F. Par beau temps, les Vranx y installaient des transatlantiques, de petites tables, une tente même. Le clocher d'une église toute proche projetait sur ce jardin imprévu son ombre tournante.

À l'intérieur de l'appartement, même indescriptible désordre. Les objets les plus hétéroclites jonchaient le plancher, un évier servait d'aquarium à des poissons japonais, il y avait un divan dans la cuisine. En dépit de quoi, grâce à des fleurs fraîchement coupées, répandues à profusion, on éprouvait dès l'entrée une favorable impression.

Les journalistes, à leur décharge, n'avaient nullement exagéré en assurant que la sœur de la victime était « blonde comme les blés ». Mais à cela se bornait, selon toute apparence, sa séduction. Elle n'était ni jolie, ni gracieuse, et si elle avait du charme, celui-ci n'eut guère le temps d'opérer sur Silas Lord.

– Réfléchissez-y, monsieur Hans ! avait dit mon patron tandis que l'ascenseur nous emmenait au dernier étage. Toute vérité n'est pas bonne à connaître. Or, lorsque je suis une piste, je la suis jusqu'au bout…

– Je ne l'entends pas autrement, avait répondu l'agent de change.

Après les préambules d'usage, Silas Lord eut pour premier soin d'examiner l'appartement qui, je l'ai dit, se composait de quatre pièces : deux chambres à coucher, séparées par un salon-salle à manger et une cuisine.

– Il paraît que l'un de vos oncles vient de mourir ?

L'imprévu de la question nous fit, tous, tressaillir.

– Exact, répondit Marcel Vranx.

Il était grand, pâle et roux.

– Dites : *notre oncle,* intervint Danièle. Nous n'avions plus d'autre parent et cela vous paraîtra peut-être paradoxal : il nous a, en mourant, rappelé son existence !

Elle eut un rire nerveux :

– Nous ne parlions jamais de lui autrement : l'*Oncle* ! C'était un de ces personnages fabuleux qu'on ne voit guère plus de trois ou quatre fois, dans une vie, qui prennent presque figures de mythes…

– … et qui vous lèguent opportunément une fortune !

Le frère et la sœur échangèrent un regard éloquent et Danièle murmura :

– Vous savez ?

– J'ai mes moyens d'information. La semaine dernière, lundi ou mardi, vous vous êtes réveillés riches, tous les trois... et j'imagine que cette nouvelle a dû vous bouleverser ?

La jeune fille poussa un soupir :

– Pendant quarante-huit heures, je n'ai pu manger, j'étais comme folle ! Le... La joie, vous comprenez ? Nous avons ensuite commandé un festin pantagruélique, auquel nous avons convié quelques amis... Il y en a qui n'ont pu trouver place que sur le toit ! J'ai acheté des fleurs, j'en ai mis partout...

Elle faisait beaucoup de gestes en parlant et une légère rougeur colorait ses joues.

– Si mes renseignements sont exacts, reprit Silas Lord, cet héritage vous a tirés d'un mauvais pas ?

Il se tourna vers le long et maigre Marcel qui jouait machinalement avec un coupe-papier.

– Votre frère était sans travail et, il y a trois semaines, le patron de la banque où vous étiez employé vous avait remercié. Mademoiselle votre sœur, seule, gagnait quelque argent en s'occupant de reliures...

– Exact.

Marcel Vranx semblait éprouver une prédilection toute particulière pour ce mot dont il ne prononçait pas les deux dernières consonnes.

Silas Lord demanda la permission de fumer. Il était pensif.

– Dites-moi ? Que s'est-il exactement passé, l'avant-dernière nuit ?

– Mais... rien ! répondit précipitamment Danièle. Comme de coutume, nous nous sommes couchés tard et je ne me suis réveillée que pour apprendre le... la sinistre nouvelle.

– La victime et vous, partagiez la même chambre, n'est-ce pas, monsieur Vranx ?

– Oui.

– Votre frère, avant-hier soir, vous a-t-il paru dans son état normal ?

– Oui. Nous avons bavardé pendant dix minutes avant de nous endormir. Robert semblait d'excellente humeur.

– Vous ne vous êtes pas réveillé, pendant la nuit ?

– Non. J'ai d'ordinaire le sommeil assez léger mais, avant-hier, après avoir bu un verre d'eau comme tous les soirs, je me suis endormi brusquement. J'entendais Robert me parler et je ne pouvais lui répondre. Le matin, Danièle a dû, littéralement, me tirer de mon lit.

Silas Lord avait froncé les sourcils. Il se jeta dans un fauteuil, croisa les jambes.

– Votre frère, dit-il, est tombé du toit. Impossible de l'imaginer se promenant, à l'aube, dans la rue vêtu seulement d'un pyjama et d'un veston, coiffé d'un tuyau de poêle, des patins à roulettes aux pieds ! Même s'il avait conçu l'idée bouffonne de mettre des patins pour courir l'aventure à cette heure indue, il aurait pris soin de s'habiller moins sommairement... Votre frère avait-il toute sa raison ?

– Il était extrêmement intelligent, répondit Danièle. Sans contredit, il avait plus d'esprit que nous.

– Avait-il jamais manifesté l'intention de se suicider ?

– Oui, par deux fois, dit Marcel Vranx. Mais on n'en finit pas avec la vie de cette façon ! Je crois que personne ne se couvrirait volontairement de ridicule en pareilles circonstances. D'autre part, depuis que nous sommes riches, Robert n'avait plus aucune raison de se tuer. Ce qui l'avait désespéré, c'était la misère, le sentiment de son impuissance.

– Quand a-t-il cessé de faire du patinage… car je suppose que votre état de fortune ne lui permettait plus de s'adonner à ce sport ?

– Depuis un an environ.

– Vous-mêmes, patiniez-vous à l'époque ?

– Moi, oui, dit Danièle. Marcel, non.

– Les patins fixés aux souliers de votre frère, quand on l'a trouvé mort, étaient bien ses propres patins ?

– Mais… sans doute.

Les questions se succédaient à une cadence si rapide que Silas Lord paraissait se moquer des réponses.

– Les verres à eau placés à votre chevet, avant-hier soir, ont-ils été lavés depuis ?

– La police a essayé de mettre la main dessus hier. Ils semblent avoir disparu.

– Et, j'y insiste, vous ne vous êtes rendu compte, ni l'un ni l'autre, de ce qui se passait l'autre nuit ?

– Non, dit Danièle.

– Non, dit Marcel.

– Personne n'a pu s'introduire dans l'appartement ?

– Ni y entrer, ni en sortir ! répondit Marcel catégorique. Avant-hier, comme toujours, nous avions poussé les verrous de la porte d'entrée. Nous les avons retrouvés, le matin, tels que nous les avions laissés.

Sous prétexte d'une nouvelle visite domiciliaire, Silas Lord m'avait entraîné dans la cuisine. Il me regarda en souriant.

– Eh bien ! David, qu'en pensez-vous ?… Nous avons, déjà, résolu le *pourquoi* et, si je ne me trompe, le *comment*, dans quelques instants, ne sera plus un secret pour nous… Reste le *qui*.

Sans attendre la question que j'allais lui poser, il m'expliqua :

– L'héritage de l'oncle est à l'origine du drame. C'est pour profiter de la part de Robert que le meurtrier a envoyé ce pauvre jeune homme s'écraser dans la rue. Si, l'autre nuit, l'appartement était, effectivement, clos au verrou et à clé – et les Vranx n'ont aucun intérêt à nous le faire accroire – nous...

– Oui, dis-je, nous n'avons le choix qu'entre le frère et la sœur.

Pour toute réponse, Silas Lord, qui furetait dans la cuisine, poussa une exclamation de triomphe :

– Regardez ça, David !

– Qu'est-ce que c'est ?

– Mais les verres, naturellement, que la police a cherchés en vain ! Les fameux verres à eau qui se trouvaient au chevet de Marcel et de Danièle Vranx avant-hier soir !

Je m'approchai. L'un des récipients était presque vide, l'autre plein au tiers. Sur les bords du premier, on distinguait des traces de rouge à lèvres. Silas Lord goûta l'eau qu'ils contenaient encore et examina celui de Marcel par transparence :

– Narcotique, David ! Comme prévu.

Il gagna la chambre à coucher de Danièle puis, par l'étroit couloir qui traversait l'appartement, celle de Robert et de Marcel. Dans l'une et l'autre, je le vis farfouiller dans les penderies et examiner, tout particulièrement, les chaussures.

– De mieux en mieux, David ! dit-il soudain en exhibant une paire de patins à roulettes dissimulée entre le mur et un radiateur, derrière une pile de linge. Robert Vranx chaussait du 40. Voici ses patins. Ceux qu'il portait lorsqu'il est mort appartiennent donc à Danièle.

Il prit, dans une petite pharmacie en laqué blanc, un flacon dont il respira longuement le contenu :

– Voyons, David, qui est le coupable à votre avis ?

C'était la première fois que Silas Lord semblait se soucier de mon opinion. Je fis désespérément appel à mes souvenirs littéraires.

– Harry Dickson, dis-je, dans l'*Alpe homicide*...

– Laissons là l'*Alpe homicide*, David ! Depuis que je m'occupe de cette affaire, toutes mes découvertes tendent à me fortifier dans l'idée que le meurtrier a semé des indices destinés à perdre autrui. Assez adroitement, ma foi ! Mais je ne marche pas ! David, Robert Vranx, lorsqu'il est mort, portait les patins de sa sœur Danièle et, si le verre de Marcel contient encore un peu de somnifère, celui de la jeune fille semble n'avoir contenu que de l'eau pure. Hein, qu'en dites-vous ?

J'éludai la question :

– Ce que je ne puis arriver à comprendre, c'est comment le meurtrier s'y est pris ! S'il a, simplement, jeté ou poussé Robert Vranx dans la rue, pourquoi découvre-t-on ce dernier accoutré d'aussi extraordinaire manière ?

– Creusez-vous un peu la tête, David ! Il y a une hypothèse – et je crois qu'il n'y en a qu'une – qui explique tout.

Je donnai ma langue au chat et nous réintégrâmes le living-room.

L'attitude de Silas Lord me prouva aussitôt que nous entrions dans une phase décisive. Immobile, le dos à la cheminée, les épaules hautes et carrées, le *boss* regarda tranquillement Danièle puis Marcel Vranx.

– Lequel de vous deux souffre d'insomnie ? interrogea-t-il soudain.

– Moi, répondit Marcel Vranx, après une brève hésitation.

– Avez-vous l'habitude de vous enfermer à clé dans votre chambre à coucher pour la nuit ?

– Non... Naturellement, non !

– Votre frère et vous étiez en bons termes ?

– En excellents termes.

– Jamais de dispute ? Pas le moindre dissentiment ?

Tout en posant ces questions, le détective n'avait d'yeux que pour Danièle et son fiancé dont le trouble était évident.

– Vous faites fausse route ! s'écria Marcel Vranx. Robert, Danièle et moi étions très unis.

La colère le travaillait maintenant comme un mauvais levain :

– Iriez-vous jusqu'à soupçonner ma sœur ou moi-même ?

Silas Lord demeura silencieux pendant un moment. On l'eût dit désireux de laisser à la colère de Marcel le temps d'éclater. Quand il reprit la parole, il ne regardait plus personne.

– Vous me ferez difficilement admettre que vous ne vous doutez pas, tous les deux, de la façon dont est mort votre frère. Le champ des recherches, dans tous les cas, est limité. Je pense à la porte d'entrée, fermée à clé, aux verrous poussés. Il n'y avait, l'autre nuit, dans cet appartement que vous, mademoiselle, vous, monsieur Vranx, et la victime... Je suis désolé de vous parler aussi brutalement mais les circonstances m'y obligent.

Danièle devint livide, ses traits étaient tirés et l'on voyait plus nettement, entre ses yeux et près des ailes du nez, ses taches de rousseur.

– Je crois bien que ma conduite dépendra de la réponse que vous allez me faire... J'attends de vous une absolue franchise... *Votre frère Robert était-il somnambule ?*

Marcel Vranx, le front appuyé à la fenêtre, regardait au-dehors. Il fit volte-face pour nous répondre mais Danièle le devança :

– Non !

C'était presque un cri. Elle s'assit et se cacha le visage dans les mains :

– Qu'allez-vous imaginer là ?

– Rien. Une idée... murmura Silas Lord.

Il paraissait à la fois déçu et embarrassé.

– Eh bien ! dit-il enfin, en se tournant vers moi, nous n'insisterons pas pour aujourd'hui. Voulez-vous nous montrer le chemin de la sortie, monsieur Hans ?

J'éprouvais, moi-même, une amère déception. Ainsi, Silas Lord s'était laissé abuser par son imagination ! Parti sur une fausse donnée, il échouait au moment de toucher au but et l'affaire semblait bien devoir se terminer en queue de poisson.

Nous suivions le couloir et approchions de la porte d'entrée lorsque Georges Hans, qui nous précédait, se retourna :

– Je ne sais, dit-il, si je devrais parler... mais je crois que, depuis hier matin, le système nerveux de ma fiancée s'est un peu détraqué. Vous avez touché juste... Il vaut mieux que je vous l'avoue sur-le-champ car une simple visite au médecin de la famille vous apprendrait la vérité. *Robert Vranx était somnambule.*

– J'en étais sûr... Pourquoi mentir ?

– Ma foi, nous avons vécu de pénibles moments pendant ces dernières vingt-quatre heures. Je crois que Danièle et Marcel ont un peu peur l'un de l'autre. De plus, ils ont cherché, au cours de leur interrogatoire, à se protéger mutuellement.

Silas Lord s'adossa à la porte d'entrée :

– Il est exact, dit-il que votre fiancée a cherché à protéger autrui. C'est pourquoi elle a répondu par la négative lorsque je lui ai demandé si Robert était somnambule. Cette question, et les précédentes, lui avaient ouvert les yeux. Elle connaît, à présent, l'identité du meurtrier.

Le *boss* se tourna vers moi :

– Le moment est venu, David, de répondre à la question que je vous posais, il y a dix minutes... Robert Vranx, lorsqu'il est mort, portait – vous ai-je dit – les patins de sa sœur Danièle et, si le verre de Marcel contient encore un peu de somnifère, celui de la jeune fille semble n'avoir contenu, par contre, que de l'eau pure. Quelle conclusion en tirez-vous ?

Je pris mon courage à deux mains :

– Eh bien !... Je... Cela paraît incriminer Danièle. Ne réussissant pas à découvrir les patins de son frère Robert, elle aurait – je ne vois pas très bien pourquoi ! – fixé ses propres patins aux souliers du mort, après avoir endormi Marcel pour avoir les mains libres. Cependant...

– Hourra, David ! Vous venez de développer la théorie n° 1, la plus simple, celle que j'appellerai la « théorie-tremplin » parce qu'elle ne résiste pas deux minutes à l'examen et en entraîne une autre, plus subtile. Notez que vous feriez un mauvais avocat général ! Vous avez passé sous silence un argument de poids. Il fallait faire remarquer, pour commencer, qu'un crime aussi compliqué est, généralement, l'œuvre d'une femme... Nous allons, maintenant, nous substituant à la défense, détruire vos conclusions en quelques mots. Les indices relevés contre Danièle sont trop évidents pour être authentiques. Coupable, la jeune fille n'aurait jamais fixé ses propres patins aux souliers de la victime. C'eût été signer son crime ! Elle n'aurait pas davantage laissé traîner le verre de Marcel, elle aurait fait disparaître toute trace du somnifère, au cours même de la nuit. N'est-ce pas curieux et... caractéristique ? La police a retourné l'appartement hier sans parvenir à découvrir ces verres. Moi, aujourd'hui, je mets la main dessus, sans chercher. Une seule explication logique : parce qu'on avait intérêt à ce que je les examine, *on* les a mis de côté jusqu'à mon arrivée. *On ?* Le meurtrier. Le meurtrier qui, dans le dessein de s'approprier en entier l'héritage de l'oncle, n'a rien trouvé de mieux que de tuer Robert en essayant de faire condamner l'autre légataire s'interposant entre la fortune et lui.

– Marcel ! m'écriai-je.

– Pour la deuxième fois : « Hourra, David ! » Marcel partageait la chambre de son frère. Il avait donc toutes facilités pour commettre le crime. Il prétend avoir sombré, l'autre nuit, dans un sommeil de plomb mais Danièle aussi s'est endormie rapidement. Le somnifère provient de la pharmacie de Marcel. Enfin, puisque tous les indices qui semblent accuser Danièle innocentent du même coup son frère, nous sommes en droit de les interpréter dans un sens diamétralement opposé.

Silas Lord me frappa sur l'épaule :

– Votre raisonnement est en tout point logique, David ! Il convaincrait, probablement, la police et, certainement, l'inspecteur Taurochs. C'est aussi le raisonnement que le meurtrier s'attendait à me voir suivre, *le raisonnement qu'il m'a, en quelque sorte, dicté.* Première phase : culpabilité de Danièle. Deuxième phase : culpabilité de Marcel. Je devrais en rester là. Malheureusement pour notre Machiavel, j'aime pousser un raisonnement à fond. Jamais deux sans trois ! L'un d'entre vous voudrait-il m'expliquer pourquoi Danièle – ou mieux, Marcel – aurait permis à Robert de s'affubler dans sa crise de somnambulisme du veston d'alpaga, du faux col empesé et du tuyau de poêle qui ont fait crier toute la ville ? Et que viennent faire là-dedans les patins à roulettes ? Si Danièle – ou mieux Marcel – désirait se débarrasser de Robert, il n'avait qu'à le pousser dans la rue *tout simplement*. Chacun aurait cru à un accident. Alors ? Humour macabre, de la part du criminel ? Désir puéril d'intriguer les foules, de dérouter la police ? Non ! Si Robert avait des patins à roulettes aux pieds, c'est qu'il était *nécessaire* qu'il en eût ! Et si on le découvre accoutré d'aussi extravagante façon, c'est que le meurtrier *n'était pas auprès de lui pour empêcher cette malencontreuse mascarade !*

Pressentant, enfin, la conclusion de tout ceci, je sentis des gouttes de sueur perler à la racine de mes cheveux.

– En deux mots, voici comment le meurtrier s'y est pris, David… Décidé à profiter de la maladie nerveuse de Robert, il vient ici avant-hier soir. Visite attendue et qui ne peut surprendre personne. Quelques secondes suffisent à notre homme pour préparer son crime, c'est-à-dire verser du somnifère dans les verres de Danièle et de Marcel et déposer, au pied du lit de la victime, la paire de souliers munie des patins à roulettes appartenant à la jeune fille. Il met ainsi à exécution, je le répète, un plan judicieusement combiné : compromettre maladroitement Danièle pour mieux perdre Marcel. Au milieu de la nuit, Robert se lève – l'excitation nerveuse, due à son subit changement de fortune, a rendu ses crises plus fréquentes et tous ses intimes le savent –, il se chausse, prend les premiers vêtements et la première coiffure qui lui tombent sous la main… Le voici sur le toit, ce toit – souvenez-vous-en, David ! – légèrement déclive et sans garde-fou. Il glisse, ses patins l'entraînent malgré lui, il tombe enfin, poussé dans le vide par l'invisible bras d'un assassin se trouvant à deux ou trois kilomètres de là ! Le crime à distance, quoi !

Silas Lord, tout en parlant, avait plongé la main dans la poche droite de son pardessus, celle où il mettait son automatique. Il acheva :

– Si j'ai un conseil à vous donner, monsieur Hans, c'est celui de nous accompagner de bonne grâce. Je vous avais prévenu : lorsque je suis une piste, je la suis *jusqu'au bout*.

– Notez qu'il s'en tirera certainement, me dit le *boss*, quelques heures plus tard. L'accusation est faible, elle ne convaincrait pas un jury. Peut-être même le juge d'instruction ne la retiendra-t-il pas !

– Mais comment, diable, avez-vous pu vous douter que Robert Vranx était somnambule ?

– Je l'ai deviné, David, répondit Silas Lord. Plus ficelle que Sherlock Holmes, ce détective-robot, moi, je devine toujours ! Dans la plupart des cas, je tombe juste. Quand je me trompe, j'efface tout et je recommence. Retenez bien ceci, mon vieux : pour triompher des mauvais garçons, il nous faut avoir plus d'imagination qu'eux ! Si vous vous trouviez, nez à nez, avec un monsieur en pyjama, aux premières lueurs de l'aube, que vous diriez-vous ? Qu'il est fou ou somnambule… J'ai tâté de ces deux hypothèses. Si elles ne m'avaient mené nulle part, j'aurais tâté d'une troisième… Mais vous, pourriez-vous en formuler une troisième ?

4

Silas Lord sauve une vie

La perspicacité du « premier détective du monde » – je crois l'avoir dit déjà – a trouvé à s'exercer, avec un bonheur égal, dans la plupart des grandes villes européennes. Tour à tour, Bruxelles, Paris, Londres, Berlin, Vienne, Madrid, Rome, Stockolm s'enflammèrent, comme de petites pensionnaires, pour cet aventurier étonnant, ce mage en knickerbockers, ce nouvel Œdipe qui – habileté suprême – semblait mépriser leurs avances.

– Nous n'allons pas moisir, ici, David ! me disait-il à peine débarqués.

Et, huit, quinze jours ou trois semaines plus tard, le temps d'avoir relevé quelques sensationnels défis, l'*Oiseau bleu* ou l'*Orient-Express*, qui nous avait amenés, nous remmenait vers de nouveaux climats.

Ceci explique la difficulté que j'éprouverai par la suite, à replacer certains de mes souvenirs dans leur cadre original. Fut-ce à Moabit ou à Soho que nous retrouvâmes, finalement, l'émeraude maléfique de lady Diana Scarlett ? J'hésite. Fut-ce au *Sporting* de Monte-Carlo ou au *Jeronimo's* de Cannes que Marie Consul nous offrit des Bronx au vitriol ? J'hésite encore.

Du moins, n'en ira-t-il pas ainsi pour l'affaire que je vais vous conter dans ce chapitre et que je pourrais aussi bien intituler : *Le mobile*. Comme les deux précédentes, elle remonte à nos débuts, alors que nous prospections – pour reprendre une expression favorite de Silas Lord – ce tranquille carrefour de plusieurs grand'routes internationales : Bruxelles.

– Allô ! Sherlock Holmes ? fit une voix lointaine dès que j'eus décroché :

J'entrai dans le jeu :

– Non, rien que le Dr Watson.

– Je voudrais parler au grand Sherlock... Ici, Bille, de *L'Estafette*.

– Un instant.

Je posai l'écouteur sur *Le Génie et la Folie*, de Lombroso, et me tournai vers le fond de la pièce :

– Pour vous, monsieur.

Un nuage de fumée bleue s'élevait lentement du fauteuil monumental placé devant la cheminée.

– Qu'est-ce que c'est ?

– Un rédacteur de *L'Estafette*.

– Bille ?

Silas Lord se leva et vint à moi. Il portait une robe de chambre d'indienne qui lui tombait jusqu'aux pieds et avait l'air endormi d'un homme tiré trop tôt de son lit. Cet air-là, il le gardait d'ordinaire toute la matinée.

– Allô ! j'écoute.

Je m'étais discrètement écarté. Je continuai, néanmoins, de percevoir, tant son diapason était élevé, la voix nasillarde de M. Bille :

– 'jour, vieux ! Si le cœur t'en dit, j'ai un job pour toi, ce matin. Rendez-vous place de la Chapelle dans un quart d'heure.

Il m'a toujours été pénible – je ne sais trop pourquoi – d'entendre tutoyer Silas Lord. Respect exagéré, peut-être ?

– Habillez-vous, David ! me dit-il, en raccrochant le récepteur. Nous partons.

Je fus prêt avant lui et je me chauffais une dernière fois les mains devant la haute cheminée flamande, quand sa voix me parvint de la chambre à coucher :

– Faites venir un taxi.

Nous débarquâmes place de la Chapelle à midi dix. M. Bille nous attendait en arpentant le trottoir à pas nerveux. C'était un petit homme, vêtu de couleurs voyantes, remuant, débraillé, à qui, après cinq minutes de conversation, on ne se sentait plus la moindre envie de donner du « monsieur ». Il avait, du reste, le don de vous mettre à l'aise en vous déclarant tout de go :

– Appelez-moi « Bille » ! Je suis un vrai copain.

À peine avions-nous échangé dix phrases qu'il nous entraînait, un bras passé sous celui de Silas Lord, un bras passé sous le mien.

– Où allons-nous ? demandai-je.

Il me regarda d'un air futé :

– Espérez un peu ! Je vous ménage une surprise.

Nous nous trouvâmes bientôt au cœur de ce quartier populeux et misérable, limité par le Palais de Justice, Notre-Dame du Sablon, Notre-Dame de la Chapelle, la gare du Midi et l'hôpital Saint-Pierre, quartier riche en impasses et dont les rues, étroites et sombres pour la plupart, portent des noms que la foi a, presque tous, inspirés : rue Notre-Seigneur, rue des Ursulines, des Brigittines, des Visitandines, rue du Temple, rue des Chandeliers, rue du Saint-Esprit, etc.

Une foule de femmes en cheveux et d'hommes au visage blême, mangé de barbe, nous entourait.

Nous nous engageâmes dans la rue Blaes, toute retentissante de sonneries de tramways. Notre ami Bille – je savais maintenant qu'il était chroniqueur judiciaire à *L'Estafette* – semblait chercher son chemin. Pendant un moment, je pus me demander si nous aurions à traverser « le marché aux puces » mais, peu après avoir dépassé la rue Saint-Ghislain, le journaliste fit volte-face, retourna vivement sur ses pas et bifurqua à droite.

– Si je vous ai laissés renvoyer votre taxi, expliqua-t-il alors, c'était pour vous donner le temps de « prendre le pouls » du quartier... Par ici ! Un crime a été commis, cette nuit, rue Notre-Dame-de-Grâces. C'est-à-dire à l'ombre même du Palais de Justice.

Nous approchions de la rue Haute.

– Rien de sensationnel ! Non, une affaire toute simple, toute banale – en apparence du moins – à laquelle les journaux, ou je me trompe fort, ne consacreront pas plus de trente lignes. À moins que...

Bille observa Silas Lord du coin de l'œil :

– À moins que tu n'en découvres le fin mot... Dans ce cas, j'ai idée qu'on en parlera !

– En somme, dit Silas Lord, si je comprends bien...

Son ton était nettement ironique :

– ... vous me mettez à l'épreuve ?

– Si tu veux ! grommela Bille.

Sa voix se fit plus basse, un peu haletante :

– Une occasion unique de montrer tes talents, d'épater M. Tout-le-Monde, voilà ce que je t'offre !

– Merci. Mais je vous connais trop, mon vieux, pour aller croire au désintéressement de votre offre... De quel côté espérez-vous que viendra l'argent ?

– Il n'y aura pas d'argent ! déclara catégoriquement Bille. Il n'y aura pas un franc, pas un centime à toucher, dans cette affaire-ci. Au contraire, nous risquons d'y être de notre poche.

– Vous m'étonnez ! dit Silas Lord.

Le reporter prit l'air ravi et content de soi d'un homme dont on reconnaît les mérites. Moi, qui étais en train de chercher des ressemblances, je fus subitement fixé... Bille avait, d'un Levantin, les cheveux huileux, la figure bouffie, la cautèle et la fausse bonhomie.

Il saisit le poignet de Silas Lord. Il appartenait à cette sorte de gens incapables de parler sans agripper leur interlocuteur d'une façon ou d'une autre.

– Je vais tout te dire ! Les beaux « papiers » sont rares. Découvre le *pourquoi* de la mort du vieux et j'aurai une raison d'aller entretenir le patron de la dureté des temps.

– Comme ça, c'est O.K. ! dit Silas Lord. J'aime voir clairement les mobiles qui guident autrui.

– Ah ! oui, les mobiles ! répéta Bille.

Et il fut pris d'une douce hilarité qui ne l'abandonna qu'à l'entrée de la rue Notre-Dame-de-Grâces.

Ici, je sens qu'une description de la maison du crime s'impose. Hélas, je ressens aussi, et plus vivement, mon impuissance à en dépeindre, comme il conviendrait, le délabrement et la sinistre laideur. Décrépite, lépreuse, la façade ne se distinguait cependant pas autrement de ses voisines. Il fallait pénétrer à l'intérieur de la bicoque pour avoir la révélation de la misère qui s'y cachait. La porte d'entrée était entrebâillée. Pas de sonnette et, en place de bec-de-cane, un trou, d'où pendait une ficelle poisseuse. Un policeman, qui devait avoir des instructions à notre endroit, s'écarta pour nous laisser passer, une main à son casque blanc. L'un derrière l'autre – Bille ouvrant, moi fermant la marche – nous franchîmes le seuil usé et nous nous trouvâmes aussitôt plongés dans l'obscurité la plus profonde.

– L'escalier est juste en face, prévint le reporter d'une voix qui semblait avoir perdu de sa sonorité. Attention, il n'y a pas de rampe ! Rien qu'une grosse corde à hauteur de hanche. Sacrifiez quelques allumettes, si vous ne voulez pas vous casser la figure.

Je m'empressai de suivre ce conseil. Je trébuchai néanmoins à plusieurs reprises et, si je ne m'étais finalement cramponné au pardessus de Silas Lord, je crois bien que je me serais étalé. Le *boss*, lui, n'avait même pas retiré les mains de ses poches. Je me souvins qu'il m'avait une fois déclaré, en riant, y voir aussi clair la nuit que le jour. Quant à moi, m'étant inconsidérément penché du côté de la rampe de fortune, je fus pris d'une telle sensation de vertige devant ce trou noir que je me rejetai contre le mur et ne cessai plus de m'y appuyer tout le temps que dura notre pénible ascension.

– Nous y voici ! dit Bille.

Une porte grinça et il nous fit entrer dans le plus abominable taudis qui se puisse rêver. L'unique fenêtre, aux vitres noires de poussière, donnait sur une cour étroite semblable à un puits, et le peu de lumière qui pénétrait dans la pièce par les joints du plafond et les lézardes des murs, semblait s'y introduire en fraude. Une cruche cassée et deux ou trois autres objets de porcelaine faisaient, çà et là, dans l'ombre des taches claires. Un lit monstrueux par ses dimensions et son aspect anormal occupait le mur du fond sur toute sa largeur.

– C'est là-dessus, nous dit Bille, que le vieux a été trouvé mort, ce matin, une balle de revolver dans la tête. Les résultats de l'autopsie ne seront pas connus avant demain mais ils ne nous apprendront probablement rien. Marle, le toubib, déclare que le crime a dû être commis vers 11 heures et demie du soir.

Vivrais-je cent ans que je n'oublierais pas l'extraordinaire impression d'irréalité ressentie alors. Cette maison branlant sur ses assises, cette chambre où l'on étouffait, *où l'on ne voyait même pas*, ressemblaient à un décor abandonné, tombant en poussière, loin des feux de la rampe. Le plus surprenant n'était pas qu'un homme y fût mort assassiné, mais bien qu'il eût réussi à y vivre. J'appris, par la suite, que ce misérable logement était loué au prix exorbitant de vingt-cinq francs par semaine.

– Le vieux s'appelait Vanosmael. Il approchait de la soixantaine. Il souffrait, prétend Marle, d'une angine de poitrine. Aucun moyen d'existence. Il devait trois semaines de loyer à son propriétaire qui comptait l'expulser avant dimanche et en avait déjà touché un mot au « chien du commissaire ». Ainsi, appelle-t-on, dans le quartier, l'agent chargé de la police des logements... Ces messieurs du Parquet ont interrogé les voisins. Le vieux – faut-il le dire ? – ne se connaissait aucun ennemi. Il ne mettait jamais les pieds dehors, il agonisait discrètement sous son édredon rouge, et si l'hypothèse d'un crime inspiré par la vengeance est absurde, celle d'un crime ayant le vol pour mobile est tout bonnement loufoque ! Alors ?... Alors, les flics se sont rabattus sur la fille, ils lui ont fait subir le troisième degré toute la matinée, mais sans en rien tirer. Mademoiselle prétend avoir erré dans les rues du quartier de 11 heures du soir à 5 heures du matin, dans l'espoir – elle n'en convient pas mais cela semble évident – de faire quelque *miche*. Les flics l'auraient naturellement coffrée, si une sorte de miracle ne s'était produit...

En proie depuis un instant à un malaise insurmontable, je n'avais plus d'yeux que pour une mince silhouette immobile au cœur de l'ombre. *La fille dont parlait Bille était là!* Nous ne l'avions pas aperçue tout d'abord, tant il faisait noir. Agenouillée sur le plancher, le dos au mur, elle paraissait endormie, évanouie ou morte. Il fallait la considérer très attentivement pour se rendre compte qu'un souffle court soulevait sa poitrine. Du visage baissé on ne distinguait rien.

– À la dernière minute, un greluchon du quartier est venu témoigner en faveur de la jeune personne. Amoureux et jaloux, il l'aurait suivie, à son insu, méditant de tomber à bras raccourcis sur le premier soupirant qui se serait présenté.

– Le revolver ? interrogea brusquement Silas Lord dont le regard, comme le mien, ne quittait plus la forme humaine immobile.

– Un browning tout neuf, s'il faut en croire l'expert. On va, naturellement, entreprendre des recherches chez les armuriers, mais il y a peu de chance de réussir de ce côté-là, la vente des armes à feu n'étant pas encore réglementée.

Bille alluma une cigarette :

– Je ne t'ai pas tout dit ! J'ai même gardé le plus étrange pour la fin. Un savetier de la rue des Minimes est venu déclarer que, hier, vers 11 heures et demie, à l'heure du crime par conséquent, il a entendu toute une série de détonations provenant, lui sembla-t-il, d'un terrain vague joignant sa boutique. Le juge d'instruction n'eut pas plutôt appris cela qu'il envoya des inspecteurs ratisser le terrain désigné et… sais-tu ce qu'ils ont trouvé ? Cinq douilles éjectées – sans doute possible – par l'arme du crime !

Bille jouit un instant de son effet, puis ricana :

– Découvrir qui a tué le vieux ne serait déjà pas banal... Mais découvrir *pourquoi* on l'a tué, j'appellerais ça du grand art !

Silard Lord s'était approché de Mlle Vanosmael.

– Vous n'allez pas rester là ? interrogea-t-il avec douceur.

Elle ne bougea pas. Elle ne leva même pas les yeux vers lui. On était en droit de se demander, devant une telle apathie, si elle avait seulement entendu les propos insultants de Bille.

– Vous avez beaucoup de peine ?

Cette fois, elle haussa les épaules mais son visage demeura obstinément baissé.

– Je suis ici pour découvrir le meurtrier de votre père. Pouvez-vous m'aider ?

Le silence toujours.

– Non ? Et moi, ne puis-je pas vous aider ?

– Personne ne peut plus m'aider.

L'étrange voix ! Fêlée et monotone. « La voix d'un être à bout de souffrance... » devait plus tard me dire Silas Lord.

– Je me demande... Aimiez-vous votre père ?

Un violent frisson secoua les épaules étroites de Mlle Vanosmael, mais cette question, comme les précédentes, demeura sans réponse.

– Que comptez-vous faire ? Est-ce qu'il vous reste de l'argent ?

– Non.

– Vous ne connaissez personne qui puisse prendre soin de vous ?

– Non.

– Demande-lui donc, intervint Bille, pourquoi elle ne cède pas à son greluchon ? Tout vaut mieux que d'avoir le ventre vide !

Mlle Vanosmael avait fini par nous livrer son visage, un visage blême et amaigri, sans larmes, prématurément ridé.

– Quel âge avez-vous ?
– Dix-neuf ans.
Je retins une exclamation d'incrédulité.
– Il y a longtemps que vous êtes dans la misère ?
– Je n'ai jamais connu qu'elle. Mais cela a été en empirant ces deux dernières années.
Elle semblait s'apprivoiser :
– J'ai essayé de travailler mais j'ai dû y renoncer quand mon père est tombé malade. Nous... C'est fini maintenant !
– Qu'est-ce qui est fini ?
Mais la jeune fille se tut de nouveau comme on s'endort. Elle avait des cheveux d'un roux éteint, sa seule beauté, et portait une robe de laine noire usée jusqu'à la trame.
– Pourquoi, reprit doucement Silas Lord, avez-vous dit il y a un instant : « Personne ne peut plus m'aider » ? Hier, l'aurait-on pu ?
Elle lui jeta un regard où je crus discerner de la terreur. Mais ses lèvres demeurèrent closes.
– Vous ne voulez plus rien me dire ?
Elle secoua la tête, les mains crispées dans le creux de sa jupe :
– Allez-vous-en !
Silas Lord s'approcha de la fenêtre, appliqua contre la vitre un chiffon de papier ramassé par terre et y griffonna quelques mots.
– Mon adresse, dit-il, en revenant à la jeune fille et en posant le papier sur ses genoux. J'espère que vous viendrez me voir. Ce soir, demain, ou plus tard... Je vous aiderai.
Il nous prit par le bras, Bille et moi, et nous entraîna rapidement vers la porte. Avant de plonger dans le gouffre noir de l'escalier, il se retourna :
– Je crois vraiment pouvoir vous aider.
Quand nous nous retrouvâmes dans la rue, une pluie fine commençait à tomber. Nous fîmes

quelques pas en silence puis Bille tira Silas Lord par la manche :

– Tu penses à la petite ?

– Pas précisément, répondit le détective. Je pense à un tableau – un tableau de Géricault – appartenant, si je ne me trompe, au Musée du Louvre.

– Vraiment ? Lequel ?

– Vous ne verriez pas le rapport. Du moins pas encore.

Bille se mit à grommeler :

– Tu ferais mieux de me révéler le nom de l'assassin !

La pluie tombait plus drue et nous allions un peu courbés pour mieux résister à la violence du vent.

– Vous savez que je ne me fais fort de résoudre une énigme, dit Silas Lord, que si l'on m'accorde deux faveurs : une visite sur les lieux du crime et vingt-quatre heures de répit. Seule, la première de ces conditions est remplie. Venez me voir, demain matin, à 11 heures. Vous aurez votre « papier ».

Le reporter ne cacha pas son incrédulité :

– Veux-tu dire que tu m'expliqueras qui a tué le vieux et pourquoi ?

– Exactement.

– Nom de D… ! fit Bille.

Le soir de ce même jour, Silas Lord sortit, sans me dire où il allait. Depuis une semaine, je vivais sous son toit. Je décidai de l'attendre au coin du feu, en fumant une pipe, mais à minuit il n'était pas rentré et je craignis de l'importuner en prolongeant cette veille. Quoi qu'il m'en coûtât, j'allai me coucher.

Le lendemain matin, le *boss*, lui-même, me tira du lit.

– Bien dormi ? me demanda-t-il. Je parierais que vous avez rêvé de tulipes !

J'avais rêvé d'éléphants mais n'en aurais pas convenu pour un empire. J'ai toujours détesté voir Silas Lord se tromper.

– Exact ! répondis-je. Je me demande...

– Allons donc ! m'interrompit-il avec une pointe d'humeur. Vous acquiescez pour me faire plaisir. Je ne connais personne qui ait le pouvoir de lire dans le subconscient d'autrui... Il n'y a pas plus de raison pour que vous ayez rêvé de tulipes que d'éléphants !

Bille arriva à 11 heures juste. Il pénétra dans le fumoir d'un pas assuré et son attitude était celle du « monsieur à qui on ne la fait pas ».

– Un *cheroot* ? proposa Silas Lord.

– Merci, dit Bille en en prenant deux. Je te vois venir ! C'est une tentative de corruption. Tu vas me demander quelques heures de grâce pour un supplément d'enquête.

– Pas une heure, pas une minute... Ou plutôt si, une petite minute : le temps d'allumer ces cigares et de mettre une bûche sur le feu.

– Tu sais qui a tué le vieux et pourquoi ?

Cela tournait au leitmotiv. Bille, tant le crime l'obsédait, ne semblait plus capable de varier la formule.

– Oui, dit Silas Lord. Toute l'affaire est d'une simplicité élémentaire. Hier déjà, en quittant la rue Notre-Dame-de-Grâces, j'en connaissais la solution. Mais j'avais besoin de confirmer quelques points de détail. C'est pourquoi, David, je suis sorti après le dîner.

Bille tira nerveusement sur son cigare :

– Et où es-tu allé ?

– Je suis retourné d'où je venais. J'ai, à mon tour, interrogé les voisins des Vanosmael et aussi ce petit Devois, l'amoureux platonique d'Élise. Il a menti au juge d'instruction.

– Menti !

– Vous ne vous en doutiez pas ? Il n'est pas vrai qu'il a suivi la fille de la victime, de 11 heures du soir à 5 heures du matin. Il a déclaré cela pour la tirer d'affaire.

– Un coup monté, hein ?

– Nullement. L'initiative de ce témoignage lui revient entièrement. Il a décidé de parler quand il a appris par des voisins aux aguets que la jeune fille se trouvait en fâcheuse posture... Quant à l'arme du crime, il l'a achetée il y a huit jours, chez un armurier de Vilvorde.

Bille sursauta :

– Ainsi, c'est le greluchon qui...

– Ça fera un beau procès ! reprit Silas Lord. Grâce d'abord naturellement aux articles que vous allez publier sur l'affaire et sur votre serviteur... Le vieux Vanosmael et sa fille s'adoraient. Oui, ce n'est pas assez de dire qu'ils s'aimaient. Il n'y a guère de milieu. La misère rapproche étroitement les êtres qu'elle frappe ou elle les sépare. Elle a rapproché ces deux-ci à tel point que leur propre souffrance comptait à peine en regard de la souffrance de l'autre. Deux naufragés sur un radeau. Voilà pourquoi je vous ai parlé hier du Musée du Louvre. C'est, somme toute, idiot mais, par une association d'idées assez naturelle, je songeais au *Radeau de la Méduse*. Une poignée de corps humains que la mer en fureur égrappe, un à un. Élise Vanosmael n'est pas une enfant unique. La misère commença par emporter ses deux frères. Puis ce fut le tour de la mère. Sur le radeau allégé, plus que deux corps désormais... Commencez-vous à comprendre ? Élise Vanosmael nous a dit, hier : « J'ai essayé de travailler mais j'ai dû y renoncer, quand mon père est tombé malade. » Elle nous a dit aussi : « Personne ne peut *plus* m'aider ! » Vous saisissez la différence ? Elle n'a pas dit : « Personne ne peut m'aider ! » Elle a dit : « Personne ne peut *plus* m'aider ! » Cela ne vous ouvre pas des horizons ? Et ces cinq coups de revolver tirés vers 11 heures et demie dans un terrain vague proche de la rue Notre-Dame-de-Grâces, cela ne vous dit rien non plus ?

Les flammes crépitaient joyeusement dans l'âtre. Une douce chaleur emplissait la pièce toute feutrée de tentures et de tapis. C'est en vain que j'essayai de me replacer par la pensée dans le taudis où nous avions pénétré la veille.

– Cela allait encore à moitié, poursuivit Silas Lord, tant que le vieux était valide. Mais, quand il a dû s'aliter, quand il a commencé à pleurer de souffrance, la nuit, Élise a perdu la tête... Je m'exprime mal ! Élise n'est pas fille à perdre la tête. Il serait plus juste de dire qu'elle a commencé de réfléchir. Je sais, par une voisine, que le vieux Vanosmael a dit, un jour, à sa fille : « Celui de nous deux qui partira le premier ne sera pas le plus malheureux... » Je vous laisse à penser si cette phrase fit du chemin dans l'esprit d'Élise ! Elle en fit tant et tant que la jeune fille finit par trouver elle aussi qu'il était préférable de voir son père mort que torturé par un mal sans remède. Ne vous avais-je pas dit que toute cette histoire était terriblement simple ? Élise confie ses dernières économies à Devos pour qu'il aille lui acheter un revolver. Elle ne lui donne aucune explication et il n'en réclame pas. Il passerait dans le feu pour elle. Malheureusement, il ne peut la secourir, ayant lui-même une nombreuse famille à charge et sa maigre paye suffisant à peine à l'entretenir. Il achète le revolver. Élise attend encore une huitaine de jours, huit longs jours qu'elle passe tout entiers à se battre contre l'idée. Mais elle est vaincue d'avance. Avant-hier soir, elle se glisse dans le terrain vague de la rue des Minimes. Elle n'a jamais encore possédé de revolver. Il faut qu'elle en apprenne le maniement ! Elle fait feu et réagit comme la plupart des femmes qui tiennent à la main une arme à répétition. La première balle tirée, elle continue, enivrée, de presser fébrilement sur la détente. Elle ne compte pas les coups. Elle croyait d'ailleurs, m'a dit Devos, que le browning contenait sept balles. C'est à cette petite erreur qu'elle doit d'être encore en vie. Quand elle quitte le terrain vague, en proie à sa folie homicide, il ne reste plus, en effet, qu'une cartouche dans le revolver. Le crime commis, Élise retourne l'arme contre elle. Imaginez son horrible déception ! Car elle est déçue, elle n'aspire, à ce moment, qu'à en finir elle aussi avec la vie... La suite s'explique aisément. Élise ne ment pas lorsqu'elle prétend avoir erré dans les rues toute la nuit. Du reste, elle n'a pas menti une seule fois au cours de l'interrogatoire que lui a fait subir le juge d'instruction. Elle n'aurait pas pu ! Mais la seule question vraiment opportune, essentielle, on ne la lui a pas posée. Et c'était, tout bêtement : « Avez-vous tué votre père ? » Ce à quoi elle aurait probablement répondu oui avec transport !

– Au cours de sa promenade nocturne, grommela Bille, elle a dû avoir vingt fois l'occasion de se tuer !

– Sans doute ! Si elle ne se jette pas du haut d'un pont ou sous les roues d'une voiture, *c'est parce qu'on recommence rarement un suicide !* Et puis... Cet instinct de conservation chevillé au cœur de l'homme devait lui faire éprouver, malgré tout, un sentiment confus de délivrance.

Tout était devenu clair. À la profonde admiration que m'inspirait la rigoureuse logique de Silas Lord, se mêlait néanmoins une sorte de déception. J'entendais encore le détective dire, la veille, à Élise Vanosmael : « Je crois vraiment pouvoir vous aider » ! Et voici que dans le seul but de faire parler de lui, il la dénonçait !

Ce soupçon, touchant la noblesse de caractère de l'homme pour qui j'éprouvais une sorte de vénération, me fut si pénible que je crus devoir l'exprimer.

Silas Lord haussa les épaules :

– Et quel plus sûr moyen aurais-je eu de secourir cette enfant que de la faire passer en justice ? On ne laisse pas aux prévenus l'occasion de se suicider. Élise, au banc des accusés, fera figure de martyre. Il n'y aura pas un seul témoin pour l'accabler. Il y en aura cent pour la défendre. Surtout et enfin, *des gens s'occuperont d'elle !* Elle cessera de se détester... Croyez-moi, David, ce procès sera une résurrection ! Ce n'est pas tous les jours que les tribunaux ont à juger un être ayant tué *par amour*.

Et, une fois de plus, je ne pus que m'incliner devant l'admirable clairvoyance de mon grand ami, Silas Lord.

5

L'OMBRE SANS CORPS

Je n'aurais jamais cru qu'il fût possible, après avoir entendu simplement le récit d'un meurtre aux mobiles encore mystérieux, de désigner le criminel parmi une dizaine de personnes dont l'identité même vous est inconnue. Ce jour de décembre 19..., « le premier détective du monde » devait me prouver une fois de plus que le vrai peut n'être pas vraisemblable.

Nous nous trouvions depuis la veille – Silas Lord, Paula et moi – dans un petit village du Surrey où nous avions été appelés pour une affaire dont la conclusion ne compensa pas les désagréments d'une mauvaise traversée. À perte de vue, la campagne anglaise disparaissait sous la neige – une vraie neige de Noël – et de gros flocons continuaient de papillonner dans l'air froid. Rongeant notre frein en silence, nous attendions, dans la salle commune de la vieille auberge où nous avions passé la nuit, le courageux indigène qui s'était engagé à nous conduire en carriole à la gare la plus proche. Silas Lord fumait une pipe, les pieds aux chenets ; Paula faisait une réussite dans l'espoir avoué de convaincre le baromètre de pessimisme ; je recomptais pour la dixième fois les solives du plafond...

Peut-être nous résignions-nous tout doucement à demeurer prisonniers de la neige et à ne voir âme qui vive, ce jour-là, hormis nos dignes hôtes, Mr et Mrs Meadows, lorsque la porte s'ouvrit brutalement, livrant passage à un petit groupe d'hommes qui paraissaient apportés par le vent. Tandis qu'ils secouaient leurs vêtements en pestant contre la tempête, le regard de Silas Lord s'attacha plus particulièrement à l'un d'eux, robuste gaillard aux yeux bleu faïence, chevelu comme Absalon. Se sentant observé, le nouveau venu nous regarda à son tour, et ses traits s'éclairèrent :

– *By God!*... Lord !

– Hello, Porridge...

Porridge ? Il y avait de quoi tiquer. Bien entendu, il ne s'agissait là que d'un surnom ; surnom dont l'origine remontait, paraît-il, dans la nuit des temps. Le robuste gaillard aux yeux bleu faïence s'appelait en réalité Crane et appartenait à Scotland Yard. À la façon dont il secoua la main de Silas Lord, je vis avec plaisir que tous les policiers étaient loin de nourrir à l'égard du *boss* l'hostilité d'un Taurochs.

Les présentations terminées et la source des premiers épanchements tarie, Silas Lord pria Mrs Meadows de servir des pintes d'ale à la ronde. La tempête redoublait de violence et il semblait hors de question de quitter l'auberge avant longtemps.

Silas Lord commença par satisfaire la curiosité de son camarade retrouvé en lui révélant l'objet de sa présence dans le Surrey. Puis il montra par un silence appuyé qu'il attendait confidence pour confidence.

Crane exposa ses semelles mouillées à la chaleur du foyer.

– Avez-vous jamais entendu parler de Schaffer ? demanda-t-il.

Je lis couramment l'anglais et n'eus pas trop de mal à suivre la conversation.

– Schaffer, « le nouveau Palestrina » ?

– Lui-même. Il a été trouvé mort ce matin dans sa maison de campagne, une gentilhommière de l'époque Tudor, à vingt minutes d'ici.

– Un meurtre ?

– Indubitablement, bien qu'on ait essayé de nous faire croire à un suicide.

– Vous tenez le coupable ?

L'homme de Scotland Yard eut un rire bon enfant :

– Tous les criminels ne se font pas pincer aussi gentiment qu'un Ferguson ou qu'un Paget... et je ne suis sur l'affaire que depuis quelques heures !

– Racontez-moi tout.

– Volontiers... Nous avons trouvé Schaffer dans un petit pavillon isolé, au fond du parc. Assis devant son Pleyel, le front sur les touches, une main pendante. Dans cette main, un automatique, *son* automatique. La tempe droite trouée. Mort remontant vers minuit aux dires du docteur Lumsden ici présent.

– Magnifique ! Qu'est-ce qui clochait ?

– Des détails. Mais révélateurs. Par exemple, on a établi, dans un grand nombre de cas, qu'il est à peu près impossible de se tuer en se tirant dans la tempe avec un pistolet automatique, si l'on ne tient pas l'arme renversée. Par suite du recul, l'automatique se relève, de sorte que l'on risque de se faire simplement une blessure au cuir chevelu. En tout état de cause, la balle sort par le sommet de la tête. Or, le projectile qui a tué Schaffer a frappé – toujours aux dires du docteur Lumsden – de haut en bas et la victime tenait son arme à l'endroit non à l'envers. Elle la tenait en outre dans la main droite, ce qui est pour le moins inattendu de la part d'un gaucher.

– De mieux en mieux ! Sur qui se portent les soupçons ?

– Voilà bien le hic ! Sur dix personnes au moins, et sur... aucune, vous comprendrez pourquoi tout à l'heure. Ce fou génial de Schaffer a eu la fameuse idée de réunir sous son toit pour Christmas toute une bande d'heimatlos aussi toqués que lui. (Crane, en bon Anglais, éprouvait à l'égard des sans-patrie un incommensurable mépris.) L'ex-Mme Schaffer d'abord, une Roumaine d'origine phanariote, comme son mari dont elle est divorcée depuis un an. Intoxiquée jusqu'au bout des ongles, par l'héroïne et Dieu sait quoi. Le teint bistre, des yeux lui faisant le tour de la tête, la peau sur les os. Ensuite : sa fille, à demi impotente, parée comme une châsse, et un fils d'un premier lit, Barrett Mann, nabot au profil byronien, compositeur lui aussi. Qui encore ? Un banquier marron, Westley Weaver, des musiciens, des acteurs, une « danseuse nue » se donnant des airs de petite pensionnaire, un authentique maître de chapelle. Comme domestiques : Waters, un de ces maîtres d'hôtel à tête de chouette comme on n'en voit qu'au cinéma ; une gouvernante aveugle, aux robes datant du règne de Victoria et un cuisinier italien tellement gras qu'il doit se faire aider par un gamin du village pour surveiller ses fourneaux... Maintenant, savez-vous à quoi tout ce beau monde – je parle des invités – était occupé quand je suis arrivé ? Je vous le donne en cent. Mme Schaffer et Barrett Mann achevaient d'élever sur la pelouse un bonhomme de neige, cravaté de vieux papier, en frac et gibus mité. Les autres jouaient à la « ouate folle » !

– Des alibis ?

– Rien de sérieux. Deux ou trois, à les en croire, dormaient comme des bienheureux. La plupart étaient si soûls qu'ils sont incapables de se rappeler quoi que ce soit... Vraiment, Lord, acheva Crane avec une indignation de bon vivant, il y a des jours où l'on a honte d'être homme !

– Pas de mobile apparent ?

– Pas le moindre. Cela ne ressemble pas à un crime passionnel et moins encore à un crime dicté par l'intérêt. En dépit des sommes énormes que lui valait chacune de ses apparitions en public et des droits élevés perçus sur la reproduction de ses œuvres, Schaffer était criblé de dettes.

– La vengeance ?

– Peu probable.

Crane poussa un soupir à fendre l'âme.

– Je les ai tous mis sur la sellette, je les ai tous pressés comme des citrons sans en rien tirer !

– Revenons à Schaffer. Qu'allait-il faire la nuit dans ce pavillon isolé ?

– Il comptait – cela paraît à peine croyable ! – achever l'oratorio auquel il travaillait depuis son installation ici. Il prétendait – à ce qu'on m'a dit – ne bien « sentir » la musique sacrée que lorsqu'il était soûl comme une bourrique !

– Et, sans doute, avait-il raison, Porridge ! Schaffer a fait de grandes choses. Son *Stabat mater*, entre autres.

– Je n'en disconviens pas. Voici ses partitions. Elles traînaient sur la table, sur le piano, par terre. Je les ai emportées comme pièces à conviction.

Silas Lord s'en empara vivement.

– Dans quel état se trouvait le pavillon ?

– Sens dessus dessous. Une bouteille de gin renversée, dans la cheminée. Deux ou trois cigares à demi consumés, sur le tapis. Des fleurs foulées aux pieds. Des feuillets couverts de notes comme s'il en pleuvait. Des snow-boots sur le piano.

Silas Lord examinait les musiques qu'il tenait à la main. Il releva la tête :

– Des snow-boots ?

Crane se frappa le front :

– Vous me faites souvenir du principal ! La neige ! Cette neige immaculée s'étendant, comme un tapis, tout autour du pavillon !

– Vous y avez relevé des empreintes ?

Les pouces aux entournures de son gilet, Crane croisa les jambes et s'épanouit d'aise :

– Une série d'empreintes, oui, partant de la maison, contournant l'insolent bonhomme de neige, œuvre de Barrett Mann, aboutissant au pavillon. Les empreintes de Schaffer. *Aucune autre.*

– Vous êtes certain ?

– D'autant plus certain que notre homme chaussait des souliers ridiculement petits. Du 37 et demi.

Il y eut un bref silence.

– La neige tombe depuis deux jours, reprit Crane. Donc s'il faut en croire ces empreintes, Schaffer, seul, a eu normalement accès au pavillon. Pour le reste, nous en sommes réduits aux plus folles conjectures. Ou bien, son meurtrier a dû tomber du ciel en parachute – ce qui n'expliquerait pas comment il a quitté les lieux du crime – ou bien nous avons affaire à l'homme invisible en personne – encore que celui-ci n'eût pas, souvenez-vous-en, le pouvoir de marcher sans laisser de traces – voire à un pur esprit, *l'ombre sans corps du pendu*, par exemple !

– Que me chantez-vous là ? dit Silas Lord dont l'attention depuis un instant semblait ailleurs.

Il se tourna vers Mrs Meadows qui rôdait autour de notre table, en dissimulant mal une curiosité dévorante :

– Auriez-vous, par hasard, un piano, Mrs Meadows ?

– Un... ?

– Un piano.

La digne femme finit par nous répondre qu'il se trouvait un clavecin dans la chambre de Mr Kickweed, un pensionnaire absent depuis le début de la semaine. Elle protesta dès qu'il fut question de nous ouvrir cette pièce, mais Silas Lord savait être convaincant comme personne et Crane, autoritaire à l'occasion.

La chambre de Mr Kickweed sentait la naphtaline et il y avait au-dessus de la cheminée un affreux petit tableau représentant un clocher où s'encastrait une véritable horloge miniature.

Silas Lord s'essaya à déchiffrer l'oratorio de Schaffer mais il n'eut pas plutôt joué quelques mesures qu'il referma le clavier d'un coup sec.

– Mon vieux Porridge, dit-il en se levant, ceci n'est ni de la musique sacrée, ni de la musique profane. C'est une invraisemblable cacophonie que Schaffer n'aurait jamais écrite !

Nous redescendîmes dans la salle commune. Crane paraissait bouleversé.

– Lord, fit-il soudain, je me suis laissé dire que vous veniez à bout des énigmes les plus compliquées. Résoudriez-vous celle-ci ?

– Je pourrais, dans tous les cas, vous donner un conseil. Voyez-vous, je ne serais pas autrement étonné qu'on eût tué Schaffer pour lui chiper son oratorio. Il faudrait fouiller la gentilhommière de fond en comble avant que quiconque ait eu le temps de s'en éloigner ou d'en faire sortir l'œuvre volée...

– *By God!* Vous avez raison !

Il n'était plus question de bourrasque, de neige envahissante, de chemins impraticables... Crane, imité par ses hommes, endossait déjà son ciré.

Sur le seuil de la porte il se retourna :

– Je ne vous ai pas tout dit ! Dans le pays, on appelle la maison de Schaffer : « la maison du pendu ». Et la légende veut qu'elle soit hantée – méditez ça, mon vieux ! – par *une ombre qui, jadis, n'aurait pas suivi son corps en terre*, une ombre qui tue tous ceux sur qui elle se pose !

L'ironique « *Good bye !* » de l'inspecteur se perdit dans le vent et nous nous regardâmes diversement impressionnés.

– Sûr, ça ! intervint alors Mrs Meadows, que l'ombre de sir Arthur doit être pour quelque chose là-dedans ! Vous la verrez, les nuits de pleine lune, courir, par terre et sur les murs comme une bête noire. Vient-elle à toucher un misérable pécheur ? Il meurt ou attrape le mal sacré ! Allez, conclut la digne femme encouragée par notre silence, seule une ombre ayant perdu son corps peut se promener dans la neige sans y laisser de traces !

Cela ne manquait pas de bon sens. Je crus néanmoins devoir objecter :

– Il semble, par contre, inadmissible qu'un spectre ait besoin d'un revolver pour trancher une vie.

Silas Lord ricana :

– Encore une idée toute faite, David ! Selon vous, comment les fantômes tuent-ils donc... s'ils tuent ? En agitant leurs chaînes ? Aucun règlement d'outre-tombe ne leur interdit, que je sache, de recourir à des moyens matériels. Et pourquoi, s'il vous plaît, n'y aurait-il pas des revenants doués de fantaisie, tout comme de simples mortels ? Des revenants portés à ouvrir les robinets à gaz et à mêler de la ciguë au café noir ?

Je ne saurais soutenir une conversation qui s'égare de la sorte. Je vidai mon pot d'ale d'un trait par contenance et Silas Lord s'abîma dans une profonde méditation.

Combien de temps demeura-t-il ainsi devant l'âtre dans une quiète immobilité de chat frileux ? Je ne sais. Le bruit d'un chenet renversé me tira de ma propre apathie.

– Suis-je bête !... Paula !

À l'instant, la jeune fille fut debout.

– Auriez-vous le courage de plonger là-dedans ?

Le *boss* désignait la neige dont, depuis deux heures, le niveau s'élevait sensiblement.

– J'aimerais que vous alliez à « la maison du pendu ».

Je m'interposai :

– Pourquoi ne pas m'y envoyer, monsieur ?

La jeune fille me jeta un regard courroucé. Depuis que j'assistais Silas Lord, une sourde rivalité nous opposait à toute occasion.

– Je ferai très bien l'affaire, dit-elle froidement. Qu'attendez-vous de moi, patron ?

Le détective tira un carnet de sa poche, en arracha une page et y griffonna quelques mots.

– Voici ce qu'il me faut. Je ne pense pas que vous vous heurtiez à de sérieuses difficultés et ce vieux Porridge vous aidera sûrement. Ne flirtez pas trop longtemps avec Scotland Yard, toutefois. Je conserve l'espoir de quitter ce patelin avant deux heures.

Un peu vexé, je me mis en quête – Paula partie – d'un coin sombre où je pusse me faire oublier. Silas Lord devina-t-il ma déception ? Toujours est-il qu'au bout d'un moment il me rappela, d'un geste, auprès de lui.

– Votre opinion, David ?

J'étais préparé à cette question :

– Nick Carter, dis-je, dans *Les Écumeurs de la Sierra*...

– Les Écumeurs de la Sierra ne résisteraient pas à ce climat, David ! D'autre part, Mrs Meadows nous a expliqué que l'ombre dépossédée de sir Arthur ne s'exhibait que les nuits de pleine lune. Il faisait noir comme dans un four hier soir... Nous n'envisagerons donc pas plus longtemps l'hypothèse d'un meurtre perpétré par un fantôme !

– Cependant, commençai-je, déconcerté par un argument aussi subtil, cette absence de pas...

– Voyons, David ! Réfléchissez une seconde... Que fera, pour redescendre, un alpiniste qui s'est taillé des marches dans le roc à la montée ?

J'étouffai une exclamation.

– Je vois que vous y êtes ! Il a suffi au meurtrier, pour rejoindre secrètement Schaffer dans le pavillon, de poser les pieds dans les traces de pas laissées par la victime ; et, pour quitter les lieux du crime, de marcher à reculons dans ces mêmes traces. Désolé que tout s'explique aussi simplement ! J'aurais de beaucoup préféré croire à l'ombre inconsolable de sir Arthur.

– Qu'est donc allée faire Paula à « la maison du pendu » ?

– Chercher un indice qui nous révélera le nom du coupable.

Et c'était vrai ! La jeune fille et le courageux voiturier qui devait nous conduire à la gare firent peu après une apparition simultanée.

– Alors ? interrogea Silas Lord.

– Alors, j'ai failli y rester ! répondit allégrement Paula. Dans la neige, veux-je dire.

– Porridge ?

– Probablement étouffé à l'heure qu'il est, et ses hommes avec lui, sous les literies retournées et le linge tombé des armoires ! À part cela, Mme Schaffer chausse du 39 ; le maître de chapelle, du 44 ; la danseuse nue, du 38 ; Barrett Mann...

Telle fut la conclusion – imprévue et soudaine – de l'affaire. Dix minutes plus tard, nous montions en voiture. Sur la table de l'auberge, Silas Lord avait laissé, pour l'inspecteur Crane, un message ainsi conçu :

Désolé, mon vieux, de ne pouvoir attendre votre retour ! Arrêtez Barrett Mann, le « nabot au profil byronien ». Lui seul – il chausse du 37 – a pu aller au pavillon et en revenir en marchant – avec des snow-boots, lui aussi – dans les pas de Schaffer sans les déformer. *Paula me dit que votre fouille n'a rien donné. À votre place, je regarderais sous le nez de ce bonhomme de neige « cravaté » – m'avez-vous appris vous-même « de vieux papier ». Tendresses.*

S. L.

P.S. – Je vous laisse le soin de payer les pintes d'ale. Vous me devez bien ça.

Cette faculté quasi divinatoire qui permettait à Silas Lord de voir clair dans une affaire sans y être intimement mêlé m'a toujours stupéfié. Avant de mettre le point final à ce chapitre, j'en veux citer un nouvel exemple qui, pour être plus bref, n'en sera pas moins typique.

Nous nous trouvions un jour dans un pauvre village des Ardennes françaises. Le bureau de poste avait été cambriolé pendant la nuit. Au beau milieu de la grand'rue. À deux pas de la gendarmerie.

Nous n'eûmes pas la moindre précision sur le vol.

Et, cependant, Silas Lord me dit :

– Si j'étais flic – mais, Dieu merci, je ne le suis pas – j'arrêterais M. Alevin.

Je crus à une boutade : M. Alevin était le seul homme aisé du village.

– Situé dans la rue la plus passante du patelin, à côté de la gendarmerie, poursuivit mon patron, le bureau de poste semble peu fait pour attirer les cambrioleurs. Il devrait les tenter d'autant moins que les coffres de l'administration, dans un trou comme celui-ci, sont généralement mal garnis.

J'approuvai.

– Maintenant, David, il y a toujours moyen de s'arranger pour qu'un vol de cette sorte rapporte *infailliblement*.

– Vraiment ?

– *Il suffit de se voler soi-même !*

J'hésitais à comprendre.

– Le cambriolage d'hier soir risquait de ne pas « payer » ? Risque nul… à condition que le cambrioleur prît la précaution de se présenter aux guichets hier soir, quelques minutes avant la fermeture, pour envoyer un ou plusieurs gros mandats.

– Par exemple !

– Pendant la nuit, il reprend son argent et le tour est joué : *l'administration, responsable, devient sa débitrice.*

– Bon. En quoi cela compromet-il M. Alevin ?

– En quoi, David ? *N'est-il pas le seul habitant du village assez fortuné pour opérer de gros versements ?*

Je rendis les armes et fis bien.

Le vol qui, en temps ordinaire, n'eût presque rien rapporté à son auteur, se chiffrait – on l'apprit bientôt – par un nombre respectable de milliers de francs, M. Alevin ayant effectué, la veille, d'importants payements.

Nous quittions le village le soir même pour une lointaine destination. J'ignore si le coupable a jamais été découvert.

6

VOL À BORD DU S/S « WYOMING »

Quand le *Wyoming* – dont c'était le premier voyage – ne fut plus qu'à un jour et demi du Havre, il devint évident que, sauf accident imprévisible et improbable, il allait conquérir le fameux ruban bleu que le *King Edward* avait, l'année précédente, enlevé au *Normandie*.

L'occasion était belle de donner une fête qui permît à l'allégresse des passagers de se manifester librement. Le commissaire du bord ne la laissa pas échapper. Quelqu'un proposa d'organiser un « bal bleu ». Mais le capitaine – qui ne passait jamais sous une échelle, jetait par-dessus son épaule gauche le sel renversé à table, et touchait du bois pour un oui ou pour un non – s'y opposa avec énergie. Il estimait qu'un bal travesti aurait, entre autres avantages, celui de ne pas tenter le sort et son avis prévalut.

La fête devait débuter vers 10 heures...

À 10 heures un quart, des cris de femme partirent d'une cabine de « première », cabine partagée par lord Horbury, le célèbre propriétaire de chevaux de courses, et lady Horbury.

Mark T. Engleton, le détective du bord (qui, en réalité, s'appelait tout bonnement Smith) fut le premier à y pénétrer.

Il s'y trouva en présence d'une aimable Fiorinetta qui manifestait le plus amer désespoir – et qui, renseignements pris, n'était autre que Cicely Horbury –, d'un géant en habit, son mari, qui s'efforçait gauchement de la consoler et de deux autres personnes – une femme de chambre et un steward – dont l'attitude révélait un trouble profond.

Qu'était-il arrivé ?

Lorsque Engleton-Smith fut parvenu à réduire lady Horbury au silence, il l'apprit en peu de mots.

La jeune femme achevait de s'habiller, aidée par Doris Keaton, sa femme de chambre, et se disposait à agrafer son collier de perles quand on avait frappé à la porte de la cabine. Un steward était entré porteur d'un radiotélégramme pour lord Horbury, et avait été prié d'attendre un instant, au cas ou la dépêche demanderait une réponse immédiate. Moins d'une minute plus tard – le steward avait déjà la main sur le bouton de la porte – lady Horbury constatait la disparition de son collier, assuré pour un million cinq cent mille francs.

– Si je comprends bien, interrogea alors Engleton-Smith, personne n'a quitté cette cabine depuis que vous avez donné l'alarme ?

– *Personne !* répondit lady Horbury, entre deux sanglots.

– Et personne, à votre connaissance, n'a – ne fût-ce qu'une seconde – ouvert la porte ?

Le détective pensait à un complice attendant audehors qu'on lui passât le collier.

La porte était demeurée fermée, lord et lady Horbury, ainsi que la femme de chambre et Madden, le steward, s'en portèrent, unanimement, garants.

– Je vois que le hublot est entrouvert. L'était-il tandis que vous vous habilliez ?

– Oui. Mais il est absurde de supposer qu'on a pu faire disparaître mes perles par là *car elles seraient, inévitablement, tombées dans la mer.*

Engleton-Smith dut s'avouer bientôt qu'il se trouvait devant une énigme en apparence insoluble.

Insensible à leurs protestations, il fit fouiller le steward et la femme de chambre d'abord ; lord et lady Horbury ensuite. On ne trouva rien sur eux. Engleton-Smith retourna enfin la cabine de fond en comble. En pure perte également.

Il acquit ainsi l'absolue conviction que le collier de perles ne se trouvait ni caché dans la cabine ni sur aucune des quatre personnes qui l'occupaient.

Encore une fois, que s'était-il passé ?

Quelques secondes avant que le steward frappât à la porte, les perles se trouvaient sur la toilette à portée de la main de lady Horbury et la jeune femme affirmait ne les avoir perdues de vue qu'un instant, tandis qu'elle prêtait l'oreille à ce que lui disait son mari à propos du radiogramme. Keaton, la femme de chambre, et Madden, le steward, protestaient de leur innocence avec une même véhémence.

Une brève enquête révéla que Madden jouissait d'une solide réputation d'honnêteté. La femme de chambre, par contre, avait passé cinq ans dans une maison de correction. C'est là que lady Horbury, philanthrope à ses heures, avait été la chercher ; depuis, la jeune fille semblait avoir eu à cœur de racheter par une conduite exemplaire ses erreurs passées.

Le lendemain, Engleton-Smith recueillit de la bouche d'un matelot, un curieux témoignage. L'homme prétendait avoir vu – la veille au soir, vers 10 heures un quart, précisément – une main passer par le hublot ouvert de la cabine de lord Horbury. Il n'y avait guère attaché d'importance sur le moment. Pressé de questions, il crut se rappeler que la main s'était ouverte et qu'un objet brillant s'en était échappé.

L'enquête aboutissait à une impasse.

On approchait des côtes de France.

Le bateau-pilote n'était plus qu'à une demi-encablure du *Wyoming* quand Silas Lord me désigna une haute et mince silhouette, immobile au haut de l'échelle de coupée.

– Engleton. Ou, mieux : Smith. Le type qui nous a appelés à l'aide.

Dix minutes plus tard, nous prenions pied sur le pont.

– Dieu merci, vous arrivez à temps ! nous dit le détective en nous entraînant vers les cabines de première. Lord, il faut que vous me tiriez de là ! Je joue ma place, ni plus ni moins.

Et, en quelques phrases brèves, il nous exposa la situation.

Lord et lady Horbury montrèrent plus de réserve.

– Verriez-vous quelque inconvénient, leur demanda Silas Lord au bout d'un moment, à revêtir les vêtements que vous portiez, hier soir ? Je voudrais reconstituer la scène du vol.

Tandis que le couple accédait – sans empressement – à ce désir, Silas Lord et Engleton-Smith disparurent sous prétexte de faire un tour de pont. Quand ils revinrent, Madden et Doris Keaton les accompagnaient.

À peine rentré dans la cabine, le *boss* se tourna vers lord Horbury :

– Vous me pardonnerez d'évoquer ce souvenir, monsieur, mais je suis encore mal remis de ma surprise… Somme toute, le Derby s'est couru sans vous.

Lord Horbury en convint en faisant la grimace.

– J'avais mis tous mes espoirs en *Father Muir*... C'est la première fois que je me trompe aussi complètement sur le compte d'un « trois ans ».

– Aux dernières épreuves d'Ascot, non plus, vos couleurs n'ont pas eu de chance... Vous devez posséder un dessin ou une photographie du collier volé. Pourrais-je la voir ?

L'image sous les yeux, Silas Lord fit la moue :

– Jolie pièce ! On me dit qu'elle a été assurée pour quinze cent mille francs. À mon avis, c'est cinq cent mille de trop.

Comprenant enfin où tendaient les remarques de son interlocuteur, lord Horbury se redressa en assurant son monocle :

– Permettez...

– Oh ! cinq cents billets ne changent rien à l'affaire ! interrompit gentiment mon patron. À propos, Madden, vous avez expédié un radio à votre femme, hier soir ?

Le steward – qui ressemblait à Bing Crosby – ouvrit la bouche mais demeura muet.

– Radio d'une remarquable concision, d'ailleurs ! Un seul mot : *Okay* et la signature... Sincèrement, Madden, n'avez-vous pas l'impression de vous être montré un peu optimiste ?

– Une cartomancienne, bredouilla enfin le steward, a prédit, un jour, à Mary – Mary, c'est ma femme – que je périrais en mer. Alors, de temps à autre, je lui envoie un radio – toujours le même – pour la rassurer.

– Je vois... Peut-être pourrions-nous reconstituer, à présent, la scène du vol. Êtes-vous tous vêtus exactement comme hier ?

– Oui, dit Madden.

– Oui, dit Doris Keaton.

– C'est-à-dire... commença lord Horbury en trahissant un certain embarras.

– Il n'y a pas de honte à l'avouer, mon ami ! intervint lady Horbury. Vous étiez en manches de chemise lorsqu'on a apporté ce radio. Quant à vous, Keaton, vous portiez une robe à manches courtes, je me souviens de vous en avoir fait l'observation. Vous veniez de déchirer cet uniforme.

– Je l'ai raccommodé ce matin, fit observer la femme de chambre en nous montrant la reprise. Dois-je aller mettre ma robe à manches courtes ?

– Inutile, dit Silas Lord.

Il poussa le steward hors de la cabine :

– Je vous serais obligé de reprendre tous trois les occupations auxquelles vous vous livriez, hier soir, au moment du vol.

Tandis que lord Horbury se battait contre sa cravate blanche et que lady Horbury se penchait vers son miroir, on frappa à la porte.

– *Come in !* cria lord Horbury.

Madden entra.

– Un radiogramme pour vous, sir.

– Une seconde ! Nous avons oublié le hublot. Voulez-vous l'entrouvrir, Madden ?

Le steward obéit pendant que lord Horbury prenait connaissance d'une dépêche imaginaire et que lady Horbury demeurait penchée au-dessus du lavabo. Doris Keaton, le dos tourné, rangeait du linge dans un placard.

– Stop ! dit soudain Silas Lord. Vous affirmez, madame, n'avoir détourné votre attention du collier qu'un bref instant, le temps d'échanger deux ou trois phrases avec votre mari ?

Lady Horbury inclina la tête :

– J'apercevais la toilette dans la glace.

– Vraiment ? La cuvette du lavabo était-elle vide ou remplie ?

– Remplie.

– D'eau froide ou d'eau chaude ?

– D'eau chaude.

– Dans ce cas, il y avait de la buée sur le miroir ! *Vous saviez* que votre collier était sur la toilette mais, en réalité, vous ne pouviez plus l'y voir.

Cette finesse d'observation était bien faite pour renforcer l'admiration que m'inspirait Silas Lord. Elle parut impressionner vivement les différents acteurs de la scène.

– Encore une question, madame... Était-ce la première fois, hier, depuis votre embarquement à bord de ce bateau, que vous tiriez les perles de leur écrin ? ou les aviez-vous, déjà, portées ?

– J'allais m'en parer pour la première fois, répondit lady Horbury.

– Naturellement ! Engleton, je voudrais interroger le matelot à qui vous avez eu affaire ce matin.

L'homme, aussitôt convoqué, s'avéra incapable d'ajouter un traître mot à son histoire. Au contraire, il donnait l'impression d'avoir été amené déjà – par les questions pressantes du détective du bord – à l'enjoliver.

– Comment était cette main que vous avez vue ? insista Silas Lord. Grande ? Petite ? Était-ce une main d'homme ou de femme ?

Le matelot fit un geste d'ignorance.

– Réfléchissez bien. Vous a-t-elle paru fine ou épaisse ? Était-elle nue ou gantée ?

– Nue. Le poignet aussi. Il semblait mince, mais je n'en jurerais pas ! La nuit tombait et mon attention était ailleurs.

Le matelot congédié, Silas Lord se pencha vers Engleton-Smith, lui murmura quelques mots à l'oreille et sortit.

Quand il revint, il adressa un signe négatif au détective et annonça :

– J'aurais quelques mots à dire en particulier à lord et lady Horbury.

J'allais sortir avec les autres. Il me retint d'un geste :

– Restez, David !... Je crains, madame, dit-il ensuite, de ne pouvoir vous rendre vos perles. Je viens de fouiller – superficiellement – les bagages de la personne qui vous les a volées. Peine inutile. Tout espoir n'est peut-être pas perdu cependant. Mon ami Engleton va pousser les recherches plus avant. L'auteur du vol, enfin, peut entrer dans la voie des aveux et désigner ses complices... si, comme je le pense, le collier a passé de mains depuis longtemps.

Lord et lady Horbury n'en croyaient pas leurs oreilles.

– Passé de mains... depuis longtemps ? balbutia la jeune femme.

– Voulez-vous que nous résolvions le problème ensemble ? *Primo* : la disparition du collier a eu lieu en quelques secondes. *Secundo* : les perles n'étaient cachées ni dans la cabine, ni sur aucun de ses occupants. *Tertio* : la porte est demeurée fermée tout le temps... Partant de là, une seule conclusion possible, absurde et cependant logique : *les perles ont disparu par le hublot*.

– Par le hublot ! se récria lord Horbury. Dites tout de suite qu'elles sont maintenant au fond de la mer !

– *Elles sont au fond de la mer !*

Pour une fois, Silas Lord me parut « aller un peu fort ». Mais, déjà, il reprenait :

– Jette-t-on délibérément une fortune dans les flots ? Non ! Une nouvelle conclusion s'impose donc : *ces perles-là étaient fausses*.

Au mot de « fausses », Cicely Horbury poussa un cri d'indignation. Quant à son mari, il porta les mains à son col : il étouffait.

– Fausses ! Des perles que j'ai payées…

– À votre place, poursuivit Silas Lord, imperturbable, je récompenserais généreusement ce matelot qui flânait hier soir sur le pont. Sans son témoignage, nous aurions pu – étant donné vos difficultés financières – vous soupçonner d'escroquerie à l'assurance. Heureusement pour vous, il a vu sortir du hublot de cette cabine, non seulement une main, *mais encore un poignet nu.*

– Et après ?

– Après ? Vous portiez, à ce moment-là, vous, madame, une robe à manchettes de dentelle ; vous, monsieur, votre chemise d'habit. Madden était en uniforme. Seule, Doris Keaton avait les poignets et les avant-bras nus.

– Jamais je ne pourrai croire que c'est elle la voleuse ! gémit lady Horbury. Pourquoi a-t-elle jeté mes perles dans la mer ?

Silas Lord soupira. Il a toujours eu peine à admettre qu'on n'ait pas l'esprit aussi vif que lui.

– Vous avez vous-même répondu à cette question quand vous m'avez déclaré que vous vous disposiez à porter votre collier pour la première fois hier soir depuis votre embarquement. *Ce collier n'étant déjà plus, en effet, qu'une imitation,* Doris Keaton était, dès lors, obligée – afin qu'on ne découvrît pas une substitution qui l'eût formellement accusée – de simuler un vol, *en s'y prenant de telle manière qu'on pût soupçonner quelqu'un d'autre.* Le moment lui parut propice quand le steward pénétra dans la cabine. Attendre davantage eût été d'ailleurs follement imprudent. D'une seconde à l'autre, vous pouviez découvrir que les perles étaient fausses…

Silas Lord acheva :

– Reste à savoir si le vol – je parle du vrai vol, pas de la parodie d'hier soir ! – a eu lieu à bord ou pendant votre séjour à New York. Dans le premier cas, il vous reste une chance de récupérer votre bien. Dans le second !...

On ne devait pas retrouver le collier. Et, au cours du débarquement, Doris Keaton réussit – à la faveur d'une inexplicable bousculade – à échapper à ses gardiens.

– Taisez-vous, David ! me dit brutalement Silas Lord comme je déplorais qu'une voleuse aussi habile eût recouvré la liberté. Vous ne savez pas ce que c'est qu'une prison ! Moi, après une semaine de mise en cage, je m'ouvrirais les veines ou foncerais sur les murs, la tête la première...

Le soir même, nous dînions dans le meilleur restaurant de la ville.

Le cadre était élégant, la chère exquise. Un maître d'hôtel obséquieux devançait nos moindres désirs. Il faisait bon vivre.

Au dessert, Silas Lord revint à la charge.

– La barrière qui sépare l'honnêteté et le crime est tellement fragile, David ! Ce n'est même pas une barrière mais une sorte de ligne idéale comme celle qui marque les frontières. On se retrouve de l'autre côté avant de savoir comment. J'ai eu, un jour, l'occasion de voir de près un condamné à mort – il avait assassiné deux femmes avec une sauvagerie inouïe – et de lui demander comment il était devenu un criminel. Je m'attendais à des révélations plus ou moins sensationnelles. Voici le récit qu'il m'a fait... Enfant, il habitait, comme moi, au bord de la mer. Un jour d'été qu'il se promenait dans les dunes, il lui prit une furieuse envie de faire du feu, de voir des flammes monter, claires et droites, vers le ciel trop bleu. Envie physique, désir purement animal... auxquels il dut céder, après une épuisante lutte contre sa raison. Conscient du danger, il avait choisi une touffe d'oyats isolée. Néanmoins, à cause du vent soufflant du large, le feu se propagea avec une rapidité inouïe. L'enfant tenta de l'éteindre, se brûla, prit peur... Les flammes léchaient le sable en crépitant, montaient vers une villa d'où partaient des cris et des chansons de gosses... Courbé pour échapper aux regards indiscrets, mon incendiaire courait maintenant à perdre haleine, le front mouillé de sueur, des larmes plein les yeux. Soudain, l'épouvante le cloua sur place. Le garde champêtre du patelin, penché sur sa vieille bécane, approchait rapidement. À l'instant, l'enfant fut convaincu qu'on l'avait vu, qu'on l'avait dénoncé, qu'on allait l'arrêter... Il eût voulu précipiter sa fuite, il en était incapable... Naturellement, le garde champêtre passa sans lui accorder un regard. Quant au feu, faute d'aliments, il diminuait d'intensité... Mon futur criminel, en se retrouvant parmi ses parents et ses petits camarades, commençait, déjà, d'éprouver une mauvaise fierté, plus exactement : la satisfaction du travail accompli ! Lorsque tous se mirent à parler de l'incendie – sans se douter, naturellement, que son auteur se trouvait parmi eux – cette satisfaction devint un grisant sentiment d'impunité. L'enfant avait l'impression de dominer ses proches, d'être plus malin qu'eux, de « les tenir dans sa main », de pouvoir les manœuvrer à sa guise. Pour un peu, il se fût vanté d'être le coupable ! La ligne idéale était franchie. De ce jour, mon criminel en herbe ne pensa plus qu'à faire le mal pour éprouver à nouveau ces remarquables sensations. À quoi tient l'honnêteté d'un homme, David ! Quelqu'un eût-il eu à pâtir le moins du monde de l'incendie que le gosse eût, probablement, réagi contre son instinct.

Comme il achevait, un couple vint s'asseoir à une table proche de la nôtre. L'homme – dont le déclin était déjà commencé – bravait l'intérêt général avec une désinvolture frisant l'insolence. En habit, un brin d'héliotrope à la boutonnière, il avait le cheveu aile-de-corbeau, le regard dur, la paupière lourde et bistrée : le type même de l'homme à femme. Quant à sa compagne...

J'avoue être particulièrement sensible à cette beauté féminine qu'il est convenu d'appeler conventionnelle. (Tiens, me voilà en train de manier le paradoxe comme un écrivain de profession !) Pour moi, une jolie femme doit ressembler à ces frêles créatures aux yeux frangés de longs cils, aux cheveux ondés, au teint frais, enrubannées et vaporeuses, qui sourient sur les boîtes de pralines.

La nouvelle venue avait cette grâce sereine avec quelque chose en plus d'indéfinissable. Peut-être un reflet de la désinvolture de son compagnon. Plutôt une sorte de mollesse, de touchant abandon propres à inspirer sur-le-champ, à tout honnête homme, le désir de la protéger, de la défendre contre la vie. Elle portait une robe montante, d'un bleu sourd, éteint, collant à elle comme une seconde peau, et crevée jusqu'au genou par un flot de dentelles.

– Parole, David ! me dit Silas Lord après avoir observé le couple sans vergogne. Cette femme affiche son âme.

Je n'entends goutte à d'aussi subtils jugements. J'approuvai, néanmoins, avec chaleur.

Mon patron appela le maître d'hôtel et lui désigna discrètement le couple :

– Qui est-ce ?

La réponse ne se fit pas attendre :

– M. et Mme Patricola. Ils viennent de débarquer du *Wyoming*.

– Patricola, le « roi de la soie » ?

À ce moment, le regard de la jeune femme se posa sur nous.

– Ou je me trompe fort, David, dit Silas Lord, ou nous *la* reverrons avant longtemps.

Le destin, comme d'habitude, devait lui donner raison.

7

Les yeux éteints

Le 22 juillet 19… les journaux de Paris publiaient, sous leur rubrique « faits divers », la brève information suivante :

Hier soir, un incendie dû à la malveillance s'est déclaré dans un asile d'aveugles du département de la Seine. Le feu a pris naissance dans les sous-sols d'un bâtiment de trois étages comprenant des bureaux, des ateliers et des magasins. Dans ces sous-sols, sont entassés les fagots d'osier dont les pensionnaires de l'asile font diverses vanneries. C'est dire que l'incendie aurait pu avoir les plus graves conséquences.

Le feu éteint, on a constaté que les bottes d'osier avaient été aspergées de pétrole et l'on a découvert, dissimulé sous l'une d'elles, un sachet de poudre à canon et une mèche d'amadou.

Le 10 août 19… les mêmes journaux publiaient, en même place, une deuxième information émanant de la même source :

Hier matin, un homme de peine travaillant dans un asile d'aveugles du département de la Seine a découvert, dans la cave du bâtiment principal, les vestiges d'un incendie qui s'était miraculeusement éteint de lui-même pendant la nuit. Un sachet de poudre à canon auquel était fixée une mèche d'amadou se trouvait dissimulé sous les réserves d'osier servant aux aveugles à fabriquer des vanneries.

Ce serait la deuxième fois qu'une main criminelle tente de mettre le feu à l'asile.

Le 11 octobre 19…, *Le Journal*, de Paris, annonçait, en première page, cette fois :

UN ASILE D'AVEUGLES
EN BUTTE À UN INCENDIAIRE

Hier soir, un incendie qui a failli avoir des suites tragiques a éclaté dans l'asile d'aveugles de Rueil.

Les pensionnaires de l'institut s'apprêtaient à quitter le réfectoire lorsque des cris déchirants retentirent dans un petit pavillon à deux étages, situé au fond du jardin. Le feu venait de s'y déclarer et l'escalier n'était déjà plus qu'une torche quand les secours s'organisèrent.

Entre-temps, les malheureux hospitalisés, dont l'affolement était d'autant plus grand que leur cécité les empêchait de se rendre compte de ce qui se passait, s'étaient mis à fuir de tous côtés. Sans l'énergique intervention du docteur Hance, directeur de l'asile, et de ses dévoués collaborateurs, plusieurs d'entre eux eussent payé leur imprudence de leur vie.

L'incendie a été rapidement circonscrit. Malheureusement, une fillette de treize ans, aveugle, qui se trouvait au deuxième étage du pavillon, s'est grièvement blessée en se jetant par une fenêtre.

C'est la troisième fois en moins de trois mois, nous a dit le docteur Hance, qu'on essaye de détruire l'institut. La première tentative a eu lieu le 21 juillet ; la seconde, dans la nuit du 8 au 9 août.

Qu'attend la police pour découvrir et arrêter l'incendiaire ? Que le feu ne laisse pas pierre sur pierre de l'asile !

Le 31 octobre 19..., *Le Matin*, de Paris, publiait à son tour – et en première place, lui aussi, – un article ainsi intitulé :

NOUVELLE TENTATIVE D'INCENDIE
À L'ASILE D'AVEUGLES DE RUEIL

Le feu qui avait pris naissance dans un dortoir inoccupé fait peu de dégâts.

Le 9 novembre 19..., la presse parisienne tout entière reflétait une même surprise indignée :

POUR LA CINQUIÈME FOIS,
UNE MAIN CRIMINELLE TENTE
DE METTRE LE FEU
À L'INSTITUT DU DOCTEUR HANCE

À RUEIL, UN MYSTÉRIEUX INCENDIAIRE
PARAÎT AVOIR JURÉ
LA PERTE D'UN ASILE D'AVEUGLES

AUX PORTES DE PARIS,
UNE CENTAINE DE MALHEUREUX,
PRIVÉS DE LA VUE, VIVENT DANS LA TERREUR
D'ÊTRE BRÛLÉS VIFS

Le 10 novembre 19..., à 5 heures de l'après-midi, nous nous trouvions, Silas Lord et moi, dans le bureau du docteur Hance.

– Des soupçons ? nous dit le directeur de l'asile en rangeant les articles qu'il venait de nous faire lire. Naturellement, on en a toujours ! Après le premier attentat, ils se sont portés sur un certain Duflot, contremaître à « l'atelier des paillassons ». Surpris en train de rôder dans les sous-sols du bâtiment principal, le jour de l'incendie, Duflot n'avait pu fournir aucune explication satisfaisante sur sa présence en ces lieux. La police, cependant, ne l'a pas inquiété longtemps et je doute que personne ait jamais cru sérieusement à sa culpabilité : c'est un brave garçon qui n'a d'autre faiblesse que de se prendre pour un sourcier au flair infaillible. Ce jour-là, il avait « senti » du cuivre, dans la cave !

– Ensuite ?

– Ensuite, nous avons soupçonné Besme, un aveugle d'une susceptibilité maladive, qui avait eu maille à partir avec un de mes assistants. Les deux frères de Besme étant employés à l'arsenal de Puteaux, cela eût expliqué la provenance des sachets de poudre à canon. Mais cette piste a dû être abandonnée également. Enfin, après la tentative d'incendie du dortoir des garçons, la police s'en est prise à Jules Laforce, un homme de service aperçu sur les lieux du sinistre quelques instants avant qu'on ne donnât l'alarme. Laforce aimait la bouteille et s'était aménagé un cellier miniature dans un placard du dortoir. Bien qu'on n'ait relevé aucune charge contre lui, nous l'avons congédié. Depuis son départ, les incendies continuent...

– C'est tout ?

– C'est tout.

– Combien hébergez-vous d'aveugles ?

– Un peu plus d'une centaine. Les uns logent dans les deux pavillons que vous voyez d'ici. Les autres – les mariés – rentrent chez eux le soir.

– Je suppose qu'ils ne sont pas toujours faciles à conduire ?

– Hélas, non ! Ils ont, en général, un caractère irritable, ombrageux. Ils se rebiffent contre la moindre autorité. Enfin, beaucoup d'entre eux n'ont plus toute leur tête... Ce qui n'empêche pas que nous les aimions bien !

Le docteur Hance soupira :

– Je me suis adressé à vous en désespoir de cause, monsieur Lord ! Qu'on en veuille à la vie de mes infortunés pensionnaires me dépasse... et la police n'y a, malheureusement, rien compris non plus. Nos ressources sont modestes. Cependant, si vous réussissiez à faire la lumière sur cette affaire, notre gratitude...

Il me sembla qu'aux mots de « faire la lumière », Silas Lord tiquait légèrement.

– Vous m'avez bien dit, interrompit-il, debout devant la fenêtre, que le dernier incendie s'était déclaré dans cette cour pendant la récréation des enfants ?

– Oui. Plus exactement, dans les lieux d'aisances. Le feu a été mis à un torchis de paille protégeant du gel le drain des waters.

Silas Lord coiffa d'un impressionnant sombrero le petit bonhomme qu'il venait de dessiner, d'un index négligent, sur la vitre embuée :

– Qu'en pensez-vous, docteur Hance ? Cinq tentatives de destruction et cette maison est toujours debout ! Autant dire : cinq balles sans résultat ! Votre féroce incendiaire est un malchanceux ou un joli maladroit. C'est aussi un imprudent... ou il n'aurait pas opéré dans cette cour visible de la plupart des fenêtres de l'asile. J'aimerais interroger le surveillant qui présidait à la récréation des enfants hier matin.

Le directeur pressa un bouton sur son bureau. Moins d'une minute après l'homme – un Charlie Chase triste – était devant nous.

– Une question, mon ami. Vous rappelez-vous qui se trouvait dans la cour hier matin quand le feu s'est déclaré ?

L'homme prit le temps de réfléchir, en se frottant lentement les mains :

– Certainement, monsieur. Il y avait une vingtaine d'enfants.

– Personne d'autre ?
– Non, monsieur. Rien que les enfants et moi.
– Savez-vous lesquels, exactement ?
– Oui, monsieur. Il y avait...
– Très bien. Réunissez-les dans la cour.

Le directeur se rapprochait, des questions plein la bouche. Silas Lord se pencha vers moi et me dit, dans le tuyau de l'oreille, quelques mots qui me firent sursauter.

– Dépêchez-vous ! insista-t-il comme je demeurais stupide. En venant, j'ai remarqué au coin de la rue une boutique où l'on en vend sûrement.

Je retrouvai Silas Lord, le directeur et le surveillant conversant dans la cour à quelques mètres d'un groupe d'enfants immobiles et silencieux dont les petits visages pâles et fermés reflétaient une tristesse sans remède.

– Donnez-moi ça, David ! s'écria Silas Lord, dès qu'il me vit.

Ça, c'était un paquet de feux de Bengale ! Le *boss* nous fit signe de reculer, frotta une allumette, brandit une main pleine d'étoiles.

Alors, nous assistâmes à un spectacle poignant, inoubliable... Avertis par leur instinct qu'il se passait quelque chose d'anormal, les enfants abandonnèrent peu à peu leur immobilité de statue, les uns s'interrogeant à voix basse, les autres promenant autour d'eux des mains sensibles comme des antennes. Cela dura une minute, peut-être deux, et les petits tabliers bleus avaient l'air de jouer, malgré eux, à colin-maillard. Notre silence devait les dérouter : leurs voix montèrent de plusieurs tons, leurs questions se firent inquiètes, pressantes, leurs gestes plus saccadés. Le directeur et le surveillant avaient visiblement peine à demeurer dans leur rôle de spectateurs passifs. Enfin, dominant le crépitement des allumettes-Bengale, un cri s'éleva, une véritable clameur de détresse : « Le feu ! »

Le feu ! Où, le feu ?... Devant ? Derrière ? À droite ? À gauche ? Le cœur serré, nous vîmes les enfants s'accrocher l'un à l'autre, tourner sur eux-mêmes comme des bêtes traquées, leurs petits visages minces ravagés par une angoisse grandissante. Quelques-uns d'entre eux s'enfuirent, hurlant et trébuchant, vers le fond du jardin. D'autres avaient reculé jusqu'aux murs et s'y adossaient de toutes leurs forces comme s'ils espéraient passer à travers. Je regardai Silas Lord. Impassible, il continuait de faire tournoyer son poing couronné de flammes multicolores. Cela tournait au cauchemar. Épouvantés par cette menace qu'ils ne pouvaient situer, les petits aveugles avaient perdu tout contrôle sur eux-mêmes. Certains pleuraient, le plus jeune se roulait par terre, en proie à une crise de nerfs. J'aurais voulu me détourner de cette scène, m'en éloigner. Sa sombre horreur me clouait sur place. Le docteur Hance et le surveillant paraissaient indignés. Eux, qui ne connaissaient pas Silas Lord, devaient le soupçonner d'inutile cruauté.

Ils allaient s'élancer vers lui... Un spectacle imprévu les médusa. Trois enfants, loin de fuir comme leurs camarades, se rapprochaient lentement. Sourds aux cris de terreur éclatant de tous côtés, bravant le danger qui pouvait, à tout moment, fondre sur eux, ils s'avançaient les mains en avant avec, sur leurs visages hâves, une expression de bonheur inouï. Et la vérité nous apparut, brutale... *Comme des papillons fous, ils allaient à la lumière, au risque de s'y brûler !*

– Voilà vos féroces et maladroits incendiaires, dit brièvement Silas Lord au docteur Hance. Fouillez leurs chambres, faites-les parler. Il n'y a pas d'autre coupable qu'eux.

Effectivement, on découvrit sous leurs matelas des allumettes et des bouts de bougie introduits en fraude dans l'asile. On ne peut pas provoquer un incendie tous les jours ! Les pauvres gosses qui percevaient encore faiblement les lueurs dansantes du feu s'amusaient à regarder brûler les unes et les autres, pendant des nuits entières[1]...

Encore qu'il semble s'être fié surtout, en l'occurrence, à sa merveilleuse intuition, j'aurais aimé reparler de cette affaire à Silas Lord et lui demander ce qui l'avait mis sur le chemin de la vérité.

Il s'y refusa toujours.

De même que le récit du meurtre de Schaffer, le compositeur, et celui du cambriolage du bureau de poste, m'ont paru devoir être réunis en un seul chapitre, l'histoire des yeux éteints me paraît devoir en entraîner une autre que j'intitulerais volontiers *L'incompréhensible vol*.

Les deux premiers cas étaient liés par la manière dont Silas Lord les résolut. Unité de temps et unité de lieu rapprochent celui que vous venez de lire et celui que je vais vous conter.

Fuyant les remerciements du docteur Hance, nous nous disposions, Silas Lord et moi, à nous éloigner de l'asile lorsqu'une femme âgée qui arpentait le trottoir d'en face et que je pris, sur le moment, pour une servante de curé, traversa la chaussée et vint à nous.

– Monsieur Lord ? demanda-t-elle.

Puis, sans autre préambule :

1. Ces faits authentiques sont rapportés par R. Faralicq, ancien commissaire divisionnaire de la police judiciaire parisienne. (*Sur les pas sanglants*, Éd. de France.)

– Mme Gritte, ma patronne, vous présente ses compliments et serait heureuse que vous passiez par chez elle.

– Qui a-t-on assassiné ? demanda froidement Silas Lord.

Il avait coutume de dire à ses clients qu'il fallait au moins un meurtre pour éveiller son intérêt.

La servante nous jeta un regard indigné, les mains croisées sur les pointes de son châle noir :

– Assassinées, nous aurions pu l'être toutes les deux ! Mais on s'est contenté – Dieu sait pourquoi ! – de tout mettre sens dessus dessous dans le boudoir de Madame. J'en aurais pleuré, en découvrant ça, ce matin ! Jusqu'à un encrier qui s'égouttait sur le tapis.

– Et qu'est-ce qu'on a volé ?

– Volé ? Rien !

– Rien ?

– C'est justement ce qui inquiète Madame !

Silas Lord passa son bras sous le mien :

– En avant, David ! Voilà qui vaut bien un meurtre.

Mme Gritte était une coquette petite vieille toute en taffetas puce, avec des cheveux blancs de neige et des joues de poupée. Elle nous accueillit fort aimablement dans un salon aux sièges recouverts de peluche rouge et que des stores baissés isolaient du reste du monde.

– Je ne vous apprendrai rien, monsieur Lord, en vous disant que les nouvelles ne vont nulle part aussi vite que dans un village, commença-t-elle en nous examinant effrontément derrière son face-à-main. À 10 heures déjà, je savais que le docteur Hance avait fait appel à vous pour en finir avec cette malheureuse histoire d'incendies. Aussi n'ai-je pu résister à l'envie d'envoyer Martine vous chercher. Le mystère, depuis la nuit dernière, a pénétré ici... et je déteste le mystère !

– On vous a cambriolée, m'a dit Martine ?

– Oui... mais, apparemment, pour le seul plaisir de bouleverser mes tiroirs !

Mme Gritte se leva et ouvrit une porte :

– Voulez-vous jeter un coup d'œil ?

Nous pénétrâmes dans une petite pièce dont je renonce à décrire l'aspect. Pas un objet qui n'eût été déplacé ou renversé, pas un meuble qui ne fût béant, pas un coin du tapis qui ne disparût sous des papiers éparpillés.

– Heureusement que nous avons le sommeil dur, Martine et moi ! soupira la vieille dame. Un brigand capable de tout saccager de la sorte doit être capable aussi d'égorger deux femmes sans défense !

– Vous avez averti la police ?

– Non. À quoi bon ? Elle n'y comprendrait goutte. A-t-elle vu clair dans cette affaire d'incendies ? N'oubliez pas, enfin, qu'on ne m'a rien pris...

– En êtes-vous sûre ?

– Absolument ! Tous mes bibelots, tous mes papiers sont là et – personne, dans le village, ne l'ignore – je confie mon argent et mes titres à une banque de Paris.

– Le cambrioleur s'est borné à fouiller cette pièce-ci ?

– Dieu merci, oui !

– Comment est-il entré ?

– Il a fracturé la grille du jardin, d'abord ; la porte de la cuisine ensuite...

– J'aimerais les examiner.

Silas Lord n'accorda qu'un bref coup d'œil à la porte de la cuisine. La grille retint davantage son attention. Puis il s'approcha d'une niche d'où un gros chien observait nos allées et venues en grondant.

– Il n'a pas aboyé la nuit dernière ?

– Je ne le pense pas. Les voisins me l'auraient dit. Mais il se fait vieux ! acheva Mme Gritte avec un sourire indulgent. Comme moi ! On ne peut plus guère compter sur lui !

Nous réintégrâmes le boudoir dévasté.

– De deux choses, l'une ! dit Silas Lord. Ou votre voleur n'a pas trouvé ce qu'il cherchait... *ou il l'a trouvé sans que vous vous en doutiez !*

La vieille dame secoua la tête :

– Je ne possède rien qui puisse tenter autrui ! Il est facile de vous en assurer.

– Fort bien. Voulez-vous que nous rangions cette pièce ensemble ?

La vieille dame accepta et Silas Lord, se jetant à quatre pattes avec un enthousiasme d'enfant, commença de farfouiller parmi les papiers amoncelés. En même temps, il poursuivait son interrogatoire sans avoir l'air d'y toucher.

– Somme toute, fit-il soudain, vous ne recevez presque personne ?

– Dites « personne », si ce n'est mon plus proche voisin, le colonel Lothaire. Nous avons fait connaissance, il y a un an, en bavardant par-dessus la haie. Il arrosait ses pieds-d'alouette ; moi, mes rhododendrons. Depuis, il vient souvent prendre le thé ou fumer un cigare après le dîner...

Mme Gritte soupira :

– Nous avons à peu près le même âge et chacun nos petites manies. Il me parle de ses timbres et parfois – Dieu me pardonne ! – de ses pipes, j'évoque des souvenirs. Mes parents habitaient Georgetown, et, telle que vous me voyez, j'ai fait deux fois le tour du monde. Finalement, le colonel me propose une partie de bésigue et me prend mon argent.

L'après-midi était fort avancé quand nous quittâmes Mme Gritte et Silas Lord paraissait s'être rendu à l'évidence. Bien qu'il eût pris la peine de fracturer deux portes et de fouiller le boudoir dans ses moindres recoins, le cambrioleur n'avait rien dû emporter !

– Où allons-nous ? demandai-je une fois dans la rue.

– Dîner d'abord.

Cela fut vite fait. Huit heures sonnaient quand nous nous levâmes de table.

– Où allons-nous ? redemandai-je.

– Devinez ! dit Silas Lord.

Et, pour une fois, je tombai juste.

Le colonel Lothaire nous ouvrit la porte lui-même. Il avait des sourcils touffus et des yeux d'un bleu limpide. Une épaisse robe de chambre de laine grise lui tombait jusqu'aux pieds.

L'entrée en matière de Silas Lord m'étonna. Je m'attendais à ce que le *boss* allât droit au fait. Au lieu de cela, il se donna pour un collectionneur, membre d'une importante société philatéliste. À l'entendre, il était désireux d'acheter ou d'échanger des timbres rares et sa visite tardive découlait de l'obligation dans laquelle il se trouvait de partir en voyage le soir même.

Semblables explications sont rarement écoutées jusqu'au bout. Sans méfiance, le colonel nous introduisit dans son bureau et nous montra une impressionnante série d'albums.

– Quel est le pays qui vous intéresse le plus ?

– L'Amérique du Sud ! répondit Silas Lord.

Moins de dix minutes plus tard, il se renversait sur sa chaise d'un air désabusé.

– Pardonnez ma franchise, colonel, mais je vous croyais plus riche !

– Plus riche ? bredouilla le vieil officier, atteint dans sa vanité de collectionneur. Alors que vous avez là...

– Je sais, je sais ! Peut-être, après tout, avez-vous raison de les cacher...

– De quoi, diable, parlez-vous ?

– De vos « premières émissions » de la Guyane anglaise, s'échelonnant entre 1840 et 1850.

Le colonel faillit laisser tomber l'album qu'il tenait à la main et devint blanc comme un linge.

– Voyons, mon cher monsieur, dit-il enfin avec une jovialité forcée, si je possédais pareil trésor, je serais millionnaire !

– Ne l'êtes-vous pas ? dit Silas Lord.

Et, sans donner à son interlocuteur le temps de lui répondre :

– À propos de timbres de la Guyane anglaise, on m'a conté une bien curieuse histoire. Figurez-vous qu'une vieille dame en possédait toute une série sans se douter de leur valeur. Elle ne les gardait même que parce qu'elle tenait aux enveloppes sur lesquelles ils étaient collés ! La vieille dame avait pour proche voisin un philatéliste averti. Un jour, elle lui parla de son enfance – qui s'était écoulée à Georgetown – et de ses parents qu'elle avait tendrement aimés. Finalement, elle exhiba un paquet de lettres échangées par son père et sa mère au temps de leurs fiançailles. Tandis qu'elle lisait à voix haute les passages les plus touchants, son hôte n'avait d'yeux que pour les timbres : le moins beau valait une fortune !... Que pensez-vous qu'il arriva ? Le collectionneur – vous ai-je dit que c'était un officier en retraite ? – aurait pu avouer tout ou partie de la vérité à sa vieille amie. Peut-être, ayant atteint un âge où l'on attache plus de prix à l'amitié qu'à l'argent, lui eût-elle fait présent de ces bouts de papier qu'il convoitait ? Le colonel – vous ai-je dit que l'officier en retraite était colonel ? – aurait pu aussi attendre une occasion favorable de subtiliser les timbres. Il ne fit rien de tout cela ! Poussé par une impatiente ardeur de collégien, il préféra recourir, tout bonnement, au cambriolage. Le plus drôle de l'histoire, c'est qu'on faillit ne jamais découvrir ce qu'il avait volé ! Il avait eu soin, en effet, de remplacer les précieuses enveloppes par d'autres toutes préparées. Enfin, il ne s'était pas contenté de fracturer la porte de la cuisine, il avait – pour détourner les soupçons – forcé aussi la grille du jardin. Ainsi, on croirait que le voleur venait de la rue alors qu'il n'avait eu d'autre peine que de passer par-dessus la haie mitoyenne.

Silas Lord repoussa sa chaise et se leva :

– Naturellement, mon histoire a une fin morale. Le colonel garda les timbres quelque temps. Il les contemplait sans cesse comme un avare ses écus. Cependant, s'il était sensible à leur froide beauté, il lui déplaisait de penser qu'il avait failli à l'honneur et à l'amitié. Un jour, sa passion de collectionneur assouvie, il n'y tint plus et refit ce qu'il avait défait... En d'autres termes, il se rendit coupable d'un nouveau cambriolage, un cambriolage qui devait rester tout aussi mystérieux que le premier... puisque ce n'était rien de moins qu'une restitution !

Silas Lord se tourna vers moi :

– David, nous n'avons que le temps si nous ne voulons pas rater le train ! Excusez-nous encore, colonel, pour notre visite tardive et... adieu ?

Le colonel, qui n'avait pas sourcillé une seule fois pendant que le *boss* parlait, s'inclina avec raideur. Il était impossible de lire sur son visage le moindre sentiment, mais il dédaigna, du moins, de jouer la comédie de l'incompréhension.

– Adieu ! dit-il, sans nous tendre la main.

Dans la rue, Silas Lord m'adressa son sourire le plus ironique :

– Non, mon petit David... Ne vous écriez pas, comme d'habitude : « Extraordinaire ! » ou « Magnifique ! » Un enfant aurait découvert la vérité. Je l'ai pressentie dès que j'eus constaté que la grille avait été forcée *de l'intérieur*.

– J'avoue, dis-je alors, que le silence du chien...

Silas Lord m'interrompit.

– Quant à cela, David... Rien de plus facile que de faire taire un chien !

– À condition de l'empoisonner !

– Erreur ! Les nomades d'Algérie vous montreraient dix façons ingénieuses d'endormir même la vigilance de leurs terribles klebs.

– Croyez-vous, dis-je encore, que le colonel restituera les timbres ?

– Je me le demande ! Le vieux est coriace.

Plus coriace encore que nous ne pensions !

Il était trop tard pour rentrer à Paris. Nous logeâmes sur place. Et qu'apprîmes-nous le lendemain matin ? Oh ! pas par la voie des journaux, mais par cette fameuse rumeur publique dont Mme Gritte parlait la veille... Qu'un nouveau cambriolage avait eu lieu pendant la nuit. Mais chez le colonel cette fois !

– Quand je vous le disais, David, que le vieux était prompt à la parade ! s'écria Silas Lord. Il n'y avait qu'un moyen de nous mettre en échec et il en a usé... Ce cambriolage simulé, c'est une façon élégante de me dire : « Venez chercher les timbres, *maintenant !* Provoquez une perquisition ! Vous ne les trouverez plus ! On me les a pris, à moi aussi ! » Et, naturellement, du moment qu'il ne veut pas les rendre, nous ne pouvons plus rien...

Le *boss* se frappa le front :

– Pardieu, si ! Mme Gritte a encore une chance de récupérer son bien et je m'en vais, de ce pas, lui conseiller de la courir.

– Vraiment ? dis-je. Laquelle ?

– Épouser le colonel ! Elle en meurt d'envie !

8

DER KÖNIG DER GAUKLER

J'aborde maintenant l'une de ces sensationnelles affaires de meurtre qui firent la célébrité de Silas Lord.

Le cadre ? Un des plus beaux hôtels particuliers de l'Unter den Linden, à Berlin. La victime ? Herr Doktor Grillparzer, directeur de cirques, entrepreneur de spectacles et de tournées foraines, un de ces géants qui défrayent journellement la chronique. Ses surnoms suffiront à silhouetter l'homme. On l'a successivement appelé *Der König der Gaukler*[1] et « le nouveau Ziegfeld »...

Je ne puis me rappeler les circonstances qui nous entraînèrent dans l'aventure. Les souvenirs affluent à mon esprit en si grand nombre qu'il en résulte, parfois, certaine confusion. Toujours est-il que nous franchîmes, Silas Lord et moi, le cordon de schupos entourant le luxueux hôtel de l'Unter den Linden, un matin de janvier 19... moins de trois quarts d'heure après qu'on y eut trouvé le docteur Grillparzer, la nuque lardée de coups de couteau.

1. Le roi des bateleurs.

La vaste maison était déjà envahie par une foule de gens appartenant tous, de près ou de loin, à la police berlinoise. Des photographes allaient et venaient, leur appareil sur l'épaule, attendant, eût-on dit, pour allumer leur magnésium, le moment où vous observiez leurs faits et gestes avec le plus de confiance et d'intérêt ; des pas lourds ébranlaient les lustres ; dans le porche, journalistes et schupos faisaient assaut d'opiniâtreté.

À peine étions-nous engagés dans l'escalier monumental – le meurtre avait été commis à l'étage – qu'une exclamation joyeuse nous fit lever la tête. L'instant d'après, un petit homme à monocle qui, de toutes façons – je veux dire : même sans son épais pardessus fauve – eût eu l'air d'un exubérant ourson, s'avançait à notre rencontre la main tendue.

– *Mein lieber Freund !*

C'était – je l'appris avec étonnement – le chef de la police en personne, Herr Doktor Erich von Wohl.

– Votre secours nous sera précieux, mon cher ! poursuivit-il avec rondeur. *Donnerwetter !* C'est le cas le plus extraordinaire que j'aie jamais vu ! Figurez-vous que...

Si je parle anglais, je ne fais que baragouiner l'allemand et j'eus du mal, sur le moment, à saisir le sens de ce qui se disait autour de moi. J'ai, néanmoins, pu reconstituer les conversations dans leur détail en interrogeant habilement Silas Lord par la suite.

Les gens qui nous entouraient, nous pressaient de toutes parts, paraissaient plus excités encore que ceux du rez-de-chaussée. « *Nein, nein, nein, Herr Professor !* » hurla un gros homme apoplectique en opérant une retraite brusquée qui faillit me faire perdre l'équilibre. Un photographe jurait parce qu'on lui avait cassé son appareil. Tournée vers le mur, une grande femme maigre éclata en sanglots convulsifs.

Le difficile au début d'une enquête – surtout dans un pays dont les coutumes vous sont peu familières – est de reconstituer les faits dans leur ordre chronologique, sans en omettre aucun, et d'assigner leur rôle exact aux personnages qui s'agitent autour de vous. Rien d'étonnant, donc, à ce que tout ce que l'affaire avait d'exceptionnel – exceptionnelle, elle l'était au point que la plupart des assistants affichaient cet air incrédule de gens à qui l'on voudrait en conter – ne nous apparut que peu à peu.

Silas Lord, après avoir prêté une oreille attentive aux explications du chef de la police, vint heureusement à mon secours, en m'exposant brièvement les faits :

– Le crime remonte à trois quarts d'heure environ et l'alarme – aux dires de Fräulein Schinkel, la gouvernante – aurait été donnée dans le moment même qu'on le commettait. Fräulein Schinkel est cette grande femme en noir qui se détourne pour pleurer. Elle a fait la déclaration suivante : « Je passais sur le palier lorsque j'ai entendu, provenant du bureau, un bruit de chute et une sorte de râle effrayant. J'ai, aussitôt, frappé à la porte et essayé de l'ouvrir. Elle était fermée à clé de l'intérieur. J'ai appelé à l'aide. » Karl Völler, le secrétaire, Elsa Brandt, la dactylo, Lüdwig, le chauffeur, et Hilda la femme de chambre – ils sont là, David, retournez-vous – confirment ce témoignage, ajoutant : « Dès que nous eûmes entendu les cris de *"Zu Hilfe! Zu Hilfe!"*, nous montâmes à l'étage. Fräulein Schinkel frappait à coups redoublés contre la porte du bureau et semblait sur le point de tomber en syncope. Nous joignîmes nos appels aux siens, mais ils demeurèrent sans réponse. » Völker, le secrétaire, et Lüdwig, le chauffeur, se résolurent alors à enfoncer la porte... Grillparzer était étendu sur le tapis, la nuque tailladée. « Saigné comme un porc ! » précise le gros monsieur qui se tient à deux pas de moi et est médecin légiste.

Silas Lord écoutait, tout en parlant. Son exposé fini, il me traduisit au vol quelques-uns des propos échangés çà et là. Peut-être cherchait-il moins ainsi à satisfaire ma curiosité qu'à coordonner les données du problème pour son propre compte, décanter l'affaire, si j'ose dire.

– Le vol n'est pas le mobile du crime... Le bureau regorgeait d'objets précieux et le portefeuille de la victime de billets de banque... On n'a touché ni aux uns ni aux autres... C'est Lüdwig qui est allé prévenir la police, tandis que les autres demeuraient ici, sur le palier. Il n'y avait que Grillparzer et les domestiques dans la maison... Non, sa femme aussi, paraît-il. Mais elle est clouée sur son lit par la paraplégie, dans une chambre du deuxième étage. On a trouvé Grillparzer en pyjama et en peignoir de bain... Penchez-vous de ce côté, David... La petite tache claire que vous voyez là, c'est son pied nu...

En dépit du groupe compact qui nous maintenait à distance de la porte enfoncée, je réussis à jeter un coup d'œil dans le bureau.

– Pourquoi la pièce est-elle si sombre ? demandai-je.

– Parce que les volets sont fermés ! Grillparzer détestait le grand jour. Peut-être en avait-il perdu l'habitude, à force de vivre dans les coulisses de cirque.

Von Wohl, à tout instant, se rapprochait du boss et lui parlait à l'oreille. Il était fébrile et s'épongeait le front avec un grand mouchoir de soie. Je lui eusse volontiers conseillé d'enlever sa peau d'ours, mais ce sont des choses qui ne se font pas.

– D'aucuns se demandent, me dit Silas Lord, s'il ne s'agirait pas d'une vengeance exercée par l'une ou l'autre *Verein*... Vous savez, ces associations secrètes de l'*Unterwelt*[1] ?

Je n'avais jamais entendu parler de l'*Unterwelt* auparavant mais j'acquiesçai d'un air entendu.

– Von Wohl prétend que Grillparzer était en rapport avec des trafiquants de *Knox*[2]... Il prétend également qu'Elsa Brandt, la dactylo, est intoxiquée jusqu'au bout des ongles.

Ainsi, petit à petit, la figure du « Roi de la Foire » sortait de l'ombre, le mort se mettait à vivre ! Un géant sans doute, mais aux pieds d'argile.

Toutefois, ce n'est que dix minutes plus tard – quand tous les occupants de la maison eurent fini de déposer – que la situation nous apparut sous son aspect le plus troublant et que les données du problème s'imposèrent définitivement à notre esprit.

Le bureau du mort avait deux portes et deux fenêtres. La première porte, celle du palier, avait dû être enfoncée. La seconde – qui faisait communiquer le bureau avec une chambre inoccupée – était fermée tout comme l'autre, les deux clés se trouvant engagées dans les deux serrures à l'intérieur. Restaient les fenêtres... Mais outre qu'elles donnaient sur l'une des voies les plus passantes de Berlin, l'état des volets – hermétiquement clos à l'arrivée de la police, entrouverts depuis – prouvait clairement que le meurtrier n'avait pas pu s'enfuir par là, non plus.

1. Bas-fonds. Littéralement. monde souterrain.
2. Cocaïne.

– *Wunderlich!* s'exclama von Wohl, à nos côtés. Et cependant ce n'est pas un suicide! Le docteur affirme que Grillparzer n'aurait jamais pu se tuer de cette manière. Il ajoute qu'il a dû être attaqué par surprise et succomber très rapidement... Enfin, nous n'avons pas retrouvé le couteau!

– Je suppose, dit Silas Lord, que le lustre était allumé lorsqu'on a découvert le cadavre?

Von Wohl fronça le sourcil:

– Non, il ne l'était pas! Völker et les autres précisent dans leur déposition qu'ils ont tourné le commutateur en entrant. Nous, nous avons éteint – tout en entrouvrant les volets – pour recréer l'atmosphère du drame...

– Voulez-vous me permettre d'examiner la pièce?

Le chef de la police y consentit avec empressement et nous fraya, lui-même, un passage à coups de coude et à grand renfort de: «Zurück!» énergiques.

La main d'un schupo s'appesantit sur mon bras.

– *Ich bin mit diesen Herr!* réussis-je à bredouiller tout en me dégageant.

Et, moins de deux secondes plus tard, je pouvais voir à mon tour...

Ce qui me frappa d'abord, c'est le prodigieux entassement d'objets précieux que contenait la pièce. Bien que le jour l'éclairât parcimonieusement, le velours de l'ombre semblait semé de paillettes comme le maillot d'une écuyère: étincelles accrochées aux facettes des cristaux, feux couverts allumés par quelque rayon perdu dans l'âme de l'argenterie. Une vitrine était pleine de grès de Raeren; une autre de porcelaines de Saxe. Dans un coin sombre, une énorme potiche chinoise se couronnait d'un buisson d'immortelles.

Silas Lord se pencha sur le cadavre et je jetai un coup d'œil par-dessus son épaule. Je n'ai aucun goût pour les descriptions macabres… De son vivant, Grillparzer devait avoir eu la prestance et le physique avantageux d'un Hans Albert.

Silas Lord, que j'avais garde de ne plus quitter d'une semelle, fit le tour de la chambre. Prudemment. À la façon d'un chat soucieux de ne rien renverser. Je ne saurais dire ce qui l'intéressa le plus. Peut-être fut-ce un meuble bas, plein de livres et couvert de bibelots, occupant tout un mur, face à la fenêtre ? Peut-être, sur le bureau, un de ces supports de métal et de verre destinés à contenir la photographie d'un être cher… et qui ne contenait rien ? Peut-être un pouf, à droite de la porte d'entrée ?

L'examen du *boss* touchait à sa fin quand un nouveau personnage entra en scène. Pour mieux dire, un personnage à qui je n'avais prêté jusque-là qu'une faible attention devint soudain le point de mire de l'intérêt général. Repoussant tout le monde sans ménagement, il s'approcha de von Wohl et lui parla à l'oreille.

– L'inspecteur Grünlich se dispose à faire une reconstitution du crime, nous expliqua le chef de la police.

– Ce n'est pas une mauvaise idée ! répondit Silas Lord.

Nous retournâmes sur le palier, cédant la place au schupo qui devait *gémir pour le mort*. Une reconstitution a presque toujours un côté tristement comique. Lüdwig, le chauffeur, et Hilda, la femme de chambre, furent longs à comprendre ce qu'on attendait d'eux. Karl Völker ricana. Quant à Fräulein Schinkel, elle semblait incapable de recouvrer son sang-froid.

Elle chancelait en descendant du deuxième étage et, lorsque le moment fut venu d'appeler au secours, elle le fit sans conviction comme si elle avait honte d'entendre sa propre voix. Finalement, un schupo, penché sur la rampe, dut héler, pour elle, Völker, Elsa Brandt et les deux domestiques.

– Hep ! vous quatre... Montez maintenant !

– Une question, Fräulein Schinkel ! intervint Silas Lord. Qu'avez-vous entendu exactement avant qu'on ne répondît à vos appels ?

La gouvernante interrogea du regard le chef de la police qui lui fit signe de parler.

– Un bruit de chute, je crois, et une sorte de râle, un cri étouffé... horrible !

– Quoi encore ?

– Mais... c'est tout.

– Rappelez vos souvenirs. Y avait-il de la lumière sur le palier ?

– Non. La cage d'escalier était sombre.

– Fort bien. Tandis que vous appeliez à l'aide, n'avez-vous, à aucun moment, regardé à vos pieds ?

– Regardé à... ? *Mein Gott*, vous voulez dire...

– Simplement ceci : *il devait* y avoir, sous la porte, un rais de lumière qui disparut subitement, vous devez avoir entendu un faible déclic, celui d'un commutateur que l'on tourne.

– *Mein Gott !* répéta la gouvernante.

Elle inclina la tête, trop émue pour rien ajouter et un murmure s'éleva autour de nous. Ainsi, le moindre doute n'était plus permis ! Pendant que Fräulein Schinkel criait au secours, le meurtrier se trouvait toujours dans le bureau.

Comment, dans ces conditions, avait-il réussi à s'enfuir ?

Silas Lord se tourna vers les quatre autres témoins qui venaient d'atteindre le palier.

– Herr Völker, Lüdwig... Une fois la porte du bureau enfoncée, avez-vous couru immédiatement au cadavre ?

Les deux hommes répondirent par l'affirmative.

– Et vous, Fräulein Schinkel ?

– Je… Je crois que j'ai fait quelques pas à l'intérieur de la pièce.

– Fräulein Schinkel nous a suivis, intervint Karl Völker. Quand je m'en suis aperçu, je l'ai fait sortir en même temps qu'Elsa qui menaçait de piquer une crise de nerfs.

– Et vous, Hilda ?

– Je suis demeurée sur le palier.

– Tout le temps ?

– C'est-à-dire… À certain moment, sur l'injonction de Herr Völker, je me suis portée au-devant de Fräulein Schinkel et de Fräulein Brandt pour les entraîner hors du bureau.

– L'un d'entre vous a-t-il pensé à s'assurer que le meurtrier n'était pas dissimulé derrière la porte ou dans l'un ou l'autre coin de la chambre ?

– J'ai regardé partout ! répondit brièvement Völker.

– Et qu'avez-vous fait, vous quatre, en attendant la police ?

Le secrétaire, une fois de plus, parla pour les autres :

– J'ai grillé une cigarette, assis sur cette marche-là. Fräulein Schinkel est montée prévenir Frau Grillparzer que nos cris devaient avoir alarmée. Hilda s'est occupée de Fräulein Brandt.

Il y eut un silence.

– Somme toute, résuma tranquillement Silas Lord, en s'adressant à von Wohl, si le meurtrier était encore dans le bureau à votre arrivée – et je ne vois pas comment il l'aurait quitté auparavant ! – il a fort bien pu profiter de la confusion générale pour s'échapper.

– *Ausgeschlossen !* intervint l'inspecteur Grünlich avec véhémence. Nous prenez-vous pour des enfants? Ce que Herr Völker a fait, nous l'avons fait aussi! Et plus soigneusement! Le bureau ne contenait âme qui vive lorsque nous y sommes entrés! Au demeurant, la maison est cernée. Personne ne peut s'y introduire, personne ne peut la quitter sans montrer patte blanche. N'y circulent, enfin, que des hommes à nous, capables de justifier de leur identité et de leurs fonctions dans la police.

– Bah! Ce ne serait pas la première fois qu'un meurtrier se cache parmi des policiers!

Le visage anguleux de Josef Grünlich devint couleur aubergine, mais Silas Lord continua d'une voix apaisante:

– Toute la question est là. Depuis la découverte du crime, l'assassin a-t-il eu, oui ou non, l'occasion de se glisser hors du bureau sans attirer l'attention?

– Hélas! comment le savoir? gémit von Wohl.

– À première vue, il paraît n'en avoir eu la possibilité qu'à un seul moment: quand Hilda, sur l'ordre de Herr Völker, est entrée pour prêter assistance à Fräulein Schinkel et Fräulein Brandt. Mais…

C'est alors qu'une sorte de miracle se produisit. Derrière nous, dans l'ombre, une voix s'éleva. Éraillée. Monotone. Vulgaire. Et cette voix disait:

– *Personne n'est sorti!*

Nous nous retournâmes tous avec une précipitation comique. Agenouillée sur le plancher, dans l'entrebâillement d'une porte, une servante, dont une mèche de cheveux paille cachait un œil, nous souriait stupidement, ses manches relevées jusqu'aux coudes, une brosse de chiendent à la main.

Josef Grünlich s'élança vers elle comme s'il allait l'étrangler:

– *Teufel!* Que faites-vous là ?

La servante ouvrit la bouche et la referma, l'air ahuri. Après quoi, pour toute réponse, elle plongea sa brosse dans un seau et se mit à frotter énergiquement le plancher. Le réduit où elle travaillait était si étroit et si sombre qu'il était passé inaperçu de tous. Rien d'étonnant à cela, d'ailleurs, si l'on veut bien considérer que l'attention générale n'avait cessé de converger vers un point diamétralement opposé.

Faire parler la servante fut plus difficile qu'on ne pense. Josef Grünlich avait beau jurer comme un païen, lui tapoter cordialement l'épaule ou la menacer, elle se renfermait dans un mutisme obstiné. Fräulein Schinkel se toucha le front à plusieurs reprises en nous la désignant. Finalement, on en obtint ces précisions effarantes :

– Je n'ai pas bougé d'ici, depuis une heure, et j'ai vu tout ce qui se passait... *Personne n'est sorti du bureau !*

– Voulez-vous dire que vous étiez déjà là quand Fräulein Schinkel a crié au secours ?

– *Ja.*

– Et quand on a enfoncé la porte ?

– *Ja.*

– Et quand la police est arrivée ?

Ja ! Ja ! Ja ! Elle n'avait cessé de tout observer du fond de son réduit.

– Du diable si j'y comprends quelque chose ! éclata Josef Grünlich. Cet homme n'a pas pu s'évanouir en fumée !

Pour ma part, je n'étais pas loin de penser que nous nous trouvions devant une sorte de réédition du *Mystère de la Chambre Jaune.*

– *Qui vous dit que c'est un homme ?* repartit doucement Silas Lord.

Et s'approchant de Hilda, la femme de chambre :

– Une question, *Fräulein* Hilda... N'y avait-il pas, d'habitude, une photographie sur le bureau de votre maître ?

La femme de chambre n'était que depuis une huitaine de jours au service du docteur Grillparzer et n'avait eu qu'une ou deux fois l'occasion de pénétrer dans le cabinet de travail. Elle avait, néanmoins, remarqué, la veille au soir, la photo en question. Une photo de femme.

– Quelqu'un l'a prise... Ce n'est pas vous, naturellement ?

La jeune fille s'en défendit avec indignation. Qu'aurait-elle fait de cette photo ?

– D'ailleurs, ajouta-t-elle en dépit d'un froncement de sourcils de Fräulein Schinkel, il y en a une toute semblable dans la chambre à coucher de monsieur.

Elle n'avait pas achevé que Josef Grünlich s'élançait vers la pièce désignée. Il en revint l'oreille basse :

– Que nous chante cette donzelle ? Un cadre vide, oui, voilà ce que j'ai trouvé !

– La photo était encore là, ce matin ! s'obstina Hilda.

– Je vous crois, dit Silas Lord.

Son regard se posa sur le groupe formé par la gouvernante, la dactylo, le secrétaire et le chauffeur :

– Lequel d'entre vous a fait disparaître cette image ? Parlez !

– Ce n'est pas moi ! dit Lüdwig.

– Je ne suis arrivée ici que quelques instants avant le drame, répondit non moins vivement Elsa Brandt. J'avais encore mon chapeau sur la tête quand j'ai entendu crier au secours.

Karl Völker, lui, haussa les épaules :

– Tout ceci est ridicule ! Je ne me souviens pas d'avoir mis les pieds dans la chambre à coucher du docteur Grillparzer depuis huit jours.

– Je ne veux pas qu'on m'accuse à la place de quelqu'un d'autre ! s'écria soudain Hilda. Je vous ai vue sortir de la chambre du Herr Doktor, Fräulein Schinkel, pendant que nous attendions la police !

La gouvernante foudroya la femme de chambre du regard.

– C'est exact, reconnut-elle. Cependant...

– La photographie se trouvait-elle à sa place habituelle ? demanda le *boss*.

– Oui, je crois...

– Il me faut une certitude.

Von Wohl, Grünlich et les autres ne comprenaient visiblement pas où Silas Lord voulait en venir. Par contre, ils devaient sentir, tout comme moi, que le détective n'admettrait aucune échappatoire.

Fräulein Schinkel en eut-elle l'intuition, elle aussi ? Toujours est-il qu'elle avoua soudain :

– Je me rappelle, maintenant... La photo gisait sur le tapis. Je l'ai ramassée et... glissée dans l'*Adressenbuch* du Herr Doktor.

– Pourquoi ? intervint brutalement Grünlich.

– Je préfère ne pas répondre à cette question.

– Dans l'*Adressenbuch*, dites-vous ? insista Silas Lord. Quel *Adressenbuch* ?

– Celui qui se trouve toujours au chevet du Herr Doktor.

– Inutile de vous demander entre quelles pages vous l'avez mise... Vous ne vous les rappelez évidemment pas !

– Entre... Entre les pages 55 et 56.

– Je cours chercher le volume ! jeta Grünlich en tournant les talons.

– Pas la peine, inspecteur ! dit Silas Lord. Voyons, Fräulein Schinkel...

Sa voix n'avait jamais été plus persuasive :

– ... vous ne voudriez pas protéger la mémoire d'un des plus grands criminels du monde ?

La gouvernante, livide, dut s'adosser au mur et je remarquai un reflet de son émotion sur le visage jusque-là impassible de Karl Völker.

Silas Lord se pencha vers son interlocutrice et je fus l'un des seuls à l'entendre murmurer :

– Il vient un âge où l'on ne saurait jouer à la poupée sans se damner... Donnez-moi cette photo !

Fräulein Schinkel, après une ultime hésitation, porta la main à son corsage et en retira le portrait d'une jeune femme en robe de bal.

– Jolie fille ! dit Silas Lord en passant la photo à von Wohl qui la passa lui-même à Grünlich. La reconnaissez-vous ?

– Non, dit Grünlich.

Von Wohl semblait perplexe.

– Peut-être êtes-vous induits en erreur par des détails ? suggéra Silas Lord. Par exemple, ce que vous prenez pour un pilier carré n'est autre, à mon avis, qu'un pied de table...

– *Mein Gott !* Fräulein Libellule !...

Je poussai moi-même une exclamation de stupeur. Fräulein Libellule ! La ravissante naine qui, depuis trois ans, s'exhibait sur toutes les scènes du monde avec un danseur à sa taille, Blue Boy, et à qui Grillparzer, selon la rumeur publique, avait fait construire, à Baden-Baden, un château de poupée.

Silas Lord nous désigna le pouf placé à droite de la porte d'entrée :

– Regardez encore ceci !

Ceci, c'était, au beau milieu du siège, la trace d'un pied minuscule.

– Et maintenant, je vais avoir l'air de vous poser une devinette... *Cherchez Blue Boy !*

Dès lors, tout se passa avec une foudroyante rapidité.

– Dehors, tous ! hurla Grünlich.

Il tenait un revolver au poing.

– Hans, Otto ! Venez ici ! Heinrich, Friedrich, ouvrez les armoires, les tiroirs, tout ! Déplacez-moi ce canapé ! Au moindre mouvement suspect, feu !

Silas Lord considérait toute cette agitation d'un air amusé.

– Si j'ai réussi à découvrir la vérité, expliqua-t-il à von Wohl, c'est en partie grâce à des indices aussi révélateurs que ce pouf portant la marque d'un pied d'enfant et *traîné sous le commutateur*... Mais c'est surtout parce que je me suis tenu le petit raisonnement suivant : « Le meurtrier s'étant trouvé dans l'impossibilité de quitter le bureau, son crime commis, *il doit – bien qu'invisible à nos yeux – y être encore !* » J'ai, malheureusement, changé d'avis depuis !

– Changé d'avis ! s'écria von Wohl. Vous n'allez pas prétendre qu'il a réussi à s'enfuir ?

– Si, cher ami !

– Mais comment voudriez-vous...

– Supposez que vous soyez Blue Boy, que, penché sur le cadavre du misérable qui vous a pris votre femme, vous entendiez, soudain, Fräulein Schinkel appeler au secours... Allez-vous vous laisser prendre comme un rat ? Non ! Affolé, vous faites le tour de la chambre, cherchant une issue, une *issue à votre taille.* Les deux portes ? Trop tard ! Les fenêtres ? Impossible ! Reste...

– ... la cheminée ! hurla von Wohl.

Et, à ce cri qu'ils prirent pour un ordre, Grünlich et ses hommes se ruèrent, d'un même élan, vers le fond de la pièce.

Mais Blue Boy avait eu le temps de s'enfuir cent fois… Sans doute courait-il, farfadet ailé, de toit en toit.

– Comment avez-vous su que Fräulein Schinkel mentait à propos de la photographie ? demandai-je à Silas Lord, un peu plus tard.

Nous étions attablés dans une bruyante brasserie de l'Alexander Platz, de grandes chopes de Münich devant nous.

– Essayez de dissimuler quoi que ce soit entre les pages 55 et 56 d'un livre, *entre une page impaire et une page paire*, me répondit le *boss*, railleur, et vous m'en direz des nouvelles ! J'avais, de plus, remarqué que la gouvernante, le secrétaire et les autres, désireux d'étouffer le scandale, étaient liés par une sorte de conspiration du silence dont, seule, Hilda, nouvelle venue dans la maison, ne faisait pas partie. De là à conclure que Fräulein Schinkel était l'âme de cette conspiration !

Nous entendîmes se rapprocher puis décroître le ronflement d'un de ces trains-bolides qui sillonnent Berlin sur des ponts métalliques.

– Pensez-vous qu'ils le rattraperont ? demandai-je encore.

Silas Lord soupira :

– J'espère bien que non ! J'ai d'ailleurs fait tout ce que je pouvais pour les en empêcher.

– Vous leur avez dit…

– Précisément, David ! Je leur ai dit que Blue Boy s'était enfui par la cheminée… alors qu'il n'en a eu ni le temps ni les moyens. Au reste, s'il s'était échappé par là, *il y aurait eu des traces de suie dans l'âtre.*

J'étais abasourdi.

– Voyez-vous, reprit Silas Lord en allumant une cigarette, lorsque j'ai expliqué à notre ami von Wohl comment j'étais arrivé à découvrir la vérité, je ne lui ai pas tout dit… Il n'est pas bon de toujours tout dire aux gens… Je lui ai parlé du pouf. Je ne lui ai pas parlé de la potiche chinoise.

– Mais…

– Revoyez-vous clairement ce meuble bas occupant tout un mur du bureau, face à la fenêtre, et les bibelots qui l'encombraient ? Dans ce cas, vous devez revoir aussi un espace libre, à l'une de ses extrémités. De même qu'il aurait dû y avoir une photo dans le cadre vide, un objet aurait dû se trouver là ! Lequel ? Un rond dans la poussière – souvenez-vous que la femme de chambre n'avait que rarement le droit de pénétrer dans le cabinet de travail – me l'apprit bien vite…

– La potiche ! m'écriai-je.

– Blue Boy, pour commettre son crime, avait deux difficultés à surmonter. La première ? Se grandir jusqu'à égaler la taille de son rival. La seconde ? Trouver une cachette d'où il pût guetter l'occasion de frapper par surprise et par-derrière. Quand Fräulein Schinkel donna l'alarme, quand toute fuite fut devenue impossible, il estima que cette cachette pouvait resservir. Seulement, craignant de la laisser exposée aux yeux de tous, il commit l'erreur de la déplacer.

– Était-ce vraiment une erreur ? Sans ce rond imprimé dans la poussière…

– Mon petit David !… Vous ne me ferez pas croire que vous n'avez pas remarqué, comme moi, sur le meuble adossé, les débris d'un *vidrecome* en verre émaillé et, sur le tapis, des immortelles écrasées.

Je les avais remarqués. Hélas, ils ne m'avaient rien appris !

– De sorte que… bredouillai-je pour dissimuler ma confusion. À l'heure qu'il est… Blue Boy… est encore là-bas ?

Silas Lord m'adressa une sourire séraphique :

– Oui, David ! Blue Boy, serrant contre son cœur son sanglant coutelas et la photo reprise à Grillparzer, est toujours là-bas !

Un scorpion dans une potiche de la dynastie des Ming !

Je ne pus m'empêcher de protester :

– Pourquoi ne pas l'avoir livré à la justice ? Ce nain est... est un...

Silas Lord m'interrompit sèchement :

– Et comment appelez-vous Grillparzer, David ?

9

LES MAINS QUI PARLENT

– La chiroscopie, mon vieux… Savez-vous ce que c'est ? me demanda un jour Silas Lord au déjeuner.

Je dus avouer mon ignorance.

– Je n'en ai, moi-même, qu'une vague notion, reprit le *boss* en chiffonnant l'édition de midi de *L'Alarme*. « Chiromancie élevée à la hauteur d'une science », vous diront les uns. « Habile exploitation de la crédulité humaine », vous diront les autres. Quoi qu'il en soit, nous en saurons bientôt davantage. Un professeur de cette doctrine nouvelle vient d'être assassiné et j'ai idée que nous allons fourrer le nez là-dedans… Demandez-moi mon ami Piatti au téléphone.

Un instant plus tard, il me prenait l'écouteur des mains :

– Piatti ?… Oui… ? Le crime de la rue de Bethléem… Exactement, mon cher ! *Quia nominor leo*… Trois heures ? Parfait !

Suivirent quelques réflexions assez cyniques au sujet d'une certaine Constance qui n'a rien à faire ici.

– Je vous accompagne ? proposa Paula comme nous nous habillions pour partir.

Silas Lord prit la canne et le chapeau qu'elle lui tendait. Puis il lui tapota gentiment l'épaule :

– Pas cette fois, mon ange... David et Piatti constitueront un public très suffisant.

La rue de Bethléem, étroite et sombre, va tout droit d'un hospice à une prison et compte parmi ces lieux qui semblent appeler le drame comme d'insolents peupliers, la foudre. Je me plus, pendant un instant, à l'imaginer habitée tout entière par de vieilles femmes frileusement enveloppées dans des châles de couleur et penchées pour l'éternité sur des tarots ou des feuilles de thé, entre un chat pelé et une cafetière de faïence.

Le « public », lui, se révéla – à peine un taxi nous eut-il débarqués devant le n° 11 – plus nombreux que nous ne pensions. Piatti – un de ces actifs petits hommes qui semblent avoir à cœur de justifier leur existence sans éclat par un constant souci d'obliger les forts – était accompagné d'une mince jeune femme blonde qu'il ne craignit pas de nous présenter comme sa cousine et un inspecteur nous attendait, paraît-il, dans l'appartement de la victime.

Un inspecteur ?... Taurochs, oui, en chair et en os !

– Et alors, monsieur le faiseur de miracles ? nous lança-t-il en guise de bienvenue. Auriez-vous déjà, dans le silence de votre cabinet et par la seule puissance de votre raisonnement, découvert le meurtrier de Germain Croche ?

Piatti eut un geste d'excuse, un geste qui signifiait « Je n'ai pas pu éviter *ça* ! », mais Silas Lord ne parut nullement ennuyé. Au contraire :

– Ravi de vous voir, mon cher, répondit-il rondement. Comment vont Juste et Adrien ? Toujours envie de devenir gendarmes, comme leur papa ?

Puis, se détournant de l'inspecteur avec le même naturel, il parut oublier jusqu'à son existence.

L'appartement dans lequel nous nous trouvions se composait d'une chambre à coucher et d'un cabinet de consultation, situé en façade, avec antichambre attenante, le tout pauvrement meublé. La fenêtre de la chambre à coucher donnait sur une cour sans lumière et les murs des trois pièces étaient uniformément couverts d'une tapisserie parsemée de fleurs tenant le milieu entre le myosotis et la cinéraire, avec quelque chose du chèvrefeuille. À la tête du lit, une reproduction chromo lithographique de *Sainte Cécile*, de Carlo Dolci, calendrier – prime d'une compagnie d'assurances –, et, sur un réchaud, un coquemar à l'anse tordue.

– C'est ici que... ? commença la mince jeune femme blonde.

– Non, dit Piatti. À côté.

Taurochs hocha tristement la tête en désignant Silas Lord :

– Vous n'êtes pas drôle, Piatti ! Il fallait le lui laisser deviner.

Lord, dédaignant de répondre, passa dans le cabinet de consultation. Une tache noirâtre étoilait le tapis de jute et un indescriptible désordre témoignait de l'acharnement malheureux de la police à découvrir des indices. Dans une cage exiguë, un rollier du Hartz battait faiblement de l'aile.

– Les journaux impriment, dit Silas Lord, que Croche devait connaître plus ou moins intimement son meurtrier. L'enquête a-t-elle confirmé cette assertion ?

Piatti, avec un soupir, s'assit à l'ombre – si j'ose dire – d'un palmier en pot :

– Oui. On a trouvé sur le bureau deux verres poisseux et une bouteille d'anisette emportés à tout hasard, aux fins d'analyse. Le meurtrier n'a pu pénétrer dans cet appartement que si la victime elle-même lui a ouvert la porte de la rue, toujours fermée à double tour et au verrou, après le dîner. Enfin, il est rare qu'un inconnu vous rende visite aux environs de 10 heures du soir et demeure ensuite en votre compagnie assez longtemps pour fumer un cigare.

Adossée à la fenêtre, la jolie « cousine » de Piatti écoutait ces explications avec un intérêt passionné.

– Comment sait-on que le meurtrier a eu le temps de fumer un cigare ? interrogeait-elle, méfiante.

Piatti lui sourit tendrement :

– Parce qu'on a retrouvé un mégot dans un cendrier et que Croche n'était pas fumeur.

– Bon, intervint Silas Lord. Qu'est-ce qui prouve que le visiteur n'a pas simplement achevé ici un cigare déjà fumé aux trois quarts ?

Taurochs ricana :

– Vous croyez-vous seul capable, après examen d'un poil de moustache ou d'un bouton de culotte, de deviner l'âge du capitaine ?... Un de mes hommes a découvert, dans le vestibule, un mégot en tout point semblable à celui que contenait le cendrier. Conclusion ? Le meurtrier ayant franchi le seuil, un bout de cigare au bec, a fumé en entier, pendant son entrevue avec la victime, le londrès dont nous avons retrouvé les restes dans cette pièce.

– À la bonne heure ! s'écria Silas Lord. Ou il a eu le temps, pendant cette entrevue, de fumer deux cigares et vous avez ramassé, dans le vestibule, le bout du second, jeté là en partant. Ou le locataire du rez-de-chaussée partage les goûts du criminel et le mégot, découvert au pied de l'escalier, est tombé de ses lèvres. Ou un mauvais garnement, passant devant la porte ouverte, a trouvé plaisant de projeter, par l'entrebâillement, les restes d'un havane traînant sur le trottoir… Bel indice, en vérité, que celui qui se prête à tant d'interprétations!

J'eus la démangeaison d'applaudir. Enfoncé, Taurochs! Une fois de plus!

– Une question, inspecteur! acheva Silas Lord. Êtes-vous seulement capable de distinguer la cendre d'un Trichinopoli, légère et claire, de celle, lourde et huileuse, de la Flor de Cabbage? Non?… Alors, n'identifiez pas des cigares sur de simples probabilités. Il y en a des milliers d'espèces. Je suis payé pour le savoir. Mon père en vendait.

Il revint à Piatti:

– Admettons que le meurtrier est un homme appartenant, de près ou de loin, à l'entourage de la victime. Pourquoi a-t-il tué? Pour voler?

– Non. On a retrouvé sur le cadavre un portefeuille garni de billets de banque.

– Crime passionnel? Vengeance?

– Absurde! éclata Taurochs. Croche avait dépassé la cinquantaine. Il était veuf depuis de nombreuses années et je vous défie de découvrir la moindre femme dans sa vie. À peine lui restait-il – comme l'a prouvé l'examen de sa correspondance – deux ou trois parents éloignés qui lui donnaient de leurs nouvelles tous les trente-six du mois. Nous avons interrogé sa femme de ménage, ses voisins, ses fournisseurs. Tous sont tombés d'accord pour dire qu'il sortait peu, vivait en ermite et ne recevait d'autres visites que celles des gogos venant lui montrer leurs mains dans l'espoir d'apprendre qu'ils seraient, un jour, millionnaires ou vivraient jusqu'à cent un ans!

Silas Lord, depuis un moment, passait en revue une série d'empreintes chiroscopiques encadrées, frise noire et blanche faisant tout le tour de la chambre.

– Ma foi, dit-il soudain, l'ami Croche ne manquait pas d'humour, d'humour macabre ! Regardez, Piatti… Les gogos – comme dit M. Taurochs – qui ont imprimé leurs mains sur ces feuilles de papier vélin, sont tous morts à l'heure qu'il est !

Piatti, son aimable « cousine » et moi-même nous rapprochâmes avec empressement. En effet, il y avait sous chaque empreinte de brèves annotations de ce genre : *Main de Mme Ixe. Décès prédit pour mai 1923. Survenu en mai 1923. – Main de M. Untel. Blessure à la tête, prédite pour janvier 1931. Tué dans un accident d'automobile en février 1931. – Main de Georges S…, criminel qui, le 2 juin 1926, à Toulon, assassina sa femme et sa belle-sœur et fit fondre leurs cadavres dans de l'acide sulfurique. Condamnation à mort prévue en 1922 pour 1927. (Ligne de chance se terminant par une étoile sous le médius.) Exécuté en décembre 1927.* Brrr ! Toutes ces mains noires renfermant dans leurs minuscules nervures un avertissement du destin nous paraissaient maintenant se tendre vers le plafond en un pitoyable geste d'imploration !

Quand nous nous en détournâmes, Silas Lord était installé au bureau de Germain Croche, une pile de volumes et de cahiers sous les yeux.

– À propos d'empreintes, interrogea-t-il, le meurtrier n'en a, évidemment, pas laissé derrière lui ?

– Non, dit Piatti. Du moins, ni sur les poignées de portes ni sur l'arme du crime : un chandelier Louis XV. Restent les verres et la bouteille d'anisette mais…

– Le meurtrier portait des gants ! interrompit brutalement Taurochs. Un type qui ne doit pas en être à son coup d'essai, si vous voulez mon avis !

– Et qui tue pour le seul plaisir de tuer ? demanda doucement Silas Lord.

– Pourquoi pas ?

– Évidemment : « Pourquoi pas ? » Mais son choix, dans ce cas, me laisse perplexe. Tuer un chiroscope ! Je tuerais plutôt un agent du fisc !

Un volume à couverture illustrée vint me frapper à l'épaule :

– Attrapez ça, David ! Vous m'en direz des nouvelles ! L'ami Croche écrivait des romans populaires à ses moments perdus. *Le Labyrinthe aux Squelettes ! L'Estocade secrète ! La Pagode infernale ! Le Fiacre fantôme !* Et il était, à lui seul, à ce que je vois, M. Tarquin de Grandchamp, M. Yvon d'Yvelise et Mme Eoclyne Portelange de Vineuil ! Qui aurait jamais cru qu'une telle débauche de particules fût nécessaire pour toucher le prolétariat ?

Il se saisit, à l'improviste, de la grosse patte de l'inspecteur Taurochs. Et la comparant à un dessin qu'il avait sous les yeux :

– C'est bien ce que je pensais... inspecteur, l'étroitesse de l'espace compris entre vos lignes cordiale et cérébrale signale des tendances au manque de souffle et des dispositions oppressives, confirmées par la grande île gravée au pli de flexion du pouce... Bébé, vous avez dû souffrir d'entérite grave... Votre index à phalangette aplatie traduit de l'insuffisance hépatique... Vos souris sont molles et les stries que vous voyez ici révèlent, d'une part, une disposition aux états congestifs et aux maux de gorge ; d'autre part, un mauvais fonctionnement rénal et la probabilité d'un excès d'urée sanguine... En deux mots, savez-vous ce que vous êtes ? Vous êtes un pituitaire hyposexuel et hypogénital, de tendance hyposurrénalienne. Et vous avez « l'âme concupiscible » !

Avant que Taurochs, suffoqué, eût trouvé à répondre, la « cousine » de Piatti, poussant toute une série de petits cris joyeux, courut s'asseoir sur le bureau, les jambes haut croisées, les mains tendues.

– Regardez vite ! Ai-je, moi aussi, « l'âme concupiscible » ? Suis-je vénusienne, mercurienne... ou quoi ?

Silas Lord sourit :

– Je pourrai peut-être vous le dire quand vous vous serez dégantée !

– Vous ne lui direz rien du tout !

L'inspecteur avait recouvré ses esprits :

– Croyez-vous que je sois ici à seule fin de vous permettre de jouer les pythonisses et de débiter des âneries ? De deux choses, l'une ! Ou l'affaire vous dépasse et vous n'avez qu'à en convenir ! Ou vous croyez pouvoir la résoudre et je vous serais obligé de poursuivre votre enquête !

– Mais je la poursuis, inspecteur ! Je la poursuis même activement !

Silas Lord se carra dans son fauteuil :

– Plus je feuillette ce petit livre, plus il m'intéresse ! Écoutez, plutôt... *Il est un doigt qui, à lui seul, révèle la valeur morale du sujet, un doigt – nous voulons parler du pouce – dont on peut dire qu'il permet de jauger, tout à la fois, le cœur, l'âme et le cerveau. On ne saurait établir de diagnostic sûr sans tenir compte de son aspect. Ainsi, le pouce long signifie : énergie de l'âme, ténacité. Le pouce court : indécision, esprit d'imitation, aboulie. Le pouce raide : volonté intermittente, caprices. Le pouce carré : sens pratique. Le pouce en bille ou « pouce des assassins » : violents accès de colère pouvant aller jusqu'à la cruauté. Le pouce pointu : enthousiasme facile, manque de réflexion. Étroit et mince – souplesse de caractère, faible santé. Spatulé : persévérance, entêtement. Conique : caractère accommodant...*

En dépit de notre scepticisme, nous nous étions tous mis à regarder attentivement nos doigts.

– Ce n'est pas tout ! *Comparez, maintenant, phalangette et phalange. La première se révèle-t-elle plus longue que la seconde ? L'instinct, l'entêtement étoufferont, neuf fois sur dix, la voix de la raison. Plus courte ? Le sujet n'entreprendra rien, tout au contraire, qu'il n'ait mûrement réfléchi... Reste le « pouce à taille », ainsi appelé parce que la phalange, plus mince que la phalangette, donne, en quelque sorte, au doigt, une silhouette féminine en miniature. C'est le pouce du génie, du mérite, de l'originalité...* Notre pouce, quoi !

Silas Lord s'était levé, tout en parlant. Il vint à moi, me prit la main et me força à l'ouvrir. Sa désinvolture m'intriguait. « Quel jeu joue-t-il ? » me demandai-je.

– Honnête David ! s'écria-t-il. L'orientation de votre ligne de cœur trahit un esprit timoré, craintif, enclin à la rêverie. Et cette série de petits points, là : de l'imagination, une sensibilité extrême. Je peux vous prédire des chagrins d'amour.

– Dites donc, Lord, intervint Piatti, le nez levé vers les empreintes encadrées. Votre bouquin vous a-t-il appris comment on obtient ces trucs-là ?

– Pourquoi ? Vous les trouvez décoratifs ? Il suffit de se passer la main dans les cheveux puis d'en appliquer fortement la paume sur une feuille de papier lisse. Pour révéler et fixer l'empreinte ainsi obtenue, saupoudrez-la d'une pincée de bioxyde de cuivre ou de bioxyde de manganèse pulvérisé. Tel est le conseil que Croche donnait à ceux qui désiraient une consultation par correspondance.

Cependant, la « cousine » de Piatti, toujours juchée sur le bureau, une cigarette aux lèvres, s'était plongée avidement dans un gros *Traité de Chiroscospie* et Taurochs lui-même, gagné par la contagion, feuilletait, d'un air dégoûté, une *Étude sur la Tricophytie des Ongles*.

Profitant de cette trêve, Silas Lord retourna s'absorber dans l'examen des registres et cahiers du mort. Cela dura trois minutes, peut-être cinq. On l'eût dit désireux de se faire oublier. Sur ses lèvres : un sourire oblique. Dans ses mains : une de ces petites boulettes de glaise qu'il se mettait à triturer, dès qu'il entrevoyait la solution d'une affaire. Enfin, il dit... et c'était bien la dernière chose à quoi l'on pût s'attendre :

– Si nous partions ?

Taurochs découvrit, dans cette proposition, un aveu d'impuissance :

– En d'autres termes, vous êtes « collé » ?

– Au contraire ! Je crois posséder maintenant autant d'atouts que vous.

– Autant de... ? Cela vous fait une belle jambe !

Silas Lord prit un air grave :

– Voyons, inspecteur... Nous sommes deux à ce jeu ! Inutile, par conséquent, d'essayer de me faire croire que vous ne soupçonnez pas la vérité.

Taurochs, pendant un moment, parut flatté. Puis son ressentiment reprit le dessus :

– Et vous, vous aurez beau bluffer ! Je me refuse à admettre que vous ayez découvert quoi que ce soit !

– Je peux, dans tous les cas, vous révéler pourquoi Croche a été tué...

– Des dattes ! (« Le taureau » semblait prêt à foncer.) L'identité de son meurtrier aussi, peut-être ?

Il ajouta inconsidérément :

– Qui est-ce ?

Silas Lord négligea la question.

– Voyons *pourquoi on n'a pas tué Croche*, dit-il. Ce portefeuille retrouvé intact sur le cadavre, la pauvreté du mobilier, les déclarations de la femme de ménage certifiant que le moindre bibelot est toujours à sa place, excluent l'idée de vol, de vol ordinaire tout au moins. L'isolement sentimental dans lequel la victime vivait depuis de nombreuses années ne permet pas davantage d'envisager un crime passionnel. Alors, quoi ? La vengeance ? Rien, absolument rien, ne nous autorise à supposer que Croche eût un passé agité...

– Meurtre gratuit commis par un fou ? suggéra Piatti.

– Je n'y crois pas, dit Silas Lord.

Son chapeau et sa canne à la main, il se dirigeait vers la porte. Nous le suivîmes instinctivement.

– Un seul mobile plausible à mon avis.

Il embrassa, d'un regard, les empreintes encadrées, les volumes empilés sur le bureau, un globe de verre mat à la lumière duquel la victime devait examiner de près les mains de ses visiteurs :

– On a tué Croche *parce qu'il était chiroscope !*

Cette réponse, comme bien l'on pense, provoqua une recrudescence d'intérêt. Mais Silas Lord estimait, à tort ou à raison, en avoir assez dit. Il était pressé de s'éloigner et le fit bien voir. Avant que Piatti, sa pseudo-cousine, et Taurochs fussent revenus de leur surprise, nous avions arrêté un taxi et roulions vers notre domicile.

– Qu'allons-nous faire, maintenant ? demandai-je en rentrant.

Silas Lord se mit en quête de sa pipe et de sa robe de chambre.

– Lire tous les journaux de ces quinze derniers jours, répondit-il.

Et, par le fait, nous ne fîmes pas autre chose jusqu'à une heure avancée de la nuit.

Le lendemain matin, nous pénétrions d'un pas allègre dans le temple de la justice.

Je m'attendais à ce que Silas Lord allât trouver le juge d'instruction chargé de l'affaire de la rue de Bethléem. Au lieu de cela, il se fit annoncer à l'un de ses collègues, M. Scouvart, dont les journaux de la dernière huitaine associaient le nom à un drame antérieur.

Nous attendîmes plus d'une heure et je m'étonnai que le *boss* fît preuve de tant de patience. Le menton appuyé sur le pommeau de sa canne, une cigarette mal allumée aux lèvres, il paraissait somnoler. En réalité, il épiait, entre ses cils mi-clos, les gens appelés à comparaître devant l'un ou l'autre magistrat et je suis sûr qu'il aurait pu, grâce à ses étonnantes facultés d'observation, m'en apprendre long sur chacun d'eux, s'il l'avait voulu.

Vers midi, nous fûmes admis enfin en présence de M. Scouvart.

Silas Lord alla droit au but :

– C'est bien vous qui vous occupez de l'affaire de l'Institut Foudre ? demanda-t-il avec urbanité.

– C'est moi.

– Avant que je ne vous expose l'objet de ma visite, consentiriez-vous à me dire où en est votre enquête ?

– Je n'ai pas à vous répondre.

M. Scouvart, un petit homme sec à tête chauve de rapace, était évidemment prévenu contre nous. Il s'exprimait d'un ton bref, agressif, tout en jouant avec une règle qui paraissait devoir se briser d'un moment à l'autre entre ses doigts nerveux. Je pressentis qu'il y avait un Taurochs là-dessous, et je ne me trompais pas. Tandis que nous croquions le marmot à sa porte, M. Scouvart réclamait à l'inspecteur des précisions sur notre compte.

Bien que Silas Lord eût dû arriver aux mêmes conclusions que moi, il n'en laissa rien paraître.

– Sans doute ! Sans doute ! dit-il, imperturbable. Quoi qu'il en soit, j'ai de bonnes raisons de penser que le mystère entourant la fin tragique de Mme Lheureux reste entier. Les journaux, eux, vont jusqu'à prétendre que l'affaire sera classée.

J'aurais parié que la règle maniée par M. Scouvart avait vécu. Elle tint bon.

– Mais ils se trompent !

Silas Lord fit une pause :

– Ils se trompent *car je suis en mesure de vous révéler l'identité du meurtrier.*

Je fus probablement plus étonné que le juge d'instruction lui-même. Comment Lord aurait-il réussi à éclaircir « le mystère de l'Institut Foudre » en s'occupant d'une affaire qui n'avait aucun rapport avec lui ?

– Un moment ! dit M. Scouvart, plus acide que jamais. Auriez-vous, à quelque titre que j'ignore, participé à l'enquête régulièrement ouverte par mes soins ?

Silas Lord secoua la tête.

– Non.

– Peut-être agissez-vous à la demande de la famille Lheureux ou de l'un ou l'autre intéressé ?

– Non.

– J'imagine que vous avez dû avoir l'occasion d'examiner les lieux du crime ?

– Non.

Autant de « non », autant de désarmants sourires !

– Vous ne connaissez, par conséquent, de l'affaire, que ce qu'en ont publié les journaux ?

– Je n'oserais même pas prétendre cela ! Je sais que Mme Lheureux, aimable veuve de quarante ans, soignée par le docteur Foudre pour lypémanie chronique, a été, au début de la semaine, étranglée par un inconnu, dans le fond du parc entourant l'institut... Un point, c'est tout.

– Dans ces conditions...

M. Scouvart se leva, solennel :

– Rien de ce que vous pourriez me dire ne saurait intéresser la justice. J'ajouterai que l'inspecteur Taurochs sort d'ici. Nous avons longuement parlé de vous et ce qu'il m'a appris me dissuaderait, s'il en était besoin, de prolonger cet entretien.

Le butor ! Je lui aurais volontiers cassé sa règle sur le crâne.

Silas Lord, lui, prit fort bien la chose.

– Je n'en attendais pas moins de vous ! dit-il aimablement. Allons, David !

AVIS AU PUBLIC

En moins de 24 heures,
SILAS LORD,
premier détective du monde,
a réussi à découvrir
l'identité du meurtrier qui, le 3 mars,
étrangla Mme Lheureux, dans le parc
de l'Institut Foudre.
SILAS LORD,
ce matin même,
a proposé à la justice de la faire bénéficier,
sans conditions, des conclusions
de son enquête personnelle.
La justice – en la personne de M. Scouvart,
juge d'instruction – a refusé de l'écouter.
SILAS LORD,
estime nécessaire,
DANS L'INTÉRÊT GÉNÉRAL
de porter ces faits à la connaissance du public.

Telle fut la sanglante réplique du *boss*.

Tel fut le texte incendiaire qui flamboya, le soir même, sur les écrans de tous les grands cinémas de la ville.

Je craignais le pire et j'avais tort.

Je m'attendais à voir apparaître à tout moment un couple d'inspecteurs chargés de nous arrêter. Je m'attendais à ce qu'on fermât notre agence, à ce qu'on nous accusât de soulever l'opinion contre la machine judiciaire...

Rien de tout cela ne se produisit.

Le grand public était avec nous et parlait sans cesse plus haut. Les officiels réussirent à faire la sourde oreille à ses protestations pendant vingt-quatre heures, puis ils nous dépêchèrent Piatti en parlementaire.

Impossible d'avoir la main plus heureuse ! La preuve en est que, quelques heures plus tard, le cabinet d'où nous avions été si proprement expulsés nous revoyait, Silas Lord et moi, confortablement installés, en compagnie d'un représentant du ministre de la Justice, de M. Faulx, le juge d'instruction chargé de l'affaire de la rue de Bethléem, de nos bons amis Scouvart et Taurochs tout déconfits, de Piatti le médiateur et – Dieu me pardonne ! – de deux sténographes.

Silas Lord, prié de s'expliquer, le fit avec son habituelle concision :

– Grâce à mon ami Piatti ici présent, j'ai eu les moyens de me livrer, il y a trois jours, en présence de l'inspecteur Taurochs, à une enquête personnelle sur le meurtre de Germain Croche. Tout le monde sait, aujourd'hui, que les mobiles habituels – intérêt, jalousie, vengeance – sont impuissants à expliquer ce crime. En quittant l'appartement de la victime, je suggérai à l'inspecteur que Germain Croche avait dû être tué *parce qu'il était chiroscope*. On dirait une boutade. En réalité, voici ce qui m'a permis d'émettre cette opinion... Parmi les papiers du mort, se trouvaient un registre et un mémorandum, convertis en livres d'adresses, auxquels il manquait, à chacun, une page. Pages arrachées, de toute évidence, par une main fébrile et groupant des noms commençant par D. Il me parut tout à fait improbable que les répertoires, fort bien tenus, eussent été abîmés par leurs possesseurs. Je les comparai et acquis la conviction, grâce à leur format différent, que le nom ayant inspiré cette double détérioration avait, pour premières lettres, *De*, ou plus probablement : *Di*. Il n'importe d'ailleurs ! Je découvris, un instant plus tard, des chemises bourrées d'empreintes chiroscopiques numérotées et portant les noms des clients auxquels elles appartenaient. Or, là aussi, la main mystérieuse était passée ! Elle avait enlevé, de la chemise C-D, la fiche n° 104. J'examinai la cent troisième et la cent cinquième. Décidément, le nom dont on avait cherché à faire disparaître toute trace commençait bien par : *Di !* Il commençait même par : *Dis*, à en juger par les annotations figurant sur les empreintes voisines... Que conclure de cette triple suppression ? Que le vol – un vol de nature très spéciale était, en dépit des premières apparences, le mobile du crime !

– Dans ce cas, dit quelqu'un, le meurtrier aurait agi plus sagement en emportant les répertoires et la collection de fiches...

– Sans doute ! Mais il répugnait peut-être à s'éloigner des lieux du crime, chargé comme un mulet. Un pas dans l'escalier, une défaillance subite ont pu le forcer à prendre la fuite plus tôt qu'il ne l'aurait voulu. Il était, enfin, fondé à espérer que la police, devant le désordre intentionnellement mis par lui dans les papiers de la victime, n'attacherait pas d'autre importance aux pages déchirées...

– Comment avez-vous réussi à compléter son nom ? demanda M. Faulx.

– Et quel rapport, interrogea, à son tour, le représentant du ministre, tout ceci a-t-il avec l'affaire Lheureux ?

– J'y arrive ! Germain Croche s'était plu à faire encadrer les empreintes des personnes dans les mains de qui il avait lu un arrêt de mort. La plupart de ces empreintes portaient deux dates : celle de la prédiction et celle du décès de l'intéressé. Sur quelques-unes, cependant, les pauvres types à qui elles appartenaient étant encore en vie, ne figurait que la première. En lisant machinalement les noms de ces condamnés, je tombai sur l'empreinte d'un certain M. Dister... *Dis*ter ! Je l'étudiai de plus près. Dans le coin supérieur de droite, il y avait un numéro minuscule, *le nº 104* ! Évidemment, tandis qu'il s'acharnait à expurger registres et fichier, Dister ne pouvait se douter qu'un double de ses empreintes ornait le mur en face de lui !

Le représentant du ministre – qui me rappelait Eddie Cantor sans que je puisse bien m'expliquer pourquoi – s'agita nerveusement sur sa chaise.

– Ma foi, grommela-t-il, je continue à ne comprendre goutte à cette affaire ! Quel mobile assez puissant a pu déterminer « votre » Dister à récupérer l'image de ses mains, au prix d'un meurtre ?

Silas Lord s'étonna :

– C'est pourtant simple ! De telles images *ne valent-elles pas des empreintes dactyloscopiques ?*

L'inspecteur Taurochs poussa un juron, preuve évidente qu'il commençait à y voir clair.

– En un mot, Dister était obligé de faire taire Germain Croche pour toujours et de lui reprendre ses empreintes *parce qu'il avait laissé les mêmes ailleurs*.

– Ailleurs ?

– Oui... Et dans un endroit où leur présence mettait sa liberté – sa vie peut-être – en danger.

M. Scouvart se départit de son attitude empruntée.

– Sur la porte vitrée du petit pavillon situé dans le parc de l'institut Foudre ! s'écria-t-il.

– Précisément ! En quittant l'appartement de Croche j'avais acquis la certitude que *le meurtre du chiroscope était la conséquence indirecte d'un crime antérieur*. Aussi eus-je pour premier soin, rentré chez moi, de dépouiller, avec mon assistant, David Ford, les journaux des quinze derniers jours. Nous tombâmes sur le récit de l'affaire Lheureux. La victime – apprîmes-nous – s'était défendue avec acharnement. À certain moment, elle avait espéré trouver refuge dans un petit pavillon situé au fond du parc et le meurtrier, pour l'empêcher d'y entrer, avait appuyé sa main gauche sur la porte vitrée, y *laissant une magnifique empreinte !* Des reporters l'avaient photographiée et deux ou trois feuilles en publiaient des agrandissements... Je tenais mon homme !

Silas Lord jouit, un instant, de la stupéfaction de ses auditeurs. Puis il ne put résister à l'envie de leur décocher cette flèche du Parthe :

– Naturellement, ce qui était vrai avant-hier matin ne l'est, peut-être, plus aujourd'hui... Dister, s'il a pris mes avis au sérieux, doit être loin à l'heure qu'il est !

L'enquête, reprise sur de nouvelles bases, révéla que Dister avait été, pendant trois ans, l'amant de Mme Lheureux. On ne réussit pas à l'arrêter mais il devait se suicider avant la fin de l'année.

– Étranges caprices du sort ! dit Silas Lord quand il apprit cette nouvelle. Le jour où Dister alla trouver Croche pour la première fois, il était évidemment bien loin de se douter que cette innocente visite le conduirait au terme de toute expérience humaine. S'il ne s'était pas inquiété de son avenir, que lui aurait, en effet, importé, cinq ans plus tard, la découverte de ses empreintes ? Rien ne semblait le relier à Mme Lheureux, il n'aurait pas été entraîné à commettre un second crime… Ce que je serais curieux de savoir, c'est si Croche a jamais lu la date de sa propre mort dans sa propre main !

10

UN ÉCHEC DE SILAS LORD

Avant de mettre le point final à cette première partie de mes mémoires, j'ai à vous conter un échec de Silas Lord. Échec ? Le mot semblera dur. Mais Lord n'était pas homme à parler autrement d'un succès partiel.

Son intervention, par le retentissement qu'elle eut, demeure, dans tous les cas, de celles qui firent sa célébrité.

Les trois coups furent frappés – pour l'homme de la rue, pas pour Silas Lord – un jour d'octobre 19…, une semaine environ avant l'explosion de la Banque Africaine qui devait, en fin de compte, rapporter à mon étonnant ami les plus gros honoraires qu'il eût touchés jusqu'alors.

Je nous vois encore installés devant le feu, comme deux loirs. Dans la pièce voisine, Paula tapait à la machine. Il avait plu toute la matinée et nous écoutions, par la fenêtre ouverte, l'eau s'écouler en mille ruisselets vers le cœur de la terre.

Sur le coup de midi, Stacey entra. Flegmatique comme à l'ordinaire, sans doute, mais le regard allumé.

– Du travail pour vous, mon vieux ! s'écria-t-il en refermant la porte d'un coup de pied. Devinez ce qu'on a volé, cette nuit !

– Le retable de l'Agneau, dit Silas Lord.

– Que… Comment, diable, le savez-vous ?

– Les journaux que vous portez sous le bras l'impriment en manchette.

Stacey se rasséréna :

– Le retable ? Non. Pis, à mon avis… Six des principaux panneaux : *l'Agneau mystique,* le portrait de la Vierge, *les Anges musiciens, les Soldats du Christ* et les deux pendants de *l'Annonciation.* J'oubliais *les Sibylles !* Cela fait huit… Le polyptyque des frères Van Eyck n'est plus aujourd'hui qu'un puzzle dépareillé !

Ce disant, il nous tendait son paquet de journaux et nous pûmes lire sur les uns : *On a volé l'Agneau mystique… Des sacrilèges à Saint-Bavon.* Et sur les autres : *D'audacieux cambrioleurs mutilent le retable de l'Agneau… Un vol de deux cents millions…*

Je n'essayerai pas de rendre le ton des articles que ces titres annonçaient. Leur lyrisme pleurard demeurait impuissant à masquer la pauvreté du fond, les faits eussent pu tenir en quelques lignes.

Le matin même, les deux gardiens de jour et le « stropiat » qui pénètrent parmi les premiers à Saint-Bavon avaient découvert le gardien de nuit étendu, chloroformé, sur le carrelage. La grille de la chapelle Saint-Jean était ouverte et l'*Adoration de l'Agneau* présentait l'aspect désolant d'une page de missel privée, à coups de ciseaux, de ses plus riches enluminures. « On se perdait en conjectures » sur l'identité « du ou des sacrilèges » et sur la manière dont ils espéraient tirer profit de leur vol peu banal. Enfin, la police, fidèle à la tradition, n'avait encore fait aucune découverte qui en valût la peine.

– Tout ceci était à prévoir, dit Stacey. On n'expose pas journellement trois cents millions à la convoitise du public.

Silas Lord haussa les épaules :

– Le retable figure peut-être pour trois cents millions dans l'inventaire des biens de l'État. Mais les rusés compères qui l'ont écrémé, cette nuit, ne bazarderaient pas leurs huit panneaux pour vingt.

Vingt millions ! J'estimai, *in petto*, qu'une telle somme valait bien que l'on courût quelques risques, y compris celui de vivre toute sa vie aux frais du royaume. Des souvenirs livresques affluaient comme d'habitude à mon esprit et je crus pouvoir en évoquer un :

– Lord Lister dans *Les Pirates de Limehouse*...

– *Wait and see*, m'interrompit Stacey. Ces types-là ont sûrement l'intention d'exiger une rançon !

Au même moment, Paula s'approcha de Silas Lord, un bristol à la main.

– M. Pardoen, fondé de pouvoir de la Banque Africaine, désirerait vous consulter, dit-elle.

Et, ce jour-là, nous ne parlâmes pas plus avant de la disparition de l'*Agneau mystique*.

Le lendemain, les journaux recommencèrent de s'exprimer comme vous et moi.

Peut-être n'est-il pas inutile – écrivait notamment *L'Alarme – de donner ci-dessous une description du retable tel qu'on pouvait l'admirer, hier encore, appendu au mur de gauche de la chapelle Saint-Jean.*

Les portraits de la Vierge, *de* Dieu le Père – *d'aucuns disent: du* Christ – et *de* saint Jean-Baptiste *ornaient la partie supérieure du panneau principal, tandis que* l'Adoration de l'Agneau *en occupait toute la partie inférieure.*

Passons aux volets... Celui de gauche nous montrait, au-dessus: Adam *et* les Anges chanteurs *et, au-dessous: à côté de l'emplacement laissé vide par* les Juges intègres, *volé en* 1933: les Soldats du Christ. *Celui de droite:* les Anges musiciens *et* Ève, *surmontant:* les Anachorètes *et* les Pèlerins.

Enfin, la fermeture des volets faisait apparaître, de gauche à droite et en haut: le prophète Zacharie, *les* Sibylles *et le prophète* Michée; *de gauche à droite et au milieu:* l'ange Gabriel *et* la Vierge Marie; *de gauche à droite, et en bas: les portraits de* Judocus Veydt, *le donateur, et de* saint Jean-Baptiste, *d'une part, et ceux de* saint Jean l'Évangéliste *et* d'Élisabeth Borluut, *la donatrice, d'autre part.*

Ces précisions et les deux photographies – Avant, Après – *qui illustrent notre article permettront à ceux de nos lecteurs qui n'ont jamais eu l'occasion de voir le polyptyque et à ceux dont les souvenirs sont confus de se mieux rendre compte de l'importance du vol.*

L'Événement, lui, s'étendait sur les nombreuses disgrâces réservées à l'*Adoration de l'Agneau*, depuis que Jean Van Eyck, ramassant le pinceau tombé, en 1426, des doigts raidis de son frère, Hubert, avait, en 32, mis au dernier panneau le dernier accent:

De 1432 *jusqu'au début du* XVIe *siècle, le polyptyque n'eut pas d'histoire. Il allait le payer cher, si l'on peut dire!*

En 1530, *il est restauré par Lancelot Blondeel et Jan Scorel, excellents peintres heureusement. En*

1566, *par peur du pillage, les chanoines le transportent à la citadelle. En* 1578, *les calvinistes veulent l'offrir à Elisabeth d'Angleterre et le déposent à l'hôtel de ville. La manœuvre est déjouée. En* 1647, *le feu qui dévore tout le toit de l'église entraîne un déménagement précipité. En* 1781, *Joseph II, scandalisé à la vue d'Adam et Ève, les fait reléguer au grenier. En* 1794, *les sans-culottes enlèvent les panneaux du milieu. Puis, dans le même temps qu'ils sont rapatriés, en* 1815, *au milieu de l'allégresse générale, les marguilliers bazardent pour mille francs les panneaux mobiles au marchand hollandais, Nieuwenhuys. Celui-ci les revend pour cent mille francs au marchand anglais, Solly, qui les cède, à son tour, au roi de Prusse, pour cinq cent mille thalers. En* 1832, *nouvel incendie. Le panneau du milieu est fendu au cours du sauvetage. Passons sur des restaurations diverses et hasardeuses. En* 1861, *la fabrique vend à l'État les figures d'Adam et Ève. À la veille de l'invasion allemande, en* 1914, *celles-ci sont cachées dans les sous-sols du musée de Bruxelles, cependant que les parties originales, à Gand, étaient transportées chez des particuliers. En* 1919, *reconstitution du chef-d'œuvre intégral qui est replacé sur l'autel de Judocus Veydt, à Saint-Bavon. En* 1933, *vol des* Juges intègres.

Voilà pour le passé. Faudra-t-il, aujourd'hui, marquer d'une nouvelle station un calvaire qui ne semble pas près de finir ?

L'Adoration de l'Agneau *est-elle, décidément, trop belle qu'elle excite la colère de la Némésis et qu'il faille racheter sa splendeur par une série de pénibles et humiliantes rançons ?*

– Le plus remarquable, à mon sens, dit Stacey, c'est que personne, pour une fois, ne fasse allusion à « la main de Moscou » !

Comme la veille, un feu de bûches emplissait le fumoir d'un subtil parfum de résine, tandis qu'une pluie diluvienne inondait la rue en pente. Béguin et Torpilleur venaient d'entrer et de sortir, crottés jusqu'aux yeux, et les journaux du jour faisaient, aux fauteuils, des housses imprévues.

– Le tout n'est pas de voler l'*Agneau mystique*, pensa tout haut Silas Lord, mais de s'en défaire, d'en tirer le meilleur profit possible... Comment vous y prendriez-vous, David ?

Je ne voyais rien d'autre qu'une restitution du retable, moyennant rançon.

– Il m'est venu une idée... reprit le *boss*. Supposez que le voleur s'assure les services d'un peintre de talent. J'entends : un peintre capable de faire naître sous son pinceau des tableaux patinés par le temps. Supposez que ce complice exécute de fidèles copies des panneaux volés. J'entends : fidèles au point de reproduire, par exemple, les légères boursouflures entachant le bas du manteau bleu de la Vierge et les plis du manteau blanc de l'ange Gabriel. Supposez enfin que les répliques cachées dans une malle à double fond, notre voleur parte pour l'Amérique. Là, il n'aurait pas de peine à découvrir des experts marrons et à les corrompre. Il aurait moins de peine encore – *le vol commis outre-Atlantique semblant les authentifier* – à découvrir un riche collectionneur qui lui payerait ses ersatz un prix fou. Resterait, pour que la farce fût complète, à replacer les panneaux volés sur l'autel de Judocus Veydt et à tout raconter aux journaux... Mais je vous laisse à penser de quel côté seraient les rieurs !

– Bon Dieu ! s'écria Stacey, enthousiasmé. Qu'attendons-nous pour bazarder une pseudo-Joconde à Rockefeller ?

Silas Lord ne répondit pas. Paula venait d'entrer.

– M. La Petite, caissier à la Banque Africaine, est là qui voudrait vous parler, dit-elle.

Quarante-huit heures plus tard, on pouvait lire en première page de *La Rue :*

*LES VOLEURS DE L'*AGNEAU MYSTIQUE
COUCHERONT-ILS CETTE NUIT EN PRISON ?
La police laisse prévoir des arrestations imminentes.

Il semble que la police, grâce à un témoignage inattendu, soit, enfin, sur la piste des audacieux voleurs du retable de l'Agneau.

Hier encore, chacun en était réduit aux plus folles conjectures. Comment les sacrilèges avaient-ils pu pénétrer dans la cathédrale ? Comment, surtout, avaient-ils réussi à emporter leur encombrant butin sans attirer l'attention ?

Cette dernière question vient d'avoir sa réponse.

Entendu, ce matin, par M. Lamour, juge d'instruction, M. Henry Finne, ébéniste, lui a fait, en effet, l'étonnante déclaration que voici :

– Rentrant vendredi soir de Melle où j'étais allé voir mon beau-frère, j'entrai me rafraîchir dans un petit café de la rue du Cornet-de-Poste : In 't Moleke[1]. *Vu l'heure tardive – il était plus de minuit – et le peu de temps que je comptais passer dans l'estaminet, j'avais appuyé ma bicyclette contre la bordure du trottoir. Soudain, j'entendis la trompe d'une auto se rapprochant à toute vitesse. Jan, le cabaretier, me rejoignit sur le pas de la porte. Une torpédo arrivait, en zigzaguant, de la rue de Catalogne. Nous crûmes,*

1. En flamand : Au petit Moulin.

un instant, qu'elle allait monter sur le trottoir. Elle se contenta de renverser mon vélo et d'en écraser la roue avant. J'interpellai les chauffards. À mon vif étonnement, ils ralentirent et s'arrêtèrent quelque vingt ou trente mètres plus loin. Il y avait deux hommes dans la voiture. Lorsque je la rejoignis, le plus grand, sans même m'accorder un coup d'œil, me tendit deux billets de cent francs et, comme j'hésitais à les prendre, les laissa tomber. Le temps de les ramasser, l'auto était loin. Je n'en remarquai pas moins qu'elle contenait – et voilà pourquoi je suis ici – plusieurs objets enveloppés de papier gris. Longs et plats, on eût dit des planches... ou mieux des tableaux.

– Avez-vous relevé le numéro de la voiture ?

– Oui. C'était une Licorne 4 *à carrosserie jaune citron, portant le n° 151525. Quant à ses occupants... L'un m'a paru grand et mince ; l'autre, de taille moyenne et blond. Ils portaient, tous deux, des manteaux de cuir et des lunettes d'automobilistes.*

Serait-ce le commencement de la fin ? La remarquable déposition de M. Henry Finne permet de l'espérer.

Triomphe prématuré ! Le soir même, *La Rue* devait déchanter :

*LES VOLEURS DE L'*AGNEAU MYSTIQUE
– QUI ROULAIENT, VENDREDI SOIR,
SOUS UN FAUX NUMÉRO –
COURENT TOUJOURS

La plaque B 151525 appartient, en réalité, à la Numa *de M. Lièvre, bourgmestre de Mouscron.*

– N'allez-vous pas vous occuper de cette affaire ? demandai-je à Silas Lord après avoir lu.

– J'attends qu'on m'en prie, répondit-il. D'ailleurs...

Il se tourna vers l'omniprésente Paula :

– Voyons, qui est là, cette fois ?... Le chef du personnel ou un préposé aux coffres ?

– Le garçon d'ascenseur, répondit Paula. Il dit que la banque sautera le jour des Trépassés.

Cinq jours s'écoulèrent pendant lesquels l'affaire de l'*Agneau mystique* passa à l'arrière-plan de l'actualité.

Elle recommença de passionner l'opinion, le 4 novembre.

Ce lundi-là, le voleur du retable daigna se faire connaître – sous un nom d'emprunt – et démasquer ses batteries. Les quotidiens de Gand et de la capitale lui servirent d'intermédiaires bénévoles.

C'est à titre de fidèle lecteur de votre journal – leur écrivit-il – *que je vous demande de publier la lettre suivante.*

(Et ce préambule ne manqua pas de faire sourire, quand on sut qu'il était simultanément reproduit par vingt feuilles d'opinions différentes, voire opposées.)

Voilà dix jours que par une nuit sans lune, je pénétrai à Saint-Bavon. Voilà neuf jours que les plus beaux morceaux de l'œuvre immortelle des frères Van Eyck ornent les murs de mon studio. Il n'est, par malheur, plaisir aussi rare dont une nature inconstante ne finisse par se lasser. Je brûle depuis hier de revoir, dans sa sereine uniformité, la tapisserie indigo où mon rêve éparpillait poulpes et frégates.

Ceci, la peur de me damner et la conscience d'ôter aux foules averties une occasion d'encenser la beauté pure me décident à amputer ma collection d'objets d'art de ses huit plus belles pièces ; à renoncer, pour mieux dire, aux huit premières pièces de ma future collection.

Mais il m'en coûte ! Et il en coûtera à d'autres...

L'État évalue le retable à trois cents millions de francs. Partant, il ne me paraît nullement exagéré d'estimer à deux cents les images sur lesquelles ma vue aime, à présent, se reposer. Parlons net. Sans elles, l'Adoration de l'Agneau *ne saurait garder sa place sur l'autel de Judocus Veydt.*

Loin de moi la pensée, toutefois, de réclamer deux cents millions aux trésoriers publics. Les pauvres ! Où les prendraient-ils ? Et, après tout, qu'en ferais-je ? Vingt-cinq suffiront à vaincre mes dernières hésitations.

Cette somme – convertie en vingt-cinq liasses de cent billets de dix mille francs – devra se trouver en ma possession dans les trois jours, exactement : avant le 6 novembre, à minuit. Je me réserve, en cas d'accord, de faire connaître confidentiellement à M. le chanoine Tricot, doyen de Saint-Bavon, l'endroit où l'argent devra être tenu à ma disposition et l'identité de la personne qui se présentera pour l'emporter. Je précise dès maintenant que ce messager – au demeurant, simple d'esprit – sera incapable de fournir le moindre renseignement sur mon compte.

De fâcheux précédents pourraient donner, aux milieux officiels, l'idée de simuler une défaite et de me remettre des billets dont les numéros seraient soigneusement notés. Pour parer à cette éventualité, je ne me déferai donc de mon trésor à moi que dix-huit heures après avoir perçu la rançon, c'est-à-dire quand j'aurai eu la preuve, par personnes interposées, que les bank-notes peuvent être changées sans dommage.

« Condition inacceptable », diront d'aucuns ? Allons donc ! Qu'est-ce qu'un risque de vingt-cinq millions, quand deux cents sont en jeu ?

Je répugne à la menace... Au cas, cependant, où le gouvernement croirait devoir ignorer cet avis, je me verrais contraint de lui envoyer, le 7 novembre, un panneau pris au hasard et retouché, selon mon humeur du moment. Mon offre demeurerait valable, vingt-quatre heures encore. Après quoi, sa non-acceptation entraînerait ma disparition et celle des panneaux volés de l'orbite de ces frontières...

Un étendard de la ville flottant sur la tour nord de « mon » château signifiera, à mes yeux : « Marché conclu ».

GÉRARD-LE-DIABLE.

P.S. – *Pour vous convaincre que vous n'avez pas affaire à un mauvais plaisant, je vous envoie quelques instantanés de ma collection, pris il y a deux jours.*

Décrire l'émotion soulevée dans le public par cette lettre affétée et railleuse serait impossible.

– Si je réussissais à prouver que Manfroid, en dépit de ses dénégations, s'est servi, hier soir, avant notre arrivée, de la bouteille d'arnica, admettriez-vous sa culpabilité ?

– Certes ! s'écria le docteur Gaze. Tout dépend de la sincérité de ses protestations. Mais comment pourriez-vous l'établir ou l'infirmer ? La fiole – vous l'avez fait remarquer, vous-même, quand Manfroid eut ouvert devant nous la pharmacie dont l'unique clé ne le quitte jamais – ne porte pas d'empreintes. Nous ignorons à quel niveau atteignait le médicament, les jours précédents. Impossible par conséquent de savoir s'il a baissé ou non. Enfin...

– Une question, docteur. À votre avis, calée comme elle l'était, parmi d'autres, la bouteille aurait-elle pu tomber ou s'incliner sous l'effet d'un choc ?

– Non. Au demeurant, nous l'avons trouvée d'aplomb.

– Parfait. *Par quel miracle alors, si Manfroid ne nous a pas menti, le bouchon était-il mouillé ?*

Son visiteur parti, Silas Lord fit signe à Paula d'introduire le chanoine Tricot.

Énervé par une attente pourtant brève, le doyen de Saint-Bavon vint à nous, en brandissant son parapluie à la façon d'une canardière. « Le type même, pensai-je, du vieux soldat entré, sur le tard, au service du Seigneur. »

Ses premières paroles furent :

– Les détectives privés ne m'ont jamais inspiré qu'une confiance limitée...

Puis il reprit haleine, conscient de mal emmancher son affaire, et repartit à nouveaux frais :

– Les journaux vous auront appris le vol commis à Saint-Bavon et quelle rançon exige son auteur... Nous sommes le 5. Après-demain, à moins d'un miracle, une main sacrilège aura dégradé l'un des plus beaux morceaux du chef-d'œuvre immortel des Van Eyck. La police a perdu tout espoir de découvrir le coupable. L'État se refuse à composer avec lui. Alors...

Notre visiteur serra plus fort le manche de son parapluie.

– J'ai pensé à vous. Pour mieux dire, je me suis décidé à suivre le conseil anonyme que chaque courrier m'apporte depuis dix jours... Tenez, lisez !

– Inutile.

Comme tout interlocuteur du *boss* était infailliblement amené à le faire, le chanoine marqua de l'incrédulité :

– Vous connaissez ces lettres ?
– Ma secrétaire les a tapées à raison de cinq à la fois.
Je partageai l'étonnement de l'ecclésiastique.
– Votre secrétaire ! Par exemple ! Pourquoi ?
– Parce que je les lui ai dictées.
Silas Lord acheva, en décapuchonnant son stylo :
– J'attendais votre visite. Je l'attendais même plus tôt. Aussi, pour gagner du temps, ai-je dressé le petit contrat que voici. Signez-le et faites-le signer par qui de droit. J'essayerai alors de vous rendre le retable. Par le fait, je peux presque m'engager à vous le rendre.
Le chanoine prit machinalement la plume et la feuille de papier qu'on lui tendait. Mais à peine eut-il jeté un coup d'œil sur celle-ci qu'il la repoussa avec mépris :
– Cinq millions d'honoraires en cas de réussite ? Vous êtes fou !
– Au contraire... Je vous offre de la sorte le moyen d'en économiser vingt.
Rejeté avec rage sur le bureau, le stylo crachota toute son encre.
– Fou ! répéta l'ecclésiastique. Incurablement fou !
Il marchait déjà vers la porte.
Silas Lord le devançant la lui ouvrit aimablement :
– Réfléchissez bien, monsieur le Chanoine. En dépit de votre indignation, mon offre demeure valable. Les panneaux volés contre cinq millions et un nouveau stylo.
– Vous l'avez fâché ! dis-je un moment plus tard.
Mais la confiance du *boss* n'en fut nullement entamée.
– Bah !... Il reviendra.

Effectivement, il revint le surlendemain matin, dans le temps que des vendeurs de journaux criaient sous nos fenêtres :

– Une main mystérieuse dépose, dans l'abside de Saint-Bavon, l'une des *Sibylles* calcinée aux trois quarts !

Le digne homme, qui donnait tous les signes de la plus sincère contrition, n'était plus seul. Six personnages au maintien compassé marchaient sur ses talons. Nous les présenter fut toute une affaire. Trois d'entre eux étaient les directeurs des compagnies d'assurances qui devaient supporter en commun la perte des panneaux volés ; les deux autres, des magistrats gantois et le sixième – un Groucho Marx à monocle – sous-chef de cabinet de je ne sais plus quel ministère, exhiba un chèque de cinq millions, tiré sur la Banque Nationale, auquel il ne manquait plus que sa précieuse signature.

– Je savais que vous y viendriez ! s'écria Silas Lord avec une joie d'enfant. Avez-vous une voiture ? Sinon, je peux acheter une Rolls par téléphone.

Le chanoine et sa suite avaient deux voitures.

– Dans ce cas, allons !

– Aller où ? interrogea quelqu'un.

Silas Lord parut surpris :

– Eh bien… À Saint-Bavon !

Le voyage fut rapide et silencieux. Le *boss* et moi avions pris place dans la première auto, en compagnie du chanoine, de Groucho Marx (Lord ne l'aurait pas lâché d'une semelle pour un empire) et du juge d'instruction, Lamour, dont les recherches avaient eu si peu de succès.

– Je l'aurais parié! dit, tout à coup, Silas Lord, comme nous pénétrions dans la ville des Comtes.

– Parié... quoi? grommela le chanoine.

– Que Gérard le Diable vous renverrait l'une des *Sibylles*, de préférence à tout autre panneau.

M. Lamour eut un sourire fin:

– Parce que ce sont les deux moins précieux?

– Tout juste. Et j'aurais parié qu'on le renverrait brûlé.

Chacun, cette fois, demeura à quia.

– Parce que rien ne détruit plus sûrement que le feu.

Ce fut une étrange procession que celle qui parcourut Saint-Bavon, ce matin-là. Silas Lord ouvrait la marche. Il avait mobilisé les deux gardiens de jour et se faisait donner mille explications qu'il n'écoutait pas. Nous arpentâmes nefs, transept, abside. Le chœur nous retint bien vingt minutes. Nous descendîmes dans la crypte qui vit en 1500 le baptême de Charles-Quint et où règne le froid des tombeaux, nous fîmes cercle autour de la chaire de vérité – chêne de Danemark et marbre blanc d'Italie – et Silas Lord tint même à y monter, nous méditâmes devant les orgues, pénétrâmes dans chaque chapelle, fîmes l'ascension de la tour.

De temps à autre, l'un d'entre nous ne pouvait résister au désir de poser une question. Que cherchait le détective? Quels indices espérait-il découvrir? Mais, nez en l'air, il faisait la sourde oreille ou se contentait de hausser impatiemment les épaules.

Nous étions entrés à Saint-Bavon à 11 heures. Vers midi, après nous avoir fait faire pour la dixième fois le tour de l'église basse, Silas Lord soupira et dit simplement:

– Si j'étais de vous, monsieur le Chanoine, je donnerais des ordres pour que d'ici une heure l'étendard de la ville flottât sur la tour du château de Gérard-le-Diable.

Nous nous regardâmes, consternés. Puis des protestations s'élevèrent. M. Lamour criait plus fort que tous les autres ensemble :

– Mais c'est une capitulation, cela !

S'asseyant sur la troisième marche de la chaire de vérité, Silas Lord, d'un geste, nous groupa autour de lui :

– Puisse le voleur penser comme vous ! Qu'a-t-on fait du panneau calciné découvert ce matin dans l'abside ?

Moins d'une minute plus tard, un gardien nous l'apportait avec une visible répugnance.

– Beau travail, ma foi ! constata le *boss*. À peine distingue-t-on encore une épaule et un avant-bras... Mais à supposer que Gérard-le-Diable ait effectivement volé les panneaux disparus, jamais il ne se serait résolu à sacrifier le moindre d'entre eux.

– Comment : « À supposer... » ? se récria Groucho Marx.

– Ceci est une copie, une des huit copies dont de mauvaises photos – manquées à dessein – furent envoyées aux journaux.

– Par exemple !

– Des copies ? Impossible !

– La seule déposition de M. Henry Finne – cet ébéniste dont le vélo fut si proprement écrasé la nuit du « vol » – m'a permis d'entrevoir la vérité. Rappelons-nous ce que ce parfait témoin a déclaré : « J'avais appuyé ma bicyclette contre la bordure du trottoir. Soudain, j'entendis *la trompe* d'une auto *se rapprochant à toute vitesse*. Jan, le cabaretier, me rejoignit sur le pas de la porte. Une torpédo *jaune citron* arrivait, *en zigzaguant*, de la rue de Catalogne. Nous crûmes un instant *qu'elle allait monter sur le trottoir*. » Bref, eussent-ils été soûls comme des Polonais, que les pilotes de la voiture n° 151525 n'en auraient pas fait davantage ! Ils cornent, au mépris des règlements de police ; cueillent un vélo, en dehors de leur route ; enfin, s'arrêtent – ça, c'est le bouquet ! – à seule fin de dédommager généreusement son propriétaire. Ils s'arrêtent, alors qu'ils eussent pu fuir sans risque, grâce à leur fausse plaque. Ils s'arrêtent alors qu'un agent de police peut leur tomber dessus, d'un moment à l'autre, et leur faire décliner leur identité. La seule raison plausible de tout ceci ne vous saute-t-elle pas aux yeux ?

– Parbleu ! m'écriai-je. Les types de la torpédo voulaient attirer l'attention !

– Un bon point, David ! Attirer l'attention et accréditer par un témoignage le soi-disant vol des tableaux. Notez que, ce faisant, ils ne risquaient rien de plus qu'une contravention, leur voiture ne contenant, selon toute probabilité, que de vulgaires planches.

– Ridicule ! protesta l'un des assureurs. Les panneaux volés n'ont pu quitter Saint-Bavon tout seuls !

– Pour ça, non !

– Qui donc alors les a fait disparaître ?

– Mais...

– Quoi ? Vous venez de soutenir le contraire !

– L'ai-je fait ? Dans ce cas, je me serai mal exprimé... Gérard-le-Diable et son complice ont fait disparaître les panneaux mais ils ne les ont pas volés. Après s'être laissé enfermer dans l'église, ils les ont tout bêtement *changés de place*.

– Changés de place ! Et où voudriez-vous qu'ils les aient mis ?

– Ainsi, acheva placidement Silas Lord, les « voleurs » auraient réussi ce tour de force de restituer, contre rançon, quelque chose qu'ils n'auraient pas pris !

– Allons donc ! intervint le chanoine. Je vous défie de trouver ici la plus petite cachette ! Saint-Bavon n'est pas un grenier...

– À l'opposé de ce que je m'étais imaginé, admit Silas Lord, je reconnais avoir vu peu d'endroits où l'on pût dissimuler des tableaux aussi grands que l'*Adoration de l'Agneau* et le portrait de la Vierge. Mais il suffit que j'en aie vu trois ou quatre...

Le doyen de Saint-Bavon se détourna tristement du *boss*, comme d'un impie rebelle à toute conversion :

– J'ai prié Dieu, partout, dans cette église pendant plus de dix ans. Et vous voudriez me faire croire qu'il vous a suffi de vous y promener une heure pour y découvrir je ne sais quels coins secrets ?

Silas Lord inclina gravement la tête :

– La raison m'ayant mis dans la stricte obligation de trouver une cachette, faute de voir le problème demeurer irrésolu, la foi, si j'ose dire, me soutenait... Avez-vous jamais remarqué qu'à l'inverse des autres, les confessionnaux des chapelles de la Vierge, de Saint-Joseph et de Sainte-Colette ne joignent pas absolument le mur ? Qu'ils en sont séparés par un espace large comme la main et débordant de l'ombre la plus épaisse ? Évidemment, non ! Personne ne songerait à chercher là !

Le premier confessionnal auquel on s'attaqua dissimulait *les Anges musiciens* et les deux pendants de l'*Annonciation*. Les autres nous rendirent, tour à tour, le sourire béat de la Vierge ; les deux *Sibylles* intactes, les *Soldats du Christ* et leurs étincelantes armures ; enfin, l'*Agneau mystique* donnant son sang sur l'autel.

Comme Silas Lord en avait formulé le désir, l'étendard de la ville flotta, tout l'après-midi, sur la tour nord du château de Gérard-le-Diable. Les bourgeois de Gand en furent profondément humiliés. Ils crurent à une capitulation. Par chance, Gérard-le-Diable y crut aussi. Dans la soirée, une lettre tapée à la machine avertit le chanoine Tricot qu'il aurait à se tenir, le lendemain matin, à partir de 10 heures, au coin de la rue de l'Incendie et du vieux quai aux Violettes, et à remettre la valise contenant la rançon à un bossu qui aurait la main droite amputée de deux doigts.

Après ce que Gérard-le-Diable avait dit de ce messager dans sa lettre ouverte aux journaux, Silas Lord n'eut garde de le faire appréhender. Par contre, quand l'infirme s'éloigna, la valise à la main, le *boss*, une dizaine d'inspecteurs de police et moi-même épiions ses moindres mouvements.

La mallette contenait pour vingt-quatre millions cinq cent mille francs de billets faux ou démonétisés et pour cinq cent mille francs de vrais, appât destiné à berner, retarder, au besoin, le voleur, au cas où il trouverait le temps d'ouvrir la valise et d'y jeter un coup d'œil avant d'être arrêté.

Nous pensions, en effet, que Gérard-le-Diable attendrait son messager dans quelque endroit désert ou viendrait y prendre la mallette, quelque temps après que le bossu l'y aurait déposée.

Ce dernier, visiblement idiot, nous entraîna d'abord dans la direction de Bruges, par la rue de la Caverne, la rue du Poivre et la rue du Rabot. Il traînait la jambe, s'arrêtant toutes les deux minutes pour rire aux anges ou parler tout seul. La plupart des policiers se dissimulaient dans les rues avoisinantes. Eussent-ils négligé cette précaution que l'homme ne leur aurait sans doute pas accordé plus d'intérêt qu'à Silas Lord et à moi, attachés à ses pas comme des ombres.

Changeant soudain de direction, le bossu remonta vers le port. Nous le filions bien depuis vingt minutes et je m'étonnai, à part moi, que Gérard-le-Diable eût une telle confiance en ce misérable fou.

Le dénouement fut aussi rapide qu'inattendu. Le bossu, je l'ai dit, ne se souciait nullement de notre présence. Cependant, pour ne pas effaroucher Gérard-le-Diable au cas où, invisible, il nous aurait observés, nous avions laissé prendre quelque avance à son messager.

Comme nous longions le quai Saint-Antoine, une torpédo jaune citron nous dépassa à vive allure, Silas Lord et moi. À peine eûmes-nous le temps de la reconnaître... Déjà, elle ralentissait, une main ouvrait la portière. Le bossu, qui marchait au bord même de la chaussée, sauta à côté du chauffeur avec une étonnante agilité et le cri d'alarme du *boss*, les coups de sifflet des policiers ne firent que précipiter la fuite du bolide.

Silas Lord prit fort bien la chose.

– Du moins, fit-il ironiquement, tandis qu'une vaine poursuite s'organisait, avons-nous la consolation de connaître le numéro de la bagnole ! *C'est la 151525* !

Je montrai moins de résignation. Pour la première fois depuis que je le connaissais, Silas Lord venait d'essuyer un échec et cela me peina comme un affront personnel.

– Maudit soit ce Gérard-le-Diable ! m'écriai-je. Puissé-je l'avoir un jour à portée de mon poing !

J'étais loin de me douter qu'un dieu obligeant, me prenant au mot, me le montrerait bientôt à visage découvert.

DEUXIÈME PARTIE

L'AFFAIRE PATRICOLA

1

Roberte

Au moment d'évoquer l'affaire Patricola, je m'aperçois que, me laissant emporter par mon sujet, j'ai négligé jusqu'ici d'étudier – sinon par confrontation – le caractère de Silas Lord.

Soyons franc. La faute en incombe moins à mon sujet qu'à mon inexpérience. En vain, essayerais-je d'imiter ces hardis psychologues qui vous sondent le cœur et les reins avec une égale dextérité. À tout prendre, leurs subtiles analyses ne sont que hasardeuse spéculation. Rendre la confusion des sentiments ? Autant vouloir peindre le soleil de minuit ! La nature humaine nous étonnera toujours par quelque côté et, précisément, je crois que j'aurai silhouetté Silas Lord, d'un mot, en disant qu'il se comportait, neuf fois sur dix, de la manière la plus surprenante et la plus inattendue.

Je ne cite que pour mémoire son cynisme et son goût de l'ironie. Personnellement, je n'eus jamais à en souffrir et en demeure d'autant plus touché que mon nom de Ford – homonyme d'une marque d'automobiles célèbre – a toujours donné lieu à plaisanteries faciles.

Avant d'aller plus loin, il est, par contre, un talent du *boss* sur lequel je me dois d'insister. Je veux parler de son étonnante aptitude à rendre, par le dessin ou le modelage, le masque d'autrui. Comme on le verra, elle contribua à embrouiller puis débrouiller l'affaire que je vais vous conter.

Sherlock Holmes aimait à jouer du violon entre deux enquêtes. Il serait même plus juste de dire – s'il faut en croire son mémorialiste, le docteur Watson – qu'il bâclait ses enquêtes entre deux airs de violon. Silas Lord, lui, avait converti une petite pièce en atelier et s'y enfermait des heures entières. Les murs en étaient couverts de peintures baroques et de masques grimaçants. Je renonce à décrire les premières. Un critique d'art s'y retrouverait peut-être... et encore ! N'y jetait-on qu'un coup d'œil ? On se demandait si leur auteur était fou. Les regardait-on pendant un moment ? On s'arrachait à regret à leur contemplation. Je me souviens, notamment, d'une femme au visage en triangle et aux yeux tirés vers les tempes, comme les chats, qui, les mains jointes et liées, dans un clair-obscur d'*après-vêpres* – Silas Lord avait ainsi baptisé sa composition –, semblait promise à un grouillement de monstres larvaires. Je me souviens encore d'un allumeur de réverbères s'enfonçant dans le brouillard, comme poursuivi, et d'une porte entrouverte sur un palier et un escalier éclairés par un triste bec Auer, le tout dans des tons bruns et rouges, étonnamment suggestifs. Quant aux masques, ils étaient faits d'une matière caoutchoutée imitant à s'y méprendre la peau humaine. Ils épousaient les moindres contours du visage de celui qui les portait et de légers rembourrages parachevaient, au besoin, la ressemblance. Silas Lord nous mystifia souvent par ce moyen et me fit même un soir une peur bleue, en m'apparaissant sous mes propres traits.

Le matin de novembre que Roberte Patricola fut introduite dans le bureau, radieuse de beauté et de fraîcheur dans un tailleur prune fleuri d'œillets blancs, il était précisément en train de retoucher, devant la glace, un masque fait à l'image d'un client entrevu, la veille, pendant cinq minutes. En dépit de ce déguisement, la jeune femme alla tout droit vers lui.

– Pari gagné, dit-elle simplement. Je viens consulter le détective.

Elle s'exprimait avec un grand naturel qui, outre son allusion à un pari, nous donna à penser, à Paula et à moi, qu'elle devait connaître le *boss* depuis un bon moment déjà. Nous n'en fûmes pas trop étonnés. Silas Lord menait une existence par certains côtés tellement mystérieuse !

Avant de se retourner, il jeta, à son reflet, le coup d'œil critique de l'homme qui veut plaire :

– À vos ordres.

Notre visiteuse achevait de se déganter. Elle me parut plus jolie encore, peut-être, que ce soir où nous l'avions vue dîner en tête à tête avec son mari, dans un restaurant du Havre. Silas Lord prit la main qu'elle lui tendait et la baisa.

– Lotus blanc ? interrogea-t-il à mi-voix.

Elle secoua la tête :

– Pari perdu. Lotus bleu.

C'était plus que n'en pouvait supporter Paula. Elle repoussa vivement sa chaise :

– Peut-être ferions-nous mieux de vous laisser seul avec madame ?

– S'il vous plaît, répondit Silas Lord.

La secrétaire m'effleura le bras et je la suivis, en cachant mal mon humiliation : pour la première fois depuis que je le connaissais, le *boss* trouvait ma présence indésirable !

– Alors ? fit-il dès que nous fûmes sortis.

Le masque avait roulé à ses pieds comme une tête fraîchement coupée.

– Voilà trois jours que Melvyn reçoit des menaces de mort. Une à chaque courrier. Je désire que vous découvriez l'auteur de ces lettres et que vous veilliez à la sécurité de mon mari.

– *Vous* voulez que je veille à la sécurité de votre mari ?

– Melvyn, de sa vie, n'a appelé à l'aide. Il semble croire à une plaisanterie. De toutes façons, la chose l'amuse. Il en fait des gorges chaudes. En vain, l'ai-je supplié de prévenir la police ou de me confier les lettres. Il m'a répondu qu'il les avait jetées ou brûlées. Hier soir, j'en ai découvert une, dans son panier à papier, et cela m'a décidée à venir vous trouver sans en souffler mot à personne.

Silas Lord paraissait médiocrement intéressé.

– Remarquable préambule ! dit-il, soudain. Votre mari ne vous l'aurait-il pas, par hasard, dicté ?

La jeune femme releva sa voilette d'un doigt tremblant. Ses grands yeux gris avaient l'éclat que donnent les larmes retenues.

– Mot à mot !... En réalité, Melvyn a si peur qu'il fait goûter de tous les plats à Vizir avant d'y toucher. Il dort – ou, mieux, s'efforce de dormir – avec un revolver sous son oreiller et, la nuit dernière, m'a forcée à me lever et à descendre dans le living-room où il croyait avoir entendu du bruit. Je n'y ai trouvé que Colin qui m'a embrassée par surprise.

On s'étonnera, peut-être, que je puisse rapporter, dans son détail, une entrevue à laquelle je n'ai pas assisté. Mais, une fois hors du bureau, Paula m'avait désigné le trou de la serrure avec une mimique expressive, en attirant une chaise à elle pour observer plus à son aise. En vain, lui reprochai-je son indiscrétion, lui assurai-je que Silas Lord après tout ne courait nul danger.

– Vraiment ? répondit-elle. Je préférerais le voir aux prises avec une douzaine d'ennemis publics nº 1 !

Que me restait-il à faire, sinon le surveiller à mon tour ? Nous partageâmes la chaise.

Silas Lord s'était rapproché de sa belle visiteuse.

– Pourquoi votre mari ne s'adresse-t-il pas à la police ? demanda-t-il.

– Lui seul le sait ! Il souffre actuellement d'un retour de paludisme qui n'est pas fait pour adoucir son humeur. Enfin, le testament du « vieux Moïse » demeure toujours introuvable.

Si surprenants que fussent les propos tenus par la jeune femme, nous avions l'impression, Paula et moi, qu'ils n'exprimaient qu'une partie de sa pensée. Silas Lord ne se livrait pas davantage et cette mutuelle réserve donnait un poids singulier aux paroles échangées. Par moments, on eût dit qu'ils se méfiaient l'un de l'autre... ou de nous !

– Vous me parliez d'une lettre...

– La voici. Melvyn l'a toute chiffonnée, avant de me la remettre, afin qu'elle ait bien l'air de sortir d'un panier à papier.

– Pourquoi n'avoir pas apporté les autres ?

– Leur texte ne varie jamais. Je le sais par cœur : *Souviens-toi de la porte du Lion ailé, à Nanyang. La première nuit que la lune entrera dans son dernier quartier, tu entreras dans la mort...* Et c'est signé d'un nom barbare, chinois, je crois : *Jen Wor*. Savez-vous ce que cela veut dire ?

Silas Lord avait pris la lettre qu'on lui tendait. Il l'examina à la lumière électrique puis à jour frisant :

– Papier commun ; lettres découpées dans un journal : l'*Aube*, si je ne me trompe ; empreintes brouillées… Je vois que ce « poulet » a été délivré par la poste. Et les autres ?

– Les autres aussi.

– Naturellement, votre mari a vécu en Chine… ou cette mauvaise littérature ne s'expliquerait plus ?

– Il a habité Shanghai pendant des années.

– Et Nanyang ?

– Il prétend n'y avoir jamais mis les pieds.

Silas Lord attira un calendrier à lui :

– La lune entrera dans son dernier quartier pendant la nuit du 24 au 25, à minuit 4. Cela nous donne une semaine de répit.

– Mais vous n'allez pas attendre jusqu'au 24 pour venir à « La Halte » ?

– Non. Je m'y rendrai une première fois, aujourd'hui ou demain, et vous demanderai de m'y héberger à partir du 21 ou 22, s'il m'est permis de solliciter le concours d'un vieil ami, l'inspecteur Taurochs.

– Melvyn…

– … se rendra à mes raisons. La police se méfie un peu de votre serviteur et je désire jouer franc jeu avec elle.

La jeune femme s'était levée :

– Je dois partir. Melvyn ne m'a donné qu'une heure.

Ses yeux, derrière la voilette retombée, exprimèrent une ardente prière.

– N'allez-vous pas m'accompagner ? Ma voiture est devant la porte.

Instinctivement, je jetai un coup d'œil au-dehors. Une longue limousine bleu de Saxe attendait, en effet, dans la rue, côté pair, et un agent de police, carnet à la main, tournait autour d'elle d'un air indigné.

– Non, je préfère me présenter à « La Halte » à l'improviste. N'annoncez ma visite qu'à votre mari.

Roberte Patricola haussa les épaules :

– Tout le monde connaîtra le résultat de ma démarche auprès de vous cinq minutes après mon retour !

Elle se dirigeait vers la porte. Silas Lord la suivit.

– À propos, dit-il en lui baisant le poignet, l'auteur des lettres n'a pas choisi un pseudonyme bien méchant. Comme vous le supposiez, il s'agit d'un mot chinois... signifiant, tout bêtement : *Nid d'oiseau*.

Une demi-minute plus tard, le *boss* nous interpellait, joyeux :

– Qu'en pensez-vous, vous deux ? Me suis-je montré suffisamment galant ?

– Galant ? éclata Paula. Don Juan devait être timide comparé à vous !

– *You're tell'n me !* ricana Silas Lord.

Nous étions loin d'en avoir fini avec les Patricola ce jour-là.

Vers 2 heures de l'après-midi, nous reçûmes la visite de Vincent, frère puîné de Melvyn, et, vers 6 heures, celle de Colin, le cadet de la famille. Chacun d'eux, à l'en croire, avait décidé de venir, à l'insu de l'autre, à l'insu de leur aîné, Francis, et à l'insu de Melvyn. Ils trahirent de l'embarras et nous donnèrent en fin de compte l'impression de s'être dérangés tout exprès pour protester qu'ils n'avaient rien à dire.

Colin était un pâle jeune homme blond, aux yeux rêveurs et saillants, au sourire cruel. Vincent avait un visage prématurément flétri, une voix prenante mais aussi la fâcheuse habitude d'avaler ses mots.

Je n'en dirai pas davantage sur eux, pour l'instant, préférant vous les montrer tels que je les vis, par la suite, masques bas.

Ainsi les fauves gagnent à être surpris dans leurs libres bonds.

2

LE LOUP MOURRA DANS SA PEAU

Dans la *Comète* qui nous emportait vers « La Halte » – Silas Lord avait finalement préféré une *Comète* à une *Rolls* – le *boss* me dit :

– Avant que vous ne franchissiez le seuil, peut-être n'est-il pas mauvais, David, que je vous tuyaute un peu sur les Patricola. Devinez comment on parle d'eux dans la région ? On les appelle « les loups » et, si la moitié de ce que l'on raconte à leur propos est vrai, ils n'ont pas volé leur surnom…

Silas Lord évita de justesse une vache tombée du ciel et poursuivit :

– Le père Patricola, originaire de Virginie, écuma pendant dix ans les mers de Chine, s'y livrant à la piraterie, baraterie et autres gentillesses. Cela lui valut une fortune et d'avoir sa tête mise à prix – cinq mille yuans, une paille ! – de Sou-Sou à Pak-Hoï. Il vint alors s'installer en Europe, y épousa une Française mâtinée d'Irlandaise qu'il choisit pour ses hanches larges et, dans l'intention bien arrêtée d'en avoir une fille, lui fit neuf garçons dont des jumeaux. Trois sont morts, deux courent le monde, à la poursuite de Dieu sait quoi, les quatre autres nous attendent à « La Halte ».

J'écoutais avidement.

– Pour ce qui est de Melvyn, il a, comme vous le savez, conquis, depuis un bon moment déjà, le titre de « roi de la soie ». Notre belle visiteuse d'hier est sa seconde femme.

– …

– La première – dont, j'imagine, il convoitait la fortune – mourut, il y a deux ans. « De phtisie », disent les uns, « de chagrin », prétendent avec obstination les autres, et le vieux Moïse est parmi les plus enragés.

– Le vieux Moïse ? répétai-je, machinalement.

Je pensais à la phrase surprise par Paula et moi, la veille, alors que nous écoutions à la porte du bureau : « Enfin, le testament du vieux Moïse demeure toujours introuvable. »

– Le père de la morte, m'expliqua Silas Lord. Lui aussi nous attend à « La Halte ».

Je m'en étonnai.

– Bah ! repartit le *boss*. Comme d'autres sont amenés à vivre en commun par affection ou amitié, Melvyn et son beau-père y ont été conduits par la haine, maîtresse infiniment plus exigeante. Ils peuvent ainsi se tenir à l'œil et se jouer chaque jour quelque tour pendable. Cela les excite et les garde en forme. Prenez cette histoire de testament… Le vieux Moïse – qui n'en est pas encore à son dernier million – a légué tout ce qu'il possède à… Melvyn, mais caché son testament dans un endroit connu de lui seul, sous le propre toit de son gendre. De sorte que si Melvyn n'arrive pas à mettre la main dessus, il ne pourra jamais entrer en possession de l'héritage, qui reviendra finalement, faute d'instructions *post mortem*, à l'État ou à quelque parent éloigné du défunt. N'est-ce pas machiavélique ?

– C'est-à-dire…

– Mettez-vous un instant dans la peau de Melvyn. De savoir le testament caché sous son nez et d'être contraint de jouer à cache-tampon comme un gamin, tout en essuyant les sarcasmes de son pire ennemi, n'est, déjà, pas très drôle. Mais il y a pis ! Le testament du vieux ressemble diablement à une invitation au meurtre, car il stipule que si Melvyn venait à mourir, ses frères, Francis, Vincent et Colin, hériteraient en son lieu et place... Croyez-moi, David, le vieux Moïse sait haïr et diviser pour mieux triompher. Un dernier trait : afin de stimuler Melvyn et les autres dans leurs recherches, il fait des dons généreux à toute œuvre qui le sollicite, fût-ce l'« Amicale des facteurs » ou le « Syndicat des petites mains » !

Une question me brûlait la langue depuis la veille. Comme les toits pointus de « La Halte » montaient à l'horizon, j'osai la formuler :

– Vous avez donc rencontré Mme Patricola depuis notre dîner au Havre ?

Silas Lord me regarda avec intérêt. J'avais parlé d'une voix assurée.

– Oui, répondit-il enfin. Quelquefois.

Nous fûmes accueillis à notre arrivée à « La Halte » par un vieux maître d'hôtel qui – contrairement à certaine tradition – nous fit la meilleure impression. Un puissant dogue d'Ulm – Vizir – marchait sur ses talons.

Le vieillard nous souhaita respectueusement la bienvenue et entreprit de nous piloter par les allées du jardin enténébré. Tout en marchant, il nous dit s'appeler Henry et que « M. Melvyn » continuait de garder la chambre. Les lumières de la maison filtraient à travers troncs et branches, nous distinguâmes bientôt une silhouette immobile sur le perron.

Je me souviendrai toujours de Roberte Patricola telle qu'elle nous apparut ce soir-là. Vivant symbole de l'accueil, elle portait une robe vert sauge qu'éclairait un blanc collier de fleurs cirées. La lumière du hall dessinait par transparence ses jambes nerveuses. Un filet de fumée montait tout droit de sa cigarette... Comme lors de nos deux précédentes rencontres, je fus frappé par son regard ardent, « ébloui », serait-on tenté d'écrire.

– Venez ! dit-elle simplement dès qu'elle nous vit. Melvyn vous attend.

Vizir nous précédait déjà, insoucieux des traces boueuses qu'il laissait sur les Boukharas. Traversant dans sa largeur le hall où crépitait un gai feu de bûches, nous suivîmes une galerie vitrée qui faisait le tour de l'habitation et tout emplie de plantes rares.

– Notre jardin, dit Roberte.

Puis nous désignant le parc laissé à l'état sauvage :

– Notre forêt.

Pour moi, je ne pensais à rien, troublé que j'étais par le charme de la jeune femme, la grâce de sa démarche, le parfum subtil qui, émanant d'elle à chaque pas, se mariait aux exhalaisons entêtantes des plantes.

Comme nous approchions de la chambre de Melvyn, nous perçûmes des éclats de voix. Deux hommes semblaient s'y disputer âprement.

– Le diable t'emporte, toi et tes certitudes ! criait l'un. Tu n'auras plus un sou de moi avant la fin de l'année !

– Vraiment ? repartit une voix rauque dans laquelle nous reconnûmes celle de Vincent. Je bavardais hier soir au cercle avec Dunesme, et il me disait justement n'avoir jamais rien compris à cette affaire de Ponte-Tresa. Il donnerait gros pour en connaître le fin mot. Bender aussi, du reste. Il serait capable de me tenir quitte du banco que j'ai perdu contre lui la semaine dernière.

– Imbécile ! Crois-tu qu'à ce compte-là, ton bon ami Antoine ne serait pas ravi de savoir qui lui a pris sa femme ?

Roberte frappa à la porte – les voix se turent subitement – et dit, réminiscence de l'âge heureux où l'on joue à la petite guerre :

– Amis !

L'instant d'après, nous nous trouvions dans une grande pièce insuffisamment éclairée par une unique lampe à pied, encombrée de meubles précieux et où l'air semblait plus vicié encore que dans la galerie. Beaucoup de glaces et, sur la cheminée, une haute figure en grès polychrome d'Avalokitêcvara, la Kouan-Yin des Chinois, personnification de la compassion et de la charité.

Melvyn, que je reconnus aussitôt, semblait avoir beaucoup vieilli, depuis le jour où nous l'avions vu dîner avec sa femme dans un restaurant du Havre. Vêtu d'une épaisse robe de chambre à brandebourgs, il était couché sur un lit « dix-huitième », une courtepointe brochée jetée en travers de ses jambes, n'ayant que le bras à étendre pour atteindre une petite table couverte de médicaments.

Il se dressa sur un coude en nous apercevant.

– Bonsoir, messieurs. Vous pardonnerez bien à un misérable colonial, travaillé par les fièvres, de ne pas se lever pour vous recevoir ?

Ses yeux de jais, embusqués sous l'arcade sourcilière proéminente, nous dévisageaient effrontément :

– Ma femme m'a avoué, hier, vous avoir confié mes ennuis et je n'ai pu lui en vouloir longtemps, étant donné les sentiments qui l'ont guidée. Je comptais me tirer d'affaire sans l'aide de personne, mais après tout, je ne suis pas fâché d'avoir un allié... et de votre réputation! « Deux amiraux valent mieux qu'un et trois valent mieux que deux », comme on dit dans la Home Fleet.

Tandis que notre hôte venait à bout de son petit discours, j'observai Vincent. Les mains crispées au dossier d'un fauteuil, il semblait encore tout secoué de colère. Quand nos regards se croisèrent, il me fit un petit salut et prit la porte. Sans doute ne tenait-il pas autrement à avouer qu'il nous connaissait.

Son frère sorti, Melvyn changea de sujet :

– Peut-être nous avez-vous entendus nous dire nos quatre vérités, Vincent et moi ? N'y attachez pas trop d'importance. Si les Patricola ont le caractère mal fait, l'objet de notre dispute, par contre, était bien innocent. Vincent s'ingénie depuis des années à découvrir un système pour gagner à la roulette. Il estime que c'est moins décevant que de chercher la pierre philosophale. Moi pas ! Chaque fois qu'il perfectionne sa martingale, cela me coûte une fortune !

À cet instant, Vizir compromit gravement l'équilibre d'une petite table chargée de bibelots et Melvyn, décrochant d'un geste vif une cravache pendue au mur, l'abattit de toutes ses forces sur le museau du coupable :

– *Damned fool!* Combien de fois faudra-t-il te défendre de jouer avec ton ombre ?

Le dogue poussa un gémissement sourd, fléchit sur ses pattes, puis fila comme un trait par la porte entrouverte.

Indigné, je regardai Silas Lord. Son visage était de marbre. Quant à Roberte, elle me parut subitement très pâle,

– Prenez garde ! dit-elle. Ceci pourrait, un jour, vous coûter une main, comme au charron du village...

Melvyn sourit avec indulgence :

– Absurde !... Chérie, voulez-vous m'aider à me lever pendant un moment ?

Pour la seconde fois, depuis mon entrée dans cette pièce, je me sentis saisi d'un pénible sentiment de gêne. Roberte, sans un mot, repoussa la courtepointe et prit son mari sous les bras. Derrière un pare-feu de cuivre rouge un foyer à gaz brûlait à petit bruit.

– Vous devriez dire aussi à Wong de nous donner du whisky.

– Wong ? interrogea Silas Lord.

– Un boy chinois que j'ai ramené de Shanghaï... Eh bien ! Roberte ?

La jeune femme sortie, Melvyn nous invita à puiser dans une caisse de manilles. Puis il nous parut de nouveau désireux de nous convaincre de son mépris du danger :

– Si j'étais bien d'aplomb sur mes jambes, je crois que rien ne m'aurait empêché de jouer le jeu tout seul. Mais...

Silas Lord l'interrompit :

– Il me faut une réponse franche. Prenez-vous les menaces de Jen Wor au sérieux, oui ou non ?

– Ma foi... Puisque nous voici entre hommes, oui ! Seulement, j'avais toujours cru, jusqu'ici, que les assassins frappaient sans prévenir !

– Sans doute, à moins qu'ils ne veuillent, par exemple, inspirer à leur victime un sentiment de trompeuse sécurité jusqu'à une date déterminée ou encore lui infliger le supplice de la peur... Soupçonnez-vous d'où vient le coup ? Je veux dire : vous vous connaissez naturellement des ennemis ?

Melvyn nous regarda en dessous :

– Je pourrais considérer ce « naturellement » comme peu flatteur, monsieur Lord, si je ne comprenais où vous désirez en venir. Tout homme dans ma situation a, forcément, des ennemis. En vérité, j'aurais plus vite fait de compter mes amis !

– Vous avez habité la Chine pendant longtemps, à ce qu'on m'a dit ?

– Oui, Shanghaï. Les *tongs* m'y ont même mené la vie dure.

– Et vous ne vous souvenez pas d'avoir jamais rien fait, à l'époque, qui pût éveiller la rancune dans le cœur de quelque fils de Han ?

Melvyn haussa les épaules :

– Je n'ai plus mis les pieds en Orient depuis neuf ans. On dit bien que la vengeance se mange froide mais tout de même !

– Certaines vendettas sautent une génération. Or, il paraîtrait que votre père...

– Si l'on se souvient de mon père, là-bas, c'est pour craindre de rencontrer son ombre. Aujourd'hui encore, des jonques évitent les eaux où lofait jadis le « Vent-des-Îles ».

Notre hôte se pencha brusquement vers nous :

– On vous a dit beaucoup de choses, monsieur Lord ! Vous a-t-on dit aussi que mes ennemis les plus dangereux vivaient sous mon propre toit ?

– Vous voulez parler de vos trois frères ?

– De tous ceux que vous rencontrerez dans cette maison ! À commencer naturellement par le vieux brigand qui habite l'aile nord.

Nous fumâmes, un instant, en silence. L'atmosphère de cette pièce surchauffée commençait à me donner la migraine.

– Pour en revenir aux lettres de menaces, reprit Silas Lord, il est fort probable que cette signature – Jen Wor – et cette allusion à Nanyang sont destinées à nous lancer sur une fausse piste. J'aimerais, néanmoins, savoir si l'un ou l'autre de vos frères a résidé en Chine ?

– Francis a fait quatre fois le tour du monde dans le seul but de compléter une collection de papillons qui vaut bien, aujourd'hui, quelques billets de mille ! Vincent ne connaît que les stations balnéaires et les villes d'eaux, Colin sort à peine de l'université. Restent Herbert et Thomas. Dieu seul sait où leur goût de l'aventure les a entraînés ! Ils ne nous ont plus donné de leurs nouvelles depuis deux ans.

Roberte rentrait, suivie d'un magot pansu, aux yeux bridés, en robe de soie safran, qui plaça entre nous un flacon d'eau-de-vie et des verres.

– Je vous présente Wong, le plus honnête des *jins* [1], dit notre hôte ! Il boit mon whisky mais n'accepte pas de gages. À votre place, je ne perdrais pas mon temps à l'interroger. Il a perdu l'usage de la parole avec sa langue, le jour où le général Kouan-Ti s'empara d'Ou-Tchang... *Cheerioh !*

Le whisky était fameux et je n'eus aucune peine à comprendre que Wong le préférât au meilleur *chandu* [2].

– Un dernier mot, dit Silas Lord en reposant son verre. J'ai l'intention de mettre la police officielle au courant de cette affaire et de lui demander son concours. Y voyez-vous quelque objection ?

Je m'attendais à ce que notre hôte jetât les hauts cris. Tout au contraire – et encore qu'il s'efforçât de paraître contrarié – l'offre du *boss* lui apporta un visible soulagement.

– Au diable, les flics ! Cependant, si vous y tenez vraiment...

Il se frotta nerveusement les mains :

– Vous comptez transformer cette baraque en blockhaus, hein ?

1. *Jin*, en chinois, veut dire : homme.
2. Opium.

– Exactement.

Plus rien ne nous retenait auprès de Melvyn, Silas Lord ne comptant s'installer à « La Halte » que le lendemain. Nous prîmes congé et Roberte s'apprêta à quitter la pièce avec nous.

– Restez, chérie ! dit Melvyn, et son sourire se fit singulièrement séduisant. J'aurais quelques câblogrammes à vous dicter.

La jeune femme tenta de se dérober :

– Vous savez bien que j'ai une écriture impossible ! Je vais vous envoyer Bridge.

Nous nous étions déjà éloignés de quelques pas dans la galerie, lorsqu'une voix furieuse, méconnaissable, cria :

– J'ai dit : « Restez ! »

Nous trouvâmes le vieux Moïse assis devant un feu d'enfer, au premier étage de l'aile nord. De lui, on ne voyait tout d'abord qu'un nez crochu, des sourcils en broussaille et un crâne ivoirin qui lui donnaient l'air d'un condor au nid. Sa conversation, nous nous en rendîmes bientôt compte, n'était qu'un perpétuel ricanement.

– Ainsi, dit-il après que nous lui eûmes révélé l'objet de notre présence à « La Halte », ce voyou de Melvyn a su acheter votre dévouement pour quelques malheureux billets. Accepteriez-vous de jouer un rôle passif – c'est-à-dire – *de laisser faire Jen Wor* – si je vous offrais le triple ?

Silas Lord soupira et sa réponse parut lui coûter... Elle lui coûtait indubitablement gros :

– Je crains que non.

Le vieillard nous jeta un regard furieux :

– Honnêtes ? Puisse alors votre conscience ne jamais vous reprocher d'avoir protégé le crime ! Melvyn a tué ma fille, le saviez-vous ? Il l'a tuée à petit feu, comme on étouffe un oiseau dans sa main. Et elle se débattait encore faiblement qu'il poursuivait déjà cette garce à cheveux roux par qui il l'a remplacée !

Les traits du *boss* se durcirent :

– Ne vous est-il jamais venu à l'idée que votre gendre pût rendre sa seconde femme aussi malheureuse que la première ?

– Mon Dieu ! si... et cela me console un peu ! De lui ou d'elle, je ne sais lequel je souhaite le plus vivement voir se présenter, bientôt, devant son Juge.

J'espérais que Silas Lord remontrerait à notre interlocuteur combien son ressentiment à l'égard de Roberte était injuste. Il se contenta de questionner :

– Pourquoi, puisque vous détestez tant votre gendre, lui léguer vos biens ?

– Parce que je ne saurais rêver meilleur moyen de me venger de lui... Réfléchissez-y ! Si le testament demeure introuvable, j'aurai empoisonné plusieurs années de sa vie. Dans le contraire, je connais assez ses frères pour affirmer qu'ils n'auront plus qu'une envie : le faire disparaître !

– Vous devriez vous arranger pour que l'un d'eux découvrît la cachette, comme par hasard. Cela activerait les choses !

Je m'étonnai que le *boss* donnât pareil conseil à un homme méditant de se débarrasser de son prochain. Puis je me fis la réflexion que le vieux Moïse devait s'être avisé de cet expédient-là aussi.

– J'y ai pensé ! répondit-il effectivement. Peut-être m'y déciderai-je un de ces jours. En attendant... En attendant, je m'amuse ! Figurez-vous que ces imbéciles, après avoir couru de la cave au grenier, ont imaginé de fouiller méthodiquement chaque pièce, Puis de la condamner avant de passer à une autre ! Ha ! Ha ! Je les forcerai bientôt à démolir la maison pierre à pierre !

Il cracha dans le feu et nous l'avions quitté depuis un moment qu'il répétait encore avec une délectation sénile : « Pierre à pierre ! Pierre à pierre ! ». Des divers sentiments qui m'agitaient, la compassion finalement l'emporta.

– Pauvre vieux ! murmurai-je.

– Hum ! grommela Silas Lord. Ne vous y trompez pas, David. À l'heure qu'il est, il hait Melvyn plus qu'il ne regrette sa fille.

Réflexion cruelle dont je dus reconnaître à part moi le bien-fondé.

Nous allions nous engager dans l'escalier quand le *boss* me prit par le bras :

– Écoutez !

Une fenêtre bâillait sur notre gauche. Il l'ouvrit sans bruit et je jetai un coup d'œil dans le jardin par-dessus son épaule.

Roberte se tenait au milieu de la pelouse, immobile, comme ligotée par d'invisibles liens. Colin, couché devant elle, à plat ventre dans l'herbe, semblait lire et le vent du soir nous apporta l'écho de sa voix passionnée.

Glaciers, soleils d'argent, flots nacreux, cieux de braises,
Échouages hideux au fond des golfes bruns
Où les serpents géants dévorés des punaises
Choient des arbres tordus avec de noirs parfums !

Le poème achevé, Colin considéra sa belle-sœur avec une fixité gênante. Elle voulut s'éloigner. Il la retint par sa jupe puis, se relevant d'un bond, l'enferma dans ses bras, tout en lui tenant des propos enflammés et cyniques que je m'en voudrais de rapporter ici. Enfin, comme elle lui refusait ses lèvres :

– Prenez garde, petite sœur ! Je pourrais dire à Melvyn que vous n'êtes pas gentille pour moi... ou trop gentille !

Poings serrés, je mesurai d'un coup d'œil la hauteur de la fenêtre et la distance qui me séparait de Colin... Silas Lord devina-t-il mes intentions ? Toujours est-il qu'il me dit brusquement :

– Partons.

Dans le hall, Vincent se livrait à des calculs compliqués, une roulette miniature devant lui, et un géant à l'air débonnaire – nous sûmes, un instant plus tard, que c'était Francis – examinait à la loupe des papillons sous verre. Tous deux nous regardèrent descendre avec une sorte de curiosité anxieuse.

– Comment va le vieux ? grommela Vincent. Il ne vous a pas dit où il avait fourré son testament, par hasard ?

Silas Lord éluda la question :

– Avez-vous, déjà, tâté du « Labouchère » ? fit-il pour toute réponse en désignant la roulette où la bille tournait rond.

Colin revenait du jardin, livide et les cheveux emmêlés. Je l'eusse volontiers pris à partie, mais Silas Lord, après avoir discuté un moment avec Vincent de « montantes » et de « parolis », m'entraîna vers la porte.

Sur le seuil, il se retourna :

– La paix soit avec vous ! dit-il ironiquement.

– *Aleikum vesalaam !* répondit Francis, le voyageur.

3

Minuit 9

Je me souviens des jours qui suivirent comme d'une des périodes les plus agréables de mon existence. Le lendemain de notre visite à « La Halte », Silas Lord avait accepté l'hospitalité de Melvyn et nous avait installés, Stacey, Paula et moi, dans la meilleure auberge du village. Stacey et Paula en profitèrent pour m'apprendre la belote. Ils y étaient passés maîtres et nous y jouions tous les soirs, de 8 heures à minuit parfois même jusqu'à l'aube. Je crois bien que j'abandonnai à mes professeurs, en moins de cinq jours, la moitié de mes appointements d'un mois mais je me sens heureusement capable, à présent, de reprendre le double à n'importe qui.

Ce genre de vie offrait d'autres avantages auxquels j'étais particulièrement sensible. Chaque matin, Roberte Patricola – nu-tête, en culotte de drap beige et veste de daim fauve, un foulard bouton-d'or enserrant son cou mince – faisait une longue promenade à cheval dans la forêt. L'ayant rencontrée par hasard, je sus bien vite quels endroits elle préférait et m'arrangeai pour me trouver le plus souvent possible sur sa route. Elle semblait se plaire en ma compagnie et me plaisantait volontiers sur ma figure en papier mâché.

– Quels mystérieux plaisirs, me disait-elle, pouvez-vous bien trouver dans ce village, qui vous marquent ainsi ?

Elle se refusait à admettre mes explications et je n'insistais pas pour la convaincre. Ses railleries flattaient mon amour-propre, j'espérais, en jouant les Lovelace, me rendre plus intéressant à ses yeux.

Les bons moments que nous passâmes ensemble ! Roberte, dès qu'elle m'apercevait, mettait pied à terre et nous cheminions côte à côte, elle, décapitant machinalement les orties à coups de cravache, moi, m'efforçant de lui arracher des confidences. Star, sa jument, nous suivait sagement, poussant parfois ses naseaux entre nos épaules. Il se trouvait toujours une clairière pour nous accueillir et Roberte s'y étendait tout de son long sur le dos, un brin d'herbe entre les lèvres, le regard dirigé vers le ciel, tandis qu'une pudeur d'adolescent me retenait gauchement assis.

– Il n'est pas vrai, me dit-elle, un jour, que Melvyn me recherchait déjà du temps de son mariage. Savez-vous comment je l'ai connu ? Quelque temps après la mort de sa femme, il fit paraître dans les journaux une annonce ainsi conçue : *Veuf, 32 ans, épouserait jeune fille ou jeune femme éprouvée par la vie.* Admirable Melvyn !... je vous laisse à penser quelle espèce de tortionnaire c'est, pour m'avoir après cela inspiré en moins d'un an le désir de le tuer !

Pareil aveu me déconcerta. Je suggérai timidement que, pour avoir répondu à l'annonce, Roberte avait dû se trouver à l'époque dans une situation difficile.

Elle me regarda, les yeux écarquillés :

– Vous êtes vraiment gentil ! Le mot : *riche* figurait dans l'annonce.

Je manifestais parfois la crainte de l'importuner :

– Allons donc ! me répondait-elle. J'aspire aux recommencements et vous ne pouvez vous imaginer combien vous êtes... rafraîchissant !

Il lui arriva même d'ajouter :

– Vous êtes exactement l'homme avec qui j'envisagerais de vivre dans une petite maison aux volets bleus, aux confins du silence.

Mais elle n'eut pas plutôt dit, qu'elle se mordit les lèvres, comme si ses paroles eussent pu faire naître en moi un espoir inconsidéré.

Mon bonheur en fut à peine entamé et je revenais de chacune de nos promenades débordant de joie.

Paula me fit bientôt grise mine.

– Ce n'est pas possible ! dit-elle un jour. Le *boss* a dû lui recommander de vous cultiver !

Cependant, comme mes yeux se remplissaient de larmes et qu'elle n'était pas méchante dans le fond, elle ajouta :

– Je plaisante ! Votre petit air crâne et sûr de vous vous vaudra bien d'autres conquêtes...

Je lui pardonnai aussitôt son aigreur mais n'en éprouvai pas moins, le soir même, une réelle satisfaction à faire le jeu de Stacey à son détriment.

Chose étrange, si l'existence que nous menions alors m'enchantait, il ne paraissait pas en être de même pour mes deux compagnons. Hormis les heures pendant lesquelles nous sacrifiions à la belote, l'attente les énervait visiblement. Paula s'exprimait volontiers sur un ton acide et Stacey avait de brusques accès d'humeur qui me glaçaient.

Enfin, le grand jour arriva. L'inspecteur Taurochs rôdait depuis la veille dans le village, et l'on se heurtait, à chaque coin de rue, à des promeneurs portant melon et souliers à bout carré.

Nous devions, Stacey, Paula et moi passer la nuit du 24 au 25 à « La Halte ». Nous nous y rendîmes vers 8 heures et Silas Lord nous donna aussitôt ses instructions.

Il avait décidé de veiller avec Melvyn dans sa chambre, tandis que l'inspecteur Taurochs monterait la garde devant la porte fermée à clé de l'intérieur, dans la galerie vitrée. Le *boss* m'enjoignit de ne pas quitter Roberte un instant, Paula fut chargée de surveiller les autres membres de la famille et Stacey de faire des rondes dans la maison. Inutile d'ajouter qu'une demi-douzaine de policiers en bourgeois se dissimulaient dans le parc, l'entourant d'un cordon infranchissable.

À 9 heures, chacun était à son poste.

Allons ! pensai-je en réprimant un mouvement d'excitation. Que Jen Wor vienne, maintenant, et frappe... s'il le peut !

Or, il vint et frappa quatre d'entre nous.

– Quelle heure est-il ? me demanda Roberte pour la troisième fois.

Je lui dis que la demie de 10 heures allait bientôt sonner et elle ouvrit un livre en soupirant. (C'était, je m'en souviens : *Contrepoint*, de Huxley.) Nous nous trouvions dans son boudoir. La radio jouait en sourdine et nous entendions de temps à autre des pas lourds écraser le gravier sous la fenêtre, ou d'autres, furtifs, parcourir le couloir.

En dépit du plaisir que j'éprouvais à veiller sur Roberte, mes pensées volaient à tout instant vers Silas Lord. Je me le représentais sur le qui-vive, au chevet de Melvyn toujours cloué à son lit par le paludisme. Porte et fenêtres fermées les garantissaient de toute attaque brusquée. Je voyais aussi l'honnête Taurochs aller et venir dans la galerie vitrée, la poche droite de son veston gonflée par un browning, ses gros sourcils froncés.

Je fis le compte des habitants de « La Halte » Melvyn, un... Roberte, deux... Francis, Vincent et Colin, cinq... Le vieux Moïse, six... Bridge, le secrétaire de Melvyn, jeune homme effacé et diligent, sept... Henry, le vieux maître d'hôtel, huit... Wong, neuf... Il n'y avait pas à se préoccuper des autres domestiques consignés, dès 9 heures, dans les communs. En tout donc, neuf personnes que nous étions une dizaine à surveiller et protéger.

Si Jen Wor, spéculai-je, venait du dehors... il aurait à affronter, pour commencer, les six policiers disséminés dans le parc... Non, tout d'abord : Vizir, un Vizir à jeun depuis la veille ; ensuite, les policiers... À supposer qu'il réussît à franchir ce premier barrage et à s'introduire dans la maison, le plus dur resterait à faire. Il lui faudrait encore, en effet, pour parvenir jusqu'à « sa victime », éviter Stacey et les autres, se débarrasser de Taurochs, pénétrer par effraction dans la chambre de Melvyn, passer sur le corps de Silas Lord... Impossible !

Mais si Jen Wor ne venait pas du dehors ? S'il était à l'intérieur ? S'il se cachait parmi nous ?

Des cris, provenant du palier, me tirèrent de mes réflexions. Je reconnus la voix aiguë du vieux Moïse puis celle, un peu sourde, de Stacey.

Roberte entrouvrit la porte du boudoir et me fit signe d'écouter.

– Ôtez-vous de là ! hurlait le vieux Moïse tout en trépignant de rage. Je suis ici chez moi ; entendez-vous ?

– Je vous entends fort bien, monsieur. Mais il est dangereux de se promener au rez-de-chaussée, cette nuit, et j'ai pour devoir...

– Je me moque de votre devoir! Ôtez-vous de là, ou par Dieu...

En m'avançant un peu dans le couloir, je vis l'irascible vieillard brandir sa canne. Stacey, placide, la lui prit des mains puis, comme l'autre hurlait de plus belle, la lui rendit et s'éloigna en haussant les épaules, à la façon d'un homme résigné à l'inévitable. Avec un ricanement de triomphe, le vieux Moïse continua de descendre et nous l'entendîmes, un instant plus tard, tempêter au rez-de-chaussée.

La porte de « notre nid » refermée, Roberte, d'un regard, m'invita à m'asseoir auprès d'elle. Elle portait une robe d'intérieur d'un rouge très particulier, du « rouge florentin », si j'en crois mes souvenirs. Très lâche, très souple, froncée au cou et serrée à la taille par une cordelière d'or dont les glands se perdaient dans les plis mouvants de la jupe.

– Mon livre m'ennuie. Racontez-moi une histoire, David!

Je ne demandais pas mieux. Mais laquelle? La dernière aventure de Nat Pinkerton – *Le Secret du brahmane* – était vraiment passionnante. Il y avait aussi *Les Requins de la Tamise* où l'on voit lord Lister descendre de la Tour de Londres en parachute, la fille du lord de l'Amirauté suspendue à son cou. Je préférai finalement m'en tenir à la réalité et expliquer à ma compagne comment Silas Lord avait réussi à purger le casino de Monte-Carlo de « l'As de Pique » et de ses complices.

Roberte ne me laissa pas achever mon récit. Elle n'était plus que nerfs.

– Mon petit David ! dit-elle, et il me sembla, à tort ou à raison, qu'elle s'apitoyait sur ma maladresse. Ne pouvez-vous vraiment rien dire ou faire de plus amusant, de plus fou ? Nous vivons des moments exceptionnels, des moments où…

Elle laissa la phrase en suspens mais j'achevai pour elle, en pensée : « … où tout semble permis ».

Cet encouragement implicite me grisa comme un vin nouveau. Les mots d'amour, retenus depuis huit jours, se pressèrent en foule sur mes lèvres. Mais je ne me donnai pas le temps de les prononcer. Je me penchai vers Roberte, et, sans plus réfléchir, l'embrassai sur la bouche.

Stupéfiante audace ! Roberte m'observa, la tête légèrement inclinée sur le côté, ses grands yeux écarquillés, ironique et, tendre à la fois. Puis elle me rendit mon baiser.

La demi-heure qui suivit n'appartient qu'à moi. Je crois que je n'arrêtai pas de parler. En somme, tout ce que je n'avais pas dit avant d'embrasser Roberte, je le dis après, et avec quel lyrisme ! multipliant les serments, brûlant de mourir sur l'heure pour prouver mon amour.

Roberte m'écoutait en balançant sans discontinuer un petit pied finement chaussé. Son sourire, à l'opposé de mon inspiration, allait diminuant, mais je ne m'en inquiétais pas. Il a fallu que j'avance dans la vie pour comprendre. Sans doute éprouvait-elle alors un obscur remords et la frayeur de l'enfant qui, en jouant avec des allumettes, vient de mettre le feu à la maison.

Un peu après 11 heures, elle se leva brusquement et sortit en me disant qu'elle allait se poudrer.

Il ne me vint pas à l'esprit de m'y opposer. Outre que je me sentais responsable d'avoir abîmé son maquillage, on ne se méfie pas d'un prétexte aussi futile… Allez donc défendre à une femme de « se refaire une beauté » !

Par contre, j'en eus vite assez d'être seul. Il me fallait remuer, faire quelque chose sous peine de voir ma joie s'éteindre comme un feu sous la cendre. À mon tour, je quittai le boudoir et partis à l'aventure.

Je n'allai pas loin. Penché sur la rampe, au-dessus du hall, j'observai Paula, Francis, Vincent et le jeune Bridge qui – assis loin les uns des autres, Henry, le maître d'hôtel, debout au milieu d'eux – semblaient jouer aux quatre coins, quand Stacey me surprit.

– Qu'est-ce que vous fichez là ? me dit-il brutalement. Retournez à votre poste !

J'eus envie de l'envoyer lui-même au diable, mais craignis de trahir ainsi Roberte. Oreille basse, je regagnai le boudoir.

La jeune femme ne l'avait pas réintégré encore. Je me laissai tomber dans un fauteuil, échafaudant des projets d'avenir où Roberte occupait la première place.

L'excès de mon bonheur m'inspira subitement des remords. Je pensai au *boss* qui, dans le même moment, demeurait exposé aux coups d'un assassin. Pour la dixième fois, je l'imaginai, l'œil et l'oreille aux aguets, dans la chambre hermétiquement close de son hôte. Hermétiquement close… Si j'avais su !

Roberte ne revenant toujours pas, l'inquiétude commença de me gagner. Au risque de me cogner de nouveau à Stacey, je résolus de me mettre à sa recherche.

Je montai au deuxième et, après beaucoup d'hésitations, frappai à la porte de sa chambre. N'obtenant pas de réponse, j'y pénétrai sans plus de scrupule. Elle était vide. Vide aussi le cabinet de toilette attenant.

Découragé, je m'assis sur le bord du lit. Si mon imprudence allait tout compromettre? Si Roberte allait rencontrer Jen Wor? Je me levai d'un bond et m'élançai vers la porte. Mais, à mi-chemin, une image, inconsciemment perçue peu de temps auparavant, s'imposa à mon esprit. Je revis un mince sac à main de cuir rouge à demi enfoncé dans le creux d'un sofa du boudoir. Impossible de douter qu'il contînt un poudrier! Roberte m'avait donc menti en prétendant qu'elle désirait retoucher son maquillage?

Cet affreux soupçon en fit naître un second, plus affreux encore. Roberte détestait son mari. Elle ne m'avait pas caché qu'elle souhaitait le tuer. Dans ces conditions, n'avait-elle pas joué la comédie de la tendresse pour m'amener à relâcher ma surveillance?

Mon devoir m'apparut clairement. Il tenait en une phrase: me mettre à la recherche de Stacey et lui confier tout. Mais je ne pus m'y décider. Je revoyais le visage étonné de Roberte et ce regard caressant dont elle m'avait enveloppé. Impossible qu'elle m'eût délibérément trompé!

Fort de cette certitude, je sortis tranquillement de la chambre à coucher. À ce moment, une série de sons graves emplit la cage d'escalier. La pendule à gaine de l'étage au-dessous sonnait minuit.

Dans le boudoir, Roberte m'attendait en fumant une cigarette.

– Eh bien! s'écria-t-elle avec un enjouement qui me confondit. Où êtes-vous allé?

Je lui adressai un regard de reproche, tout en désignant son sac à main.

– Vous aviez, ici, de quoi vous poudrer... dis-je.

– Vraiment ? Vous feriez un mari terrible ! Pour vous punir, je vais vous laisser seul un moment encore.

Et elle fut dehors avant que j'eusse trouvé quoi que ce soit à lui répondre.

Comme si la voix de leur aînée les eût rappelées à l'ordre, toutes les pendules et horloges de la maison se répondaient, maintenant, d'étage à étage. Certaines, par suite de la similitude de leurs timbres, semblaient même sonner plus de coups qu'on ne leur demandait. Quand elles s'apaisèrent, ma montre marquait minuit 9 et cela me soulagea étrangement.

À présent, pensai-je, ou Jen Wor a manqué son coup, ou Melvyn est parti pour un monde où le plus misérable des mendiants vaut le plus puissant des « rois » !

En réponse, deux détonations retentirent coup sur coup – dans le jardin, me sembla-t-il – immédiatement suivies de bruits de pas précipités, d'exclamations, de cris, de coups de sifflet... Jen Wor avait frappé !

Fou d'angoisse, je plongeai dans l'escalier, au risque de me rompre le cou, et arrivai dans la galerie vitrée comme on enfonçait la porte de la chambre de Melvyn. Je reculai, horrifié.

Une épouvantable odeur de gaz emplissait la pièce. Silas Lord gisait tout de son long sur le tapis, devant le foyer éteint d'où continuaient à s'échapper, en sifflant, des vapeurs délétères. Ses yeux vitreux, ses mains crispées étaient d'un cadavre. Quant à Melvyn, il avait réussi à se traîner jusqu'à la fenêtre dont il avait brisé un carreau et tenté de manœuvrer l'espagnolette avant de tomber à son tour.

Près de moi, deux policiers s'efforçaient de ranimer l'inspecteur Taurochs dont le crâne portait une plaie contuse et d'autres, dans le jardin, devant la fenêtre au carreau brisé, se penchaient sur le corps – hélas ! sanglant – du malheureux Stacey.

Car tel était le funèbre bilan de cette nuit : deux vies tranchées, deux vies en péril.

4

UNE GRIFFE EN L

Ce n'était pas le cadavre de Silas Lord, comme je l'avais cru tout d'abord, qui gisait devant le radiateur à gaz, c'était celui de Melvyn. Mon erreur provenait du fait que les deux hommes portaient des masques destinés à les faire prendre l'un pour l'autre. Le *boss* avait tenu à s'exposer aux coups à la place de son «client», et il y eût certainement réussi en toutes autres circonstances.

Je l'aurais embrassé quand il rouvrit les yeux mais, auparavant, quelles émotions n'éprouvai-je pas ! Tandis que le docteur de la famille, appelé en hâte, lui prodiguait les soins ordonnés en pareil cas (tractions rythmées de la langue, friction des membres inférieurs, etc.), j'allai jusqu'à me reprocher les moments passés avec Roberte, me demandant si une mystérieuse loi de compensation ne faisait pas payer à mon bienfaiteur ma coupable insouciance.

Silas Lord, par bonheur, était beaucoup moins gravement touché qu'il n'y paraissait. La meilleure preuve en est qu'il consacra le reste de la nuit à éclaircir l'affaire et que tout était fini – hélas ! pas comme il l'eût désiré ! – quand la grosse voiture contenant les membres du Parquet stoppa, à l'aube, devant « La Halte ».

Nous pensions que le *boss* devait à sa robuste constitution d'être revenu aussi promptement à la vie. Mais il s'en défendit, prétendant que sa perte de connaissance avait été causée moins par un commencement d'asphyxie que par l'absorption d'un actif soporifique.

Grâce à ses explications, nous parvînmes à reconstituer clairement les faits.

Melvyn et le détective avaient été plongés dans un sommeil artificiel. Le premier – comme le confirma l'examen des verres trouvés à son chevet – avait bu le narcotique au lieu du médicament qu'il prenait chaque soir et cela expliquait qu'il en eût ressenti plus vivement les effets. Silas Lord avait dû en absorber une dose moindre pendant le dîner. De sorte qu'en s'enfermant à double tour dans cette chambre où un inoffensif radiateur à gaz allait servir d'instrument de mort, les deux hommes se condamnaient eux-mêmes. Le crime – le geste criminel, pour mieux dire – avait dû être commis bien avant l'heure fixée par les lettres de menaces. Dès qu'il avait supposé ses victimes endormies, Jen Wor, se glissant dans la cave, avait tout simplement fermé pendant une seconde le compteur à gaz – le radiateur s'était éteint – puis il l'avait rouvert... et l'oxyde de carbone s'était échappé dans la pièce. Restait à assommer l'autre veilleur, Taurochs, pour qu'il ne perçût pas l'odeur caractéristique passant sous la porte. Jen Wor n'y avait pas manqué, se servant, en l'occurrence, d'un bout de tuyau de plomb, et ce n'était vraiment pas de sa faute si l'inspecteur était encore en vie.

Mais le pauvre Stacey ? Pourquoi l'avait-on tué de deux coups de revolver, une heure ou une heure et demie plus tard ?

– Peut-être, suggéra quelqu'un, a-t-il eu des soupçons en passant devant la fenêtre et le meurtrier aux aguets a-t-il voulu l'empêcher de l'ouvrir ?

Mais nous sentîmes, tous, combien cette explication était faible...

Silas Lord et Taurochs avaient été douillettement installés dans le fumoir et c'est de là, peut-on dire, qu'ils menèrent toute l'enquête, non sans que le second jetât, toutes les cinq minutes, au premier un regard furibond ou ne lui fît quelque remarque désagréable.

J'avais beau être habitué aux méthodes rapides de Silas Lord, à ses déductions foudroyantes, jamais enquête ne me parut aller si droit et si vite. Pour me la rappeler dans ses moindres détails, je n'ai, somme toute, qu'à en évoquer les sommets. Ils sont au nombre d'une demi-douzaine et chacun d'eux éclaira l'affaire d'un jour nouveau.

La découverte du troisième cadavre, d'abord.

Silas Lord nous expliquait comment, tandis qu'il luttait contre l'asphyxie, il avait puisé dans la perception subconsciente du danger la force de se traîner jusqu'à la fenêtre et d'en briser un carreau, quand un policier appelé Colpin pénétra dans le fumoir et s'approcha de nous. Il venait, nous dit-il, de découvrir Vizir étendu, la bave à la gueule à deux pas de sa niche. À en juger par son aspect contorsionné, la bête avait dû être empoisonnée.

Cette nouvelle fit frémir plus d'un d'entre nous et je remarquai que Roberte se détournait pour cacher son émotion.

Silas Lord, par contre, semblait avoir prévu la chose.

– Docteur ! appela-t-il. Vous sentez-vous capable de nous dire depuis quand ce chien est mort ?

D'autres eussent pu objecter que c'était là l'affaire d'un toxicologue ou d'un vétérinaire mais, précisément, le docteur Klaus était un peu vétérinaire à l'occasion.

– Oui, répondit-il rondement, si je peux lui ouvrir le ventre !

L'inspecteur Taurochs jura aussitôt ses grands dieux qu'il ne permettrait à personne de toucher au corps de l'animal avant l'arrivée du Parquet mais Silas Lord l'interrompit sèchement :

– Allez-y, docteur ! Je prends la responsabilité de tout.

Et, chose étrange, Taurochs, après avoir ouvert la bouche pour protester, derechef, laissa faire.

Le docteur venait de sortir quand nous perçûmes les bribes d'une violente altercation. L'instant d'après, deux policiers firent irruption dans le fumoir en poussant devant eux un homme en cache-poussière qui se démenait comme un beau diable. J'eus peine, tant ses traits étaient convulsés par la rage, à reconnaître Colin.

– Nous l'avons pincé au moment où il franchissait un saut de loup, au fond du parc, expliqua l'un des inspecteurs.

Dans la confusion succédant à la découverte du crime, personne n'avait songé à s'aviser de la disparition de tel ou tel.

– Ce jeune homme, dit à son tour Paula, a trompé ma surveillance vers 10 heures. J'en avais averti Stacey...

L'inspecteur Taurochs considéra Colin d'un air féroce.

– D'où sortez-vous ? interrogea-t-il brutalement.

Puis, sans même donner à l'autre le temps de lui répondre :

– Vous a-t-on dit que votre frère a été assassiné ?

– Non... mais je suis fort aise de l'apprendre !

Le cynisme de Colin me remit en mémoire une phrase de Silas Lord prononcée quelques jours auparavant : « Croyez-moi, David, ce jeune homme frais émoulu de l'université qui récite du Rimbaud aux pieds de sa belle-sœur, est le plus mauvais de tous ! » D'autant plus mauvais, pensai-je, qu'il était le favori de Melvyn, le seul, peut-être, parmi ses frères pour qui le défunt eût éprouvé une réelle affection.

Je nous revois encore groupés dans la grande pièce où les flammes du foyer projetaient des ombres monstrueuses. Silas Lord et Taurochs étaient tombés exceptionnellement d'accord pour qu'on n'allumât qu'une lampe à pied. Dans les coins, deux ou trois policiers montaient une garde silencieuse et l'éclat des braises donnait au cercle de nos faces tendues un relief saisissant.

– Vous saviez bien, reprit Taurochs en s'adressant à Colin, qu'il était défendu de quitter la propriété cette nuit ! Où êtes-vous allé ?

– Cela ne regarde que moi. Fichez-moi la paix avec vos questions et dites à vos hommes de me lâcher ou vous aurez à répondre devant vos supérieurs de cet interrogatoire illégal !

Impressionné, Taurochs, d'un signe, congédia les deux policiers. Colin se brossa en affectant du dégoût puis se jeta dans un fauteuil, les pieds aux chenets :

– Charmante soirée et charmante réunion ! Combien étiez-vous, à propos, à guetter la venue de Jen Wor ? Dix ? Douze ?... On ne pourra pas vous reprocher de ne pas avoir pris toutes vos précautions !

Ce persiflage me parut d'autant plus pénible que Colin, tout en parlant, n'avait d'yeux que pour Roberte. Rapprochant son fauteuil du sien, il se mit à lui parler à voix basse comme si nous n'avions pas existé. Et la terreur qu'il inspirait à la jeune femme était telle qu'elle n'osa même pas se lever et le planter là.

Le docteur ne tarda pas à revenir. À son avis, la mort de Vizir remontait à minuit, 11 heures et demie au plus tôt.

– Je m'en doutais ! dit Silas Lord. Postérieur au crime, cet empoisonnement a été commis dans le seul but de nous persuader que le meurtrier est étranger à la maison.

– Vous voilà bien affirmatif ! grommela Taurochs. Jen Wor a pu tout aussi bien se débarrasser du chien au moment de « descendre » votre secrétaire.

– Non... car ce dernier meurtre n'a sûrement pas été prémédité.

Le docteur allait sortir. Il s'arrêta devant Colin :

– Je m'excuse encore de ne vous avoir pas fait monter dans mon tilbury. Mais j'étais extrêmement pressé. Mon malade pouvait passer d'un moment à l'autre.

Nous avions tous dressé l'oreille.

– Quand avez-vous rencontré ce jeune homme, docteur ? interrogea Taurochs.

– Mais... dans la soirée, répondit notre interlocuteur, comme si l'importance de la question lui échappait. Il longeait le mur de clôture de la propriété quand, appelé au chevet d'un malade, je suis passé près de lui, en voiture. Il m'a demandé si je voulais bien le déposer au sommet de la route mais nous n'allions pas du même côté et il a continué à pied.

– Quelle heure était-il ?

– 10 heures et quelques minutes.

Colin nous jeta un regard ironique :

– Me voilà, sans le chercher, pourvu d'un alibi ! Êtes-vous satisfaits, messieurs ?

– Un alibi ! se récria Taurochs. Ceci prouve uniquement que vous avez disparu pendant plus de deux heures… et si vous n'arrivez pas à produire d'autre témoin, vous aurez du mal à vous blanchir !

– Pourquoi ? Après tout, j'étais moins dangereux pour Melvyn de loin que de près !

– Très juste, intervint Silas Lord. Reste à savoir si vous êtes réellement allé loin…

– Que voulez-vous dire ?

– Que vous avez pu vous montrer *à dessein* au docteur, vers 10 heures, et à ces braves policiers, vers minuit et demi. Au début de la soirée, vous leur glissez entre les doigts comme une anguille. Au retour, par contre, vous vous jetez en plein sur eux…

– Pure distraction de ma part ! Et qu'aurais-je fait, selon vous, entre 10 heures et minuit et demi ?

– Vous avez pu faire un tas de choses… Par exemple, revenir ici et jouer à cache-cache avec ceux qui avaient mission de vous surveiller. Vous avez pu frapper l'inspecteur Taurochs et descendre à la cave. Vous avez pu abaisser puis relever la manette du compteur à gaz.

– Grotesque ! éclata Colin. Vous voulez savoir pourquoi je suis sorti ? Eh bien, lisez ceci.

Il alla à sa poche et en tira une feuille de papier froissée. C'était un billet composé à l'aide de caractères imprimés, découpés dans un journal, comme les lettres envoyées par Jen Wor à Melvyn. Il disait :

Trouvez-vous, à 11 heures du soir, à l'orée ouest du bois des Combes. La cachette du testament du vieux Moïse vous sera révélée par un ami.

Pas de signature.

– Quand avez-vous reçu ce « poulet » ? interrogea Taurochs.

– Je l'ai trouvé dans ma chambre après le dîner, posé en évidence sur *Les Stances* de Moréas.

L'inspecteur flaira la lettre avec méfiance :

– Et vous avez « coupé » là-dedans ?

– Pourquoi non ? Ma présence était inutile ici et je ne risquais pas grand-chose à aller au rendez-vous.

– Hum ! Y avez-vous vu votre mystérieux correspondant ?

– Non.

– Le bois des Combes est situé à une demi-heure de marche de « La Halte ». Si vous dites vrai, vous auriez dû rentrer beaucoup plus tôt.

– Vous oubliez que la lune est dans son dernier quartier. Je me suis égaré puis arrêté pour composer un poème. Voulez-vous l'entendre ?

Taurochs sursauta, piqué au vif, mais Silas Lord ne lui donna pas le temps de se fâcher.

– On peut affirmer, dit-il, que l'attentat a été commis entre 10 heures et 11 heures et demie – nous verrons à préciser plus tard – et que le meurtrier de Melvyn et de Stacey est l'un d'entre nous. Dans ces conditions, il me paraît indispensable de reconstituer les allées et venues de chacun au cours de la soirée…

Je frémis en songeant que j'aurais à trahir Roberte ou à tromper Silas Lord.

– Voyons, Paula… Hormis Colin, les autres personnes que vous deviez surveiller sont-elles demeurées constamment auprès de vous ?

– Dieu, non ! répondit amèrement Paula. J'ai passé tout mon temps à courir après elles. Colin m'a quittée, le premier, bientôt imité par Francis. Vincent et le vieux Moïse firent de même un peu plus tard.

– Vraiment ? Qu'ont-ils prétexté ?

– Ils ne se sont pas souciés de saisir des prétextes. Colin a profité, pour s'esquiver, d'un moment où je lui tournais le dos. Je dus aller avertir Stacey de cette disparition. À mon retour, Francis n'était plus là. Il n'y a pas jusqu'à Wong et Henry, le maître d'hôtel, qui n'aient tenu à affirmer leur indépendance. Wong partit sans rien dire, comme cela va de soi pour un muet. Henry se rappela fort à propos avoir oublié de fermer certaine porte dérobée. Bref, chaque fois que je revenais dans le hall, j'avais une nouvelle disparition à constater...

– Oh ! moi, intervint Francis, je suis allé tout bonnement à la chasse aux papillons.

– En pleine nuit ? aboya Taurochs.

– Naturellement ! Au demeurant, monsieur que voici... (Francis désignait un policier)... pourra vous le confirmer. Il est resté un bon moment près de moi.

– Eh bien, Michel ?

– C'est vrai, patron. J'ai surpris monsieur en train de faire de grands gestes avec une lanterne. Il m'a expliqué que cela attirait les papillons

J'examinai Francis avec intérêt. Comme ses frères, il était de ces hommes que les femmes ont gâtés. Mais là s'arrêtait la ressemblance. Alors que les autres avaient l'orgueil de leurs vices, Francis ne se départait jamais d'une courtoise réserve. Son regard était limpide, sa voix douce. Il eût dû inspirer la sympathie et n'y réussissait pas. Paradoxalement, on le soupçonnait de cacher ce que ses frères étalaient.

– Et, bien entendu, reprit Taurochs, vous ne pouviez attendre jusqu'à demain pour agrandir votre collection ?

Francis eut un sourire indulgent :

– Il est indispensable d'opérer pendant une nuit noire, inspecteur. D'autre part, j'avais préparé plusieurs arbres, ce matin, sans plus penser aux menaces de Jen Wor, et je n'aime pas travailler pour rien.

– Préparé plusieurs arbres ! Que diable voulez-vous dire ?

– Simplement que j'avais enduit leurs troncs d'un mélange composé de cassonade, de bière et de rhum. C'est encore avec la lumière vive le meilleur moyen d'attirer les insectes.

Dégoûté, Taurochs s'en prit à Vincent :

– Et vous ? Qu'avez-vous fait ?

– Mais... rien ! L'inaction me pesant, j'ai voulu me dégourdir les jambes, un point, c'est tout.

– Où êtes-vous allé ?

– Oh ! ici et là ! Plusieurs pièces étant condamnées par suite de la chasse au testament, le champ de ma promenade était forcément limité... Nous avons échangé quelques mots dans la galerie vitrée, si vous vous en souvenez ?

– Je me souviens surtout de vous avoir prié de déguerpir illico !

On ne put rien tirer de Wong, encore qu'on l'invitât à répondre aux questions par écrit. Henry, le vieux maître d'hôtel, se répandit en protestations d'innocence que l'on sentait sincères et Bridge, le secrétaire, justifia d'une courte absence en produisant le texte de télégrammes que Melvyn lui avait dictés et recommandé de téléphoner quelques instants avant de s'enfermer dans la chambre où la mort l'attendait.

Le moment que je redoutais était arrivé, je le lus dans les yeux de l'inspecteur. Silas Lord, heureusement, vint à mon secours.

– Allons voir le vieux Moïse ! dit-il en se levant. Il a eu tout le temps de digérer sa joie...

Le vieillard, blanc d'émotion, s'était retiré dans sa chambre après le crime. Nous le surprîmes en méditation devant une photographie de sa fille, un paquet de lettres jaunies, quelques bijoux, des fleurs fanées. Il avait pleuré et, de nouveau, la pitié l'emporta chez moi sur tout autre sentiment... Pas pour longtemps !

– Avez-vous arrêté le meurtrier ? nous demanda-t-il en ricanant après nous avoir fourni un emploi de son temps plus ou moins satisfaisant.

– Pas encore, dit Taurochs.

Il ajouta, montrant ainsi une inaltérable confiance en soi... ou en Silas Lord :

– Mais ce sera chose faite avant demain !

– Vous devriez déjà avoir mis la main dessus, insista le vieux Moïse. On a tué Melvyn parce que je l'avais institué mon héritier.

– À votre avis, le coupable est donc l'un de ses trois frères ?

– Jamais de la vie !

Le vieillard nous observa longtemps à travers ses paupières mi-closes, comme pour s'assurer que nous étions dignes de ses confidences :

– Melvyn a été tué par cette intrigante qui a pris la place de ma fille !

Je ne pus m'empêcher de protester :

– C'est faux... et vous le savez mieux que n'importe qui ! Mme Patricola n'avait aucun intérêt à se débarrasser de son mari puisque votre fortune est, désormais, promise à ses trois beaux-frères !

Le vieux Moïse me rit au nez :

– Tout doux, jeune homme ! Je n'avance rien sans preuve.

Il exhiba un sous-main dont le buvard n'avait servi qu'une ou deux fois et le tendit à Taurochs :

– Examinez cet objet... je l'ai trouvé, il y a une heure, sur le bureau de mon gendre.

Nous nous penchâmes vivement. Le buvard portait les traces toutes fraîches d'une écriture hésitante et nous n'eûmes pas de peine à déchiffrer ce qui suit :

... alité .e .es .iens...t t ...rit .e ma .ain .e 22 ...mbre .93.

Suivait toute une série de signatures tremblées et incomplètes pour la plupart.

– Ne sont-ce pas là votre écriture et votre signature ? demanda Taurochs.

– Oui... mais imitées ! *Imitées par la séduisante Roberte !*

Le vieillard exultait :

– Comprenez-vous, à présent, ce qui me fait l'accuser ? La garce compte produire, après ma mort, un testament apocryphe. Aussi a-t-elle dû commencer par se débarrasser de son vrai mari ! Vous la preniez pour une sainte, hein ? Mais elle a épousé Melvyn pour son argent et ne s'en cache pas.

Dix jours auparavant encore, le vieux Moïse, s'il fallait en croire ses proches, appelait la mort à grands cris. Maintenant, il était là, tremblant de fureur et peut-être de crainte, ses mains jointes tendues vers nous, et suppliant sans arrêt :

– Arrêtez-la ! Enfermez-la ou ce sera mon tour !

Il m'inspirait une telle répulsion que je m'en éloignai. Cependant, une voix que j'étais impuissant à faire taire me soufflait à l'oreille : « Voilà donc pourquoi elle a paru répondre à ton amour ! Elle voulait acheter ton silence ! »

Taurochs était déjà sur le palier, criant à ses hommes de lui amener Roberte. Quand elle pénétra dans la pièce, je dus m'adosser au mur, tant je me sentis faible et désemparé.

Mais la jeune femme accueillit l'accusation dont elle était l'objet avec une grande indifférence.

– Je n'ai jamais écrit cela ! dit-elle. Pourquoi l'aurais-je fait ? Me soupçonneriez-vous d'avoir assassiné mon mari et de méditer un nouveau crime ? Ce serait par trop absurde !

Et, de fait, tout autre que Taurochs eût honte de ses soupçons devant sa dignité tranquille.

– Arrêtez-la ! Enfermez-la ! continuait de gémir le vieux Moïse.

– La ferme ! dit brutalement l'inspecteur. Et vous, madame, donnez-nous votre emploi du temps entre 9 heures et minuit... N'avez-vous, à aucun moment, quitté ce jeune homme ?

Mon cœur s'arrêta de battre. Si Roberte mentait, j'aurais la preuve irréfutable de sa duplicité. Par contre, une réponse sincère – le buvard ayant évidemment servi au cours de la soirée – lui vaudrait de passer pour coupable aux yeux du policier.

– Si, je l'ai quitté ! avoua-t-elle sans hésitation. Deux fois.

Taurochs se fit patelin :

– Vous aviez, naturellement, d'excellentes raisons pour cela ?

– Ni meilleures ni pires que celles auxquelles ont obéi Vincent, Francis et d'autres... L'attente me rendait folle.

– À quelle heure avez-vous quitté le boudoir pour la première fois ?

– Je ne m'en doute pas... Le savez-vous, David ?

– Il devait être 11 heures et quelques minutes...

– Combien de temps a duré l'absence de madame ?

– Je l'ignore... je n'ai pas regardé ma montre... Pas très longtemps, il me semble...

Taurochs me jeta un coup d'œil soupçonneux et se remit à questionner Roberte :

– Où êtes-vous allée ?

– Dans ma chambre à coucher, me poudrer, changer de robe...

Effectivement, la jeune femme n'était plus en rouge mais en noir.

– Nulle part ailleurs ?

– Non.

– Et la seconde fois ?

– Je suis retournée dans ma chambre, chercher mon mouchoir que j'avais oublié.

Ici, se place un incident pénible dont le souvenir n'a pas fini de me hanter. Paula, qui était montée avec nous, sortit de l'ombre où elle s'était dissimulée jusqu'alors.

– Je regrette d'avoir à vous donner un démenti, madame ! dit-elle froidement. À minuit moins vingt, vous ne vous trouviez ni dans votre chambre à coucher, ni dans le boudoir. Vous sortiez du bureau de votre mari et vous vous êtes enfuie à mon approche !

Je fus moins consterné qu'indigné. Une fois de plus, Paula venait de s'abandonner à la jalousie, cette jalousie qui lui eût fait vitrioler une rivale...

– Désolée ! repartit Roberte avec hauteur. Je fuis toujours les gens que je n'aime pas.

Cela claqua comme une gifle et le regard glacé du *boss*, un regard où il entrait de l'étonnement et du mépris, acheva de confondre Paula. Quant à moi, je lui tournai délibérément le dos.

Las ! Taurochs était déchaîné.

– N'espérez pas vous en tirer par des faux-fuyants ! cria-t-il. Que faisiez-vous dans le cabinet de travail ? Répondez !

– Je cherchais des cigarettes, Melvyn et moi fumions les mêmes.

– Mensonge ! s'écria le vieux Moïse. Madame... (Ce mot, dans sa bouche grimaçante, était une insulte)... s'appliquait à contrefaire ma signature. Et le fait de laisser traîner le buvard sur le bureau prouve bien qu'elle savait d'ores et déjà que son mari ne s'y assoirait plus jamais !

Cet argument subtil était de nature à convaincre définitivement Taurochs de la culpabilité de Roberte. Mais Silas Lord, qui n'avait pas cessé d'examiner le sous-main, joua, une fois de plus, le rôle de terre-neuve.

– Nous perdons notre temps, inspecteur ! dit-il. Ceci n'est pas une imitation de l'écriture de monsieur par madame... *mais une imitation de l'écriture de madame par monsieur !*

Un feu de bûches était préparé dans la cheminée. Le *boss* se baissa et en retira un chiffon de papier auquel il n'accorda qu'un coup d'œil. Puis il le tendit à l'inspecteur :

– Pour dissiper vos doutes, voici le texte original, séché à l'aide du buvard.

Silas Lord s'adressa au vieux Moïse :

– Non content d'être débarrassé de Melvyn, vous avez vu, dans la mort de ce dernier, le moyen de vous venger de Mme Patricola et votre envie de demeurer seul ici n'était dictée que par la nécessité de préparer sa perte. Ce n'était pas trop mal imaginé. Seulement, voilà ! Vous ne nous attendiez pas si tôt et vous n'avez pas eu le temps d'allumer le feu !

Le revirement de Taurochs fut aussi violent que subit. « Le taureau » se pencha sur le vieux Moïse et le saisit par les revers de sa robe de chambre :

– Vieux brigand ! Savez-vous ce que cette petite plaisanterie peut vous coûter ?

Mais il s'interrompit et nous regarda avec embarras :

– Il a tourné de l'œil ! La déception, sans doute ! Denis, va chercher le toubib ! Et au trot !

Tandis que le docteur examinait le vieillard, je tâchai d'attirer l'attention de Roberte. Par son premier aveu, la jeune femme m'avait rendu confiance en elle. Depuis lors, malheureusement, j'avais trouvé d'autres motifs de me torturer et j'en étais arrivé à cette conclusion que Roberte avait quitté le boudoir dans le seul but de se soustraire à mes déclarations passionnées... Je sais, aujourd'hui, que cette dernière hypothèse était la bonne !

Le docteur Klaus ne cacha pas son inquiétude :

– Le pouls est faible et si cette syncope devait se prolonger... Voyez-vous quelque inconvénient, madame, à ce que j'appelle un confrère et confie le malade à une infirmière ?

– Non, dit Roberte. Faites l'impossible pour le sauver.

Taurochs voyait les choses d'un autre point de vue :

– Alors, docteur... Plus d'espoir d'interroger le vieux cette nuit ?

Le médecin parut choqué :

– Aucun espoir.

– Crénom ! Il aurait pu nous dire, d'abord, où se trouve son testament... S'il n'en revient pas, nous ignorerons toujours le fin mot de l'histoire !

– Qu'à cela ne tienne ! fit Silas Lord. Je vais vous le donner, moi...

Je ne sais lequel d'entre nous fut le plus étonné.

– Vous ne voulez pas dire... ? commença Taurochs.

– Mais si ! N'oubliez pas que j'ai vécu ici trois ou quatre jours et que je n'avais rien de mieux à faire que de résoudre ce petit problème.

– Mais, dis-je à mon tour, Melvyn et ses frères ont cherché pendant des mois sans rien trouver !

– Parce qu'ils avaient des œillères ! Où cacheriez-vous un objet précieux, David ?

Je me mis à bafouiller lamentablement.

– Dans quelle sorte d'endroit ? insista Silas Lord.

– Eh bien... Dans un endroit où personne n'aurait l'idée de chercher.

– Mieux encore ?

J'eus un éclair de génie :

– Dans un endroit où tout le monde a déjà cherché !

– Bravo, David ! Melvyn et ses frères ont fait le jeu du vieux Moïse en condamnant les pièces qu'ils avaient fini de fouiller. Le vieillard a retiré le testament de sa cachette primitive, quelle qu'elle fût, pour le dissimuler dans une de ces chambres-là.

– Qui vous l'a dit ? grommela Taurochs.

– Bah ! le truc date du déluge ! Le vieux Moïse m'a mis lui-même sur la voie en raillant la manière de faire de Melvyn et consorts. Enfin, je l'ai surpris plusieurs fois en train de rôder devant un petit salon de l'aile nord – fouillé il y a des mois – où sa fille aimait, jadis, se tenir et dont, aux dires du maître d'hôtel, il a la clé. De toutes façons, le champ des recherches étant limité aux pièces condamnées, vos hommes – à moins que vous ne décidiez d'attendre un mandat de perquisition – auront découvert le document avant l'aube.

Au même instant, Michel, le policier qui avait confirmé l'alibi de Francis, pénétra dans la chambre en portant avec précaution un objet enveloppé dans un mouchoir.

– Je viens de trouver ceci dans le parc, expliqua-t-il, à quelques mètres de l'endroit où a été descendu le secrétaire de M. Lord.

– Qu'est-ce que c'est ? demanda Taurochs en tendant la main.

– L'arme du crime, chef, si vous voulez mon avis. Il y manque deux cartouches.

Tous les brownings se ressemblent. Je reconnus, cependant, celui-ci du premier coup, grâce à une griffe en L sur le canon.

– Mais c'est votre automatique ! m'écriai-je, en regardant Silas Lord.

Cette réflexion ne tomba pas dans l'oreille d'un sourd. À peine l'avais-je formulée que « le taureau » fonçait…

– Par exemple, Lord ! Voudriez-vous m'expliquer ça ?

5

Taurochs triomphe

« Rien n'est plus dangereux qu'un ignorant ami. »

Silas Lord cependant ne s'émut pas.

– Je ne puis que supposer, inspecteur ! répondit-il sans hâte. Ce browning se trouvait dans ma chambre, Jen Wor a dû s'en emparer, pensant avec raison qu'il était préférable de ne pas se servir de son propre revolver.

– Allons donc ! Vous disiez vous-même il y a une heure que le meurtre de Stacey n'avait pas été prémédité... Et comment se fait-il que vous ayez laissé votre browning dans votre chambre alors que vous aviez à défendre Melvyn ?

– C'est tout simple, Melvyn était lui-même armé. Estimant dangereux de laisser un revolver entre les mains d'un homme qui n'a pas tout son sang-froid, je lui ai demandé de me le confier. Le voici, d'ailleurs...

J'eus l'impression que le *boss* travestissait la vérité. Taurochs, tout au contraire, parut satisfait.

– Ce que je ne comprends pas, dit-il seulement, c'est pourquoi le meurtrier a abandonné l'arme...

Silas Lord sourit :

– Pour moi, il espérait ainsi me compromettre à vos yeux !

Nous regagnâmes le fumoir. Un silence profond y régnait, rompu de loin en loin par le crépitement des bûches. Colin, assis à l'écart, lisait du Verlaine. Les autres, y compris les policiers, luttaient de leur mieux contre la fatigue.

Taurochs fit intentionnellement tomber un tisonnier – chacun sursauta – et se campa, le dos à la cheminée.

– Écoutez, vous autres... commença-t-il.

Silas Lord l'interrompit :

– À qui appartient ceci ?

Il tendait à bout de bras un chapeau de feutre vert, fripé et poussiéreux, qu'il venait de tirer de dessous un canapé.

– À Melvyn, il me semble, dit Roberte.

Un policier s'approcha :

– N'est-ce pas à vous, monsieur ? demanda-t-il à Vincent.

– À moi ? Certainement pas !

– Vous en portiez un tout pareil, cependant, tandis que vous étiez en conversation avec l'inspecteur Taurochs, dans la galerie vitrée.

– Jamais de la vie !

– Denis et moi vous avons parfaitement vu.

Denis, ainsi mis en cause, approuva.

– Ça suffit, vous deux ! intervint Taurochs. Quand monsieur est venu me parler dans la galerie, il était nu-tête.

Les deux policiers échangèrent un regard étonné.

– Excusez, chef, dit Denis, mais vous devez vous tromper... Nous vous avons observés par l'entrebâillement des rideaux. Monsieur nous tournait le dos et vous masquait aux trois quarts. Mais quant à lui, pas de doute, il portait un chapeau !

Taurochs s'échauffait :

– Je vous répète, moi, qu'il n'en portait pas !

– Même que Colin m'a dit : « Drôle d'idée de mettre un galure à domicile ! »

– Minute, mes amis ! fit Silas Lord. Quelle heure était-il ?

– 11 heures un quart, 11 heures 20…

– Nom de D… ! jura Taurochs. Mais, à ce moment-là, *j'étais knocked out depuis une bonne demi-heure !*

Vincent, qui, pendant ces dernières répliques, avait paru frappé de stupeur, se mit soudain à crier :

– Ces hommes sont ivres ou fous, inspecteur ! Je n'ai été qu'une fois dans la galerie et il n'était pas 10 heures et demie !

– Vous y étiez aussi à 11 heures 20 ! s'entêta Denis. Colin et moi sommes prêts à l'affirmer sous serment.

Je compris – je crus plutôt – que c'était le commencement de la fin. Vincent fit une tentative désespérée pour échapper aux policiers. À mi-chemin de la porte, un croc-en-jambe l'étendit sur le tapis.

– Collez-lui un marron, s'il récidive ! ordonna Taurochs.

Vincent fut poussé dans un fauteuil et l'inspecteur se pencha sur lui, les poings aux accoudoirs :

– Ainsi, *vous me parliez* à 11 heures 20, alors que j'étais sans connaissance depuis 10 heures 45 environ ? Vous aurez de la peine à vous expliquer là-dessus, monsieur Jen Wor !

– Jen Wor ! répéta Vincent, comme hébété. Ah çà ! vous perdez la tête !

– Du tout ! Je crains que ce ne soit plutôt vous qui la perdiez un jour prochain, et pour de bon !

– Je vous jure que je ne suis entré dans la galerie qu'une seule fois avant 10 heures et demie.

– Parfait. Où étiez-vous à 11 heures 20 ?

– Je ne me souviens pas… Peut-être dans le hall, peut-être dans ma chambre…

– Et peut-être bien aussi en Chine, hein ?

– Dans votre chambre, c'est possible, dit Paula. Dans le hall, non…

Elle ajouta à notre intention :

– Monsieur n'a cessé d'aller et venir toute la soirée…

– Par conséquent, souligna Taurochs en pointant un index menaçant vers Vincent, vous avez eu dix fois l'occasion de descendre à la cave, de m'étourdir et de frapper Stacey !

– Mais, bon Dieu, il est impossible qu'on m'ait vu converser avec vous, si vous gisiez inanimé sur le sol !

– Vraiment ? À un moment donné et pour une raison que j'ignore, vous avez eu à faire dans la galerie. Mais mes hommes veillaient. Craignant qu'ils ne vous interpellent et ne découvrent le pot-aux-roses, vous m'avez relevé et adossé à la muraille, en ayant soin de vous placer devant moi. Ainsi, nous avions l'air de bavarder cordialement… C'était fort habile, mais les circonstances vous ont trahi. J'ajouterai que votre présence dans la galerie à 11 heures 20 ne peut s'expliquer que par votre culpabilité. Innocent, en effet, vous vous seriez empressé de donner l'alarme en me trouvant sans connaissance.

Le raisonnement de Taurochs était inattaquable. Vincent le comprit et comprit du même coup qu'il ne lui servirait de rien de protester à nouveau de son innocence. Mieux valait mettre en lumière les points faibles de l'accusation.

– Vous voulez absolument que je me sois trouvé dans la galerie à 11 heures 20 ? Soit ! Pourquoi, dans ce cas, portais-je un chapeau qui, de surcroît, ne m'appartient pas ?

– Vous veniez, peut-être, du jardin...

– Qu'aurais-je été y faire ? Et puis, on ne met pas de chapeau pour se promener dans son propre jardin !

Taurochs balaya l'objection d'un revers de main :

– Au diable, vos raisons ! Vous aviez un chapeau et cela me suffit !

– Naturellement ! Et, naturellement, vous ne vous étonnez pas davantage qu'on le découvre ici alors qu'il m'eût été si facile de l'accrocher à une patère ou de le faire disparaître ?

Je n'entreprendrai pas de rapporter en détail l'interrogatoire subi par Vincent. Chacun est familiarisé aujourd'hui avec « le troisième degré » et Taurochs l'appliqua dans toute sa rigueur. Roberte, Colin, Francis et les autres nous avaient quittés. Le feu mourait sous la cendre. Les lumières faiblirent, vint cette heure déprimante et grise où la vitalité humaine est à son degré le plus bas. Vincent, les traits tirés, une main à son front pour se soustraire au rayonnement de la lampe qui l'aveuglait, continuait de nier...

Vers 4 heures et demie, un brusque vacarme éclata sur nos têtes. Quelqu'un cria : « Au feu ! »

Nous gagnâmes le premier étage en luttant de vitesse. Une fumée âcre s'échappait de la chambre du *boss* dont Wong cherchait en vain à forcer la porte. Roberte, en peignoir de satin, et Francis, en pyjama, un mouchoir pressé sur la figure, exhortaient le Chinois à voix étouffée.

– Écartez-vous ! cria Taurochs.

Enlevant prestement sa jaquette, il fonça, l'épaule droite en avant, et nous perçûmes un craquement de bon augure. Un deuxième assaut eut raison de la porte qui s'abattit à l'intérieur de la pièce dans un nuage de fumée piqué d'étincelles.

Le vieux Henry accourait, un extincteur à la main. Silas Lord s'en saisit et, pénétrant dans la chambre, un mouchoir sur la bouche, eut tôt fait de découvrir le foyer de l'incendie. C'était, dressé contre le mur, un tas de chiffons, de bois à brûler, d'objets inflammables et de journaux. Dix minutes plus tard, il n'en restait plus qu'un amas de cendres chaudes.

– Ouf ! dit Francis, exprimant le sentiment général. Nous l'avons échappé belle !

Silas Lord lui jeta un drôle de regard :

– N'exagérons rien. L'incendiaire ne tenait pas à brûler la maison, ou il aurait commencé par arroser le parquet de pétrole ou de benzine.

– Quelles étaient alors ses intentions, d'après vous ?

– Détruire l'un ou l'autre objet m'appartenant et de nature à le compromettre.

– Cependant, si nous avions tardé à nous réveiller…

– L'incendiaire en eût été quitte pour sonner le tocsin lui-même !

– Qui a donné l'alarme ? interrogea Taurochs aussitôt.

– Wong.

– Mais il n'a pas crié ?

– Non, c'est moi, dit encore Francis. Ma chambre faisant face à celle de M. Lord, j'ai été tiré du sommeil avant tout autre.

Silas Lord, qui examinait depuis un moment les cendres éparpillées, poussa une exclamation :

– Regardez !

Il nous montrait un masque calciné aux trois quarts.

– Voici l'objet que l'incendiaire voulait détruire et il a été bien près d'y réussir.

– Qu'est-ce que c'est ? demanda Taurochs.

– Une preuve ! dit Silas Lord. La preuve de l'innocence de Vincent.

– Quoi ?

– Pendant les quelques jours que j'ai passés ici, je me suis amusé à prendre pour modèles la plupart de mes hôtes, à commencer par Melvyn. Ce masque-ci, comme vous voyez, reproduisait les traits de Vincent. Il m'aura été volé en même temps que mon automatique et c'est l'incendiaire, non Vincent, que vos hommes auront vu dans la galerie. Je parierais même que notre voleur s'y est montré tout exprès pour diriger les soupçons sur autrui.

– Prouvez-le-nous !

– Le masque de Vincent était, ainsi que ses pareils, muni de deux cordonnets blancs destinés à être réunis derrière la tête. Blancs, entendez-vous ? et non roses, comme le sont ces quelques fils épargnés par le feu. Conclusion ? Quelqu'un a porté le masque à mon insu, l'un des cordonnets a cédé, et le voleur s'est vu forcé de le remplacer par un autre de couleur différente...

– Soit ! Pourquoi, le dommage étant réparé, mettre le feu à la cambuse ?

– Notre homme a dû se dire, après coup, que je remarquerais tôt ou tard l'échange des cordonnets.

– Il n'avait qu'à garder le masque par-devers lui ou à s'en défaire discrètement.

– Ce vol, lui aussi, aurait fini par nous mettre la puce à l'oreille... Non, croyez-moi mon cher, rien ne valait un bon petit incendie « accidentel » ! L'alarme eût-elle été donnée cinq ou dix minutes plus tard que Vincent ne vous eût jamais convaincu de son innocence !

Taurochs fit la grimace.

– Et voyez comme tout devient clair à présent ! « Pourquoi l'aurais-je jeté sous un canapé, alors qu'il m'eût été facile de l'accrocher à une patère ou de le faire disparaître ? » L'incendiaire, lui – tous ses efforts ayant tendu à nous lancer sur une fausse piste – avait les meilleures raisons du monde d'agir de la sorte. *Primo* : nu-tête, il eût couru le risque qu'on ne remarquât son subterfuge. *Secundo* : le port d'une coiffure dans la maison devait éveiller la curiosité de vos hommes. *Tertio* : il fallait que le chapeau fût découvert par nous pour que le piège fonctionnât...

Vincent, demeuré dans le fumoir, apprit, sans émoi apparent, qu'il était lavé de tout soupçon. Je crois qu'il ne comprit pas tout d'abord. Puis il quitta brusquement son fauteuil et marcha sur Taurochs.

– Permettez-moi de reconnaître comme il convient vos bons offices !

Il levait déjà la main. L'inspecteur la lui happa au vol.

– Pas d'idioties ou il pourrait vous en cuire ! Avec ce poing-là... (Il referma lentement sa main droite sous le nez de Vincent)... j'en ai « endormi » de plus costauds que vous !

L'autre parut vouloir passer outre, puis il haussa les épaules et alluma une cigarette d'une main fébrile :

– Nous nous retrouverons ! Et ce jour-là !

Taurochs, dédaignant de lui répondre, gémit :

– En somme, nous n'avons cessé de tourner en rond depuis minuit ! Soupçonnez-vous quelqu'un plus particulièrement, Lord ?

Le *boss* secoua la tête.

– Wong, peut-être ! Il est intervenu bien à propos ? insista l'inspecteur.

– Justement. Coupable, il eût montré moins de hâte...

– Alors, qui ?

– À votre place, je chercherais parmi ceux qui avaient intérêt à se débarrasser à la fois de Melvyn et de Vincent.

– Autrement dit, intervint Francis avec son inaltérable courtoisie, Colin et moi ?

Il ajouta :

– Je me demande seulement à quel mobile nous aurions bien pu obéir.

– Je vais vous le dire, moi ! s'écria vivement Vincent. La mort de Melvyn et ma condamnation auraient fait de vous deux les seuls héritiers du vieux Moïse !

– Jobard ! repartit Colin. Ne vous est-il jamais venu à l'idée que, sa haine assouvie, ce misérable fils de Sem aurait pour premier soin de modifier ses dernières volontés ?

– Oui, si vous lui en laissez le temps !

– Au demeurant, je ne vois pas pourquoi vous ne continueriez pas d'être soupçonné au même titre que nous… Vous avez pu, tout comme un autre, manigancer cette histoire de masque afin de vous donner des airs de victime !

On avait frappé à la porte. Wong entra, le ventre à l'aise dans sa robe safran, et portant avec précaution un plateau chargé de bouteilles et de verres.

Nous avions très peu vu Wong jusque-là. Tandis que le vieux Moïse remerciait le ciel d'avoir frappé Melvyn, le boy avait placé une photo de son maître sur un autel improvisé, célébrant ainsi, tout seul, une sorte d'humble *tico* [1].

– Pour nous ? demanda Taurochs en désignant le plateau.

La respectueuse courbette de Wong le mit en joie.

1. En Chine : cérémonie funèbre.

– Ce sacré *Chinchy* a, décidément, le sens de l'opportunité !... À la vôtre, Lord.

Le *boss* tardait à prendre son verre.

– À quoi pensez-vous ? insista l'inspecteur.

– Je pensais à tous ceux qui, cette nuit, s'étaient trouvés face à face avec le meurtrier, sans s'en douter. Supposez que l'un d'entre nous l'ait vu rôdant autour de ma chambre, il y a une demi-heure. Peut-être ne s'est-il pas encore avisé d'établir un rapprochement entre ce visage familier et Jen Wor ?

Cette réflexion, si innocente d'apparence, déclencha, en moins d'une demi-minute, le dénouement.

Won avait reculé comme si les mots de Silas Lord l'avaient littéralement frappé. Sa main droite disparut dans sa manche gauche et en retira un poignard effilé. Enfin, avec une agilité étonnante pour sa corpulence, il se jeta sur Colin et lui eût planté son arme dans la gorge sans la prompte intervention de Denis et de Michel.

Le geste de Wong était en soi assez significatif. Silas Lord néanmoins lui demanda :

– Vous avez vu monsieur pénétrer dans ma chambre ?

Le Chinois, d'abord, ne répondit pas. Il se débattait comme un forcené. Enfin, quand il vit que ses efforts étaient vains, il fit « oui » de la tête, avec un cri guttural.

– Peut-être l'épiiez-vous et l'avez-vous vu sortir aussi ?

Wong acquiesça de nouveau avec la même énergie.

– Ce n'est pas vrai ! hurla Colin. Je n'ai jamais mis les pieds chez vous ! Je suis victime d'un piège, comme Vincent !

– C'est-à-dire, repartit Silas Lord, que vous avez cherché à nous le faire croire depuis le début, en vous adressant à vous-même une lettre du genre de celles que vous avez envoyées à Melvyn, sous la signature de Jen Wor. Votre soi-disant promenade au bois des Combes vous dispensait, en quelque sorte, d'avoir à fournir un alibi. Vous vous êtes montré au docteur Klaus, vers 10 heures, puis vous êtes rentré ici, vous avez frappé l'inspecteur Taurochs. Il vous restait à compromettre Vincent. Pour ce faire, vous vous êtes emparé d'un des masques auxquels vous m'aviez vu travailler et, ainsi déguisé, vous vous êtes montré dans la galerie. Enfin, pour une raison que j'ignore mais que vous allez nous donner, vous avez tué Stacey avec mon automatique… Inspecteur, voilà votre homme !

Taurochs soupira. Puis il posa sa main droite sur la table et cela fit un bruit sourd : elle tenait un revolver prêt à partir.

– Les mains en l'air, Lord ! ordonna-t-il. *C'est vous qui êtes mon homme !*

TROISIÈME PARTIE

SILAS LORD DONNE SA MESURE

1

LE RÉQUISITOIRE DE TAUROCHS

L'arrestation du *boss* provoqua dans le public la sensation que l'on devine. Silas Lord en prison, lui qui en avait tiré tant d'innocents ! Le sentiment général était l'indignation. Puis deux clans se formèrent, des paris furent engagés. Privé de sa liberté de mouvements, le détective réussirait-il jamais à faire la preuve de son innocence ?

On commença d'en douter – moi tout comme un autre – dès qu'on connut les charges accablantes relevées contre lui par l'inspecteur Taurochs.

Le jour même de l'arrestation, le policier fut appelé à se justifier devant ses chefs. Il le fit en termes sobres et directs.

– Vous n'ignorez pas que Silas Lord fut, jadis, mêlé à diverses affaires louches et que je m'efforçai – vainement – de le prendre la main dans le sac. Quand il ouvrit un office de police privée, j'allai le trouver pour lui conseiller de marcher droit et le fis, discrètement, surveiller. J'appris ainsi, il y a un peu moins d'un mois, qu'il avait fait la connaissance de Roberte Patricola et la rencontrait à l'insu de son mari. Je n'y vis pas malice sur le moment, mais attribuai à ce fait toute son importance le jour où Melvyn, sur les conseils de Lord, fit appel à la police.

La grave conférence à laquelle participait Taurochs réunissait M. Milhomme, magistrat chargé d'instruire l'affaire Patricola, M. Béguin, procureur du roi, et trois ou quatre autres gros bonnets. Les journaux de l'époque en publièrent le compte rendu détaillé.

– Un moment, inspecteur ! Vous reconnaissez vous-même avoir été appelé sur les lieux à l'instigation de l'accusé. S'il méditait alors d'assassiner Melvyn Patricola, il me semble qu'il se fût, au contraire, efforcé de vous tenir à l'écart.

– Suprême rouerie de sa part, monsieur le juge ! Quel meilleur témoin de son innocence eût-il pu trouver qu'un inspecteur de police ? Si je n'avais vu clair dans son jeu, je lui eusse en quelque sorte servi de paravent.

– Comment avez-vous été amené à le soupçonner ?

– Il y eut d'abord les arrangements pris par lui, la nuit dernière. Sans doute la police officielle avait-elle l'air de jouer l'un des premiers rôles. En réalité, mes hommes étaient consignés dans le parc et le personnel de Silas Lord surveillait seul la maison. « Eh bien, et vous ? » m'objectera-t-on. Hé, mon sort était réglé d'avance ! Je devais être proprement « endormi » au beau milieu de la soirée.

– Rien ne vous empêchait, que je sache, de modifier ces dispositions ?

– Melvyn Patricola ne s'étant pas adressé directement à nous, nous faisions un peu figure de parents pauvres. Je vous avouerai, en outre, que je n'ai réfléchi à tout ceci qu'après coup. Il est facile d'interpréter les faits anciens à la lueur du présent.

– Mais enfin l'accusé n'a pas le pouvoir de traverser les murs ! Il était enfermé à double tour dans la chambre de son hôte *et vous aviez la clé de cette pièce sur vous !*

– Aussi a-t-il eu soin de faire faire la besogne par un autre ! Mais que je vous énumère d'abord les autres constatations qui me dessillèrent les yeux. L'asphyxie provoque d'ordinaire des troubles sérieux dans l'organisme. Silas Lord avait eu beau respirer de l'air frais par un carreau brisé, je n'en fus pas moins étonné de le voir se remettre si vite. Pensez donc ! Moins de trois quarts d'heure après la découverte du crime, il participait à l'enquête, aussi lucide que vous et moi.

– Vous eussiez dû faire part de vos soupçons au docteur…

– Je n'y ai pas manqué. Tout ce qu'il put me certifier, c'est que les cheveux et les vêtements de Lord étaient imprégnés de gaz. L'intoxication par l'oxyde de carbone n'apparaît avec certitude qu'à l'autopsie ou après analyse du sang. Vous admettrez que le premier moyen n'était pas à envisager ! Quant au second, il eût induit mon homme à la méfiance et je ne vois pas ce qui l'aurait décidé à se prêter à l'expérience.

– Comment s'y prit-il, d'après vous, pour échapper à l'asphyxie ?

– Le plus simplement du monde ! Tandis que Melvyn gisait devant le foyer, respirant le gaz au sortir des tuyaux, Lord n'a eu d'autre peine que d'entrouvrir la fenêtre ou d'en briser la vitre plus tôt qu'il ne le prétend. Nous n'avons relevé d'empreintes ni sur l'espagnolette, ni sur son automatique, mais il est trop fin renard pour laisser de tels indices derrière lui... Quant au soporifique ! Si j'en ai trouvé quelques gouttes dans le verre de Melvyn, je n'ai pu, par contre, découvrir sous quelle forme Lord l'aurait absorbé. Le docteur Klaus, sur ma demande, a examiné les reliefs du dîner. Sans résultat.

– Preuve négative, tout au plus.

– Je vous l'accorde, monsieur le procureur. Mais voici plus grave. Le browning qui a servi à tuer Stacey appartient à Silas Lord, comme me l'apprit l'imprudente réflexion d'un de ses employés, le jeune David Ford. L'accusé prétend l'avoir laissé dans sa chambre et qu'on l'y a volé. Mais vit-on jamais soldat aller au feu sans fusil ? Lord dit encore avoir trouvé préférable d'emprunter le revolver de Melvyn, de crainte que son hôte n'en fît mauvais usage. À mon avis, l'explication ne vaut rien. Entre deux armes, l'une lui appartenant et ayant fait ses preuves, l'autre appartenant à autrui, l'homme le moins réfléchi n'hésitera pas : il choisira la sienne. Enfin, pour quelle raison le meurtrier aurait-il abandonné le browning auprès du corps de sa victime ? Dans l'intention de compromettre Silas Lord ? Ridicule ! Personne, à « La Halte », ne pouvait se douter que je me méfie de lui depuis toujours.

– Mais Lord, lui, pourquoi aurait-il agi de la sorte ?

– Parce que, comme je vous l'expliquerai tout à l'heure, *les circonstances l'y ont obligé*... Oh ! nous n'avons pas affaire à un cerveau ordinaire ! Ainsi, un autre se serait contenté de diriger nos soupçons sur une personne. Lord – à la fois pour mieux dissimuler son jeu et parce que Colin le gênait tout autant que Melvyn – en a compromis deux en s'efforçant de nous convaincre que la seconde cherchait à perdre la première. Et il s'y est pris de telle manière que tout ce qu'il y avait d'un peu grossier dans le piège tendu à Vincent pût être imputé à Colin. Partout, nous retrouvons sa signature ! Qui, par exemple, a découvert le chapeau sans quoi personne n'aurait songé à accuser Vincent ? Lord ! Qui nous a lancés ensuite sur une nouvelle piste à l'aide de ce masque dont les cordonnets avaient été soi-disant remplacés ? Lord ! Qui, enfin, a hâté le dénouement en formulant une réflexion destinée à éveiller les souvenirs de Wong ? Toujours Lord ! « Supposez, dit-il, que l'un d'entre nous ait vu le meurtrier rôdant autour de ma chambre, il y a une demi-heure. Peut-être ne s'est-il pas encore avisé d'établir un rapprochement entre ce visage familier et Jen Wor ? » Impossible d'inviter plus clairement le Chinois à dénoncer Colin. « Vous avez vu monsieur pénétrer dans ma chambre ? » interroge-t-il ensuite. Et, désireux de dissiper mes derniers doutes, il commet l'imprudence d'insister : « Peut-être l'épiiez-vous et l'avez-vous vu sortir aussi ? »

– Tout ceci est très joli, inspecteur. Mais si Colin ne s'est pas montré dans la galerie sous les traits de Vincent, qui l'a fait ? Ce ne peut être Silas Lord, alors enfermé dans la chambre à coucher de Melvyn. Il a fallu aussi que quelqu'un se fasse passer plus tard pour Colin puisque Wong a formellement reconnu le jeune homme.

– J'y arrive... Remarquez, en passant, que le masque de Vincent n'aurait jamais été épargné par le feu si l'incendiaire n'avait pris ses dispositions en conséquence. Conclusion : ce dernier, au contraire de ce qu'il a voulu nous faire croire, avait intérêt à ce que l'objet ne fût pas entièrement détruit.

– Vous nous parliez d'un complice...

– Oui... mais pour jamais silencieux !

– Stacey ?

– Précisément. Il a connu Lord avant moi et je jurerais qu'il y avait un cadavre entre eux.

– Des condamnations ?

– Deux. L'une pour vol, l'autre pour tentative de chantage.

– De sorte que ce serait Stacey qui aurait…

– C'est Stacey qui a fermé puis rouvert le gaz, m'a frappé, s'est montré dans la galerie sous les traits de Vincent et a empoisonné Vizir. Par parenthèse, quel besoin Silas Lord aurait-il eu de modeler des masques à la ressemblance de tous ses hôtes s'il ne nourrissait quelque secret dessein ? Il lui suffisait d'exécuter ceux qui lui ont permis de changer de personnalité avec Melvyn – encore que cette précaution paraisse bien vaine.

– Mais le mobile ? Le mobile, Taurochs ?

– Lord a cherché à me faire accroire que l'intérêt avait guidé le meurtrier. Mais probabilité n'est pas certitude. Colin l'a très bien fait remarquer, ce matin. Quelle garantie ses frères et lui avaient-ils que, Melvyn mort, le vieux Moïse ne modifierait pas ses dernières volontés ? Aucune ! Et l'un d'eux aurait tué, malgré cela ? Tué sans même avoir mis la main sur le testament ? Allons donc ! Lord, par contre, avait une raison grave de se débarrasser de Melvyn et de Colin. La plus ancienne et la plus puissante des raisons ! Il aime Roberte Patricola et la voulait pour lui seul. Croyez-moi, s'il n'était aujourd'hui sous les verrous, ils n'eussent pas tardé à fuir ensemble.

– Mais vous ne croyez pas à la complicité de la dame ?

– Pas plus à la sienne qu'à celle de Paula Gans et de David Ford. Stacey, seul, savait à quoi s'en tenir… *et voilà pourquoi il est mort !*

– Si vous nous exposiez les faits dans leur ordre chronologique ?

– Volontiers. Tandis que Lord était enfermé avec Melvyn, Stacey – qui, ne l'oubliez pas, circulait librement dans la maison sous prétexte de faire des rondes – a commencé par m'étourdir quand j'avais le dos tourné. Il est descendu à la cave puis, profitant d'un moment où Vincent avait quitté le hall, a joué son personnage dans la galerie vitrée. Inutile de préciser, je pense, que la lettre reçue par Colin émanait de Silas Lord, comme toutes les précédentes, et que le jeune homme s'est bien rendu au bois des Combes… Cependant, Stacey avait décidé de faire chanter Lord. Vers minuit, les circonstances lui parurent propices. Il s'approcha de la fenêtre à laquelle se tenait son patron et dut le menacer de donner l'alarme sur-le-champ s'il n'obtenait pas satisfaction. Il y a cent à parier que Lord commença par l'envoyer au diable. Mais Stacey insiste, Lord sent le danger. Il ne lui reste qu'une ressource : fermer définitivement la bouche à son complice. Peut-être, pour la première fois de sa vie, ce froid calculateur cède-t-il à une impulsion ? Toujours est-il qu'il prend son revolver et abat Stacey de deux balles bien placées. À ce moment, il comprend sa folie. Qu'il me vienne la fantaisie d'examiner son arme et il est perdu ! Alors, il la jette loin de lui en se réservant de nous conter la fable que vous savez. Je reconnais qu'il n'eût pu trouver mieux.

– Comment, par la suite, a-t-il réussi à se faire passer pour Colin ? Il ne vous a pas quitté, n'est-ce pas ?

– Si, un bref moment, sous je ne sais plus quel prétexte, pendant que j'interrogeais Vincent. Cela lui suffit, de toutes façons, pour prendre le visage de Colin et attirer discrètement l'attention d'un témoin – en l'occurrence : Wong – sur ses faits et gestes. Quand il eut la certitude d'être observé, il se glissa dans sa chambre en se donnant intentionnellement des allures louches, de telle manière que le boy fût amené à conclure qu'il avait bel et bien vu l'incendiaire.

– On dirait un roman…

– Mais c'est un roman, monsieur le juge ! Un roman d'amour qui a mal fini… Encore une chose, tenez, qui a éveillé mes soupçons, les a confirmés plutôt : le soin pris par Lord d'isoler Roberte Patricola. Il la donne à garder à l'honnête David Ford et, quand le vieux Moïse la met en cause, l'innocente habilement.

– Somme toute, les lettres de menaces ont décidé la victime à réclamer la protection de son futur meurtrier ?

– Eh oui ! Comme il y était fait allusion à son passé, Melvyn pouvait difficilement les mépriser. Cela se fût-il produit que Lord en eût été quitte pour élaborer un nouveau plan.

– Vous n'avez pas de preuves contre lui, sinon son automatique et, peut-être, ce masque préservé du feu comme par miracle…

– Patience, monsieur le procureur. L'enquête nous en fournira d'autres…

Taurochs voyait malheureusement juste. Une lettre cachetée fut découverte, le lendemain, dans le logis de Stacey. Elle ne contenait qu'une phrase, mais combien éloquente :

Au cas où je viendrais à disparaître de façon tragique ou mystérieuse, j'accuse formellement mon complice Silas Lord de m'avoir donné la mort.

Le surlendemain de son incarcération, j'obtins la permission d'aller voir le *boss* dans sa prison. Je le trouvai pâle et défait, le regard éteint, et cela me remit en mémoire ce qu'il m'avait dit un jour : « Après une semaine de mise en cage, je m'ouvrirais les veines ou foncerais sur les murs la tête la première... »

Je ne savais trop quoi lui dire. En dépit des charges relevées contre lui, je voulais croire à son innocence et la moindre protestation de sa part m'eût convaincu.

– Ils me tiennent, David, me dit-il seulement, mais pas pour longtemps.

Devant mon incrédulité, il retrouva son sourire ironique :

– Vous en doutez ? Avant huit jours, les portes de ce palace s'ouvriront toutes grandes devant moi.

S'assurant que nous n'étions pas observés, il me donna quelques brèves instructions puis, chose étrange, insista pour que je m'abstienne à l'avenir de toute visite. J'aurais aimé l'interroger au sujet de Roberte, mais le courage me manqua.

Rentré « chez nous », j'ouvris le premier tiroir de droite de son bureau. Il contenait un paquet de lettres destinées, pour la plupart, à la rédaction de grands quotidiens et le *boss* m'avait recommandé de les expédier sans retard.

En les glissant dans la première borne postale venue, j'étais loin de me douter que je me faisais l'instrument de sa libération !

2

SILAS LORD POSE SES CONDITIONS

Bien que je n'aie pas été intimement mêlé aux événements qui suivirent l'arrestation de Silas Lord, je ne les évoquerais pas avec plus de précision si j'y avais joué l'un des premiers rôles. Il arrive qu'on range parmi ses souvenirs des scènes purement imaginées. Rien d'étonnant, dans tous les cas, à ce que je rapporte celles-ci en détail : la compilation des journaux de l'époque permettrait à la plupart d'en faire autant...

À peine l'eus-je quitté que le *boss* dit à Hilaire, son geôlier :

– Prévenez M. Milhomme que j'ai à lui parler.

Le gardien se frotta le menton :

– Ne pourrez-vous attendre à demain ?

– Si vous voulez... J'étais résolu à avouer.

Mots magiques ! Moins de dix minutes après, Silas Lord se trouvait en présence du juge d'instruction.

– Ainsi, commença ce dernier, vous désirez me confesser vos crimes ?

– Pas le moins du monde, repartit tranquillement Silas Lord en prenant un siège, mais l'affirmer m'a paru le meilleur moyen de vous décider à m'entendre.

– Vous vous trompez... Je vous aurais entendu avec intérêt de toutes façons.

Pour une fois, le *boss* fut le premier étonné. Regardant M. Milhomme avec attention, il distingua, dans ses yeux bleu pervenche, comme le reflet d'un sourire intérieur. Il reprit :

– Bien loin de me résigner aux aveux, je suis ici – le croiriez-vous ? – pour accuser...

– Ah bah ! Accuser qui ?

– Un Machiavel inconnu, une ombre, si vous préférez, dont je me fais fort – sitôt que vous m'aurez relâché – de découvrir le visage.

M. Milhomme hocha la tête :

– Je crains bien, dans ce cas, qu'elle ne prenne jamais corps !

Silas Lord, pour toute réponse, tira un étui d'or de sa poche et le tendit aimablement au magistrat :

– Cigarette ?

– Merci. Je ne fume que le cigare. Vous disiez ?

Le prisonnier se carra sur son siège :

– Permettez-moi, renversant les rôles pour un moment, de vous poser une question... Les arguments de l'inspecteur Taurochs vous ont-ils convaincu de ma culpabilité ?

– Absolument. Vous pas ?

Aucune hostilité dans le ton du magistrat. Son attitude, par contre, était d'un homme bien décidé à ne pas s'en laisser conter.

– Un accusé, reprit placidement Silas Lord, ne saurait prouver son innocence que de deux façons. La première consiste à réfuter les charges relevées contre lui... et j'en suis, hélas ! incapable.

– Reste la seconde ?

– Précisément. Elle équivaut à démontrer la culpabilité d'autrui.

Encore une fois, je n'ai pas assisté à cette mémorable entrevue. Mais je vois très bien les deux hommes rompre et feindre comme des duellistes.

Le magistrat tardant à répondre, Silas Lord poussa son avantage :

– Vous êtes arrivé à cette conclusion que j'ai jeté deux innocents dans les jambes de la police : Vincent et Colin… Et si je vous prouvais que le coupable s'abrite derrière une triple ligne de défense : les deux Patricola et votre serviteur ?

– Je signerais, sur-le-champ, votre levée d'écrou.

– Dans ce cas, écoutez… Jusqu'à ce que Melvyn Patricola trouvât la mort à mes côtés, j'étais porté à croire que le danger viendrait de l'extérieur. D'où mes précautions pour empêcher qu'on ne s'introduisît à « La Halte » pendant la nuit. Après le crime, je changeai mon fusil d'épaule à cause des preuves accumulées sans le savoir, dans les pièges successifs tendus par le meurtrier… Deux nuits blanches m'ont fait revenir de mon erreur. Je sais aujourd'hui que ma première hypothèse était la bonne.

– En d'autres termes, le coupable n'appartiendrait pas à l'entourage de la victime ?

– Non… Et le meurtre de Melvyn, loin d'être un forfait isolé, inaugure une tragique série.

– Passionnant !

Le scepticisme de M. Milhomme ne paraissait nullement entamé :

– Vous devez bien avoir votre petite idée sur l'identité du criminel ?

– Des soupçons, seulement. Mais libérez-moi pendant vingt-quatre heures et je vous le livre !

Le magistrat eut un geste d'impuissance :

– Navré ! Il vous faudra le démasquer sans quitter votre cellule ! Après tout, si j'interroge votre passé, vous avez opéré d'autres miracles.

– Peut-être ! Mais…

– À propos, vous n'avez soufflé mot des mobiles auxquels aurait obéi votre Machiavel ?

– Ils sont d'une simplicité primitive. Littéralement parlant, Melvyn Patricola a été victime de la concurrence !

– Quoi ?

– Par une étrange aberration, il semble que nous ayons tous oublié, au cours de l'enquête, que le défunt jouait un rôle social et économique de premier plan. Sans doute Melvyn Patricola avait-il éveillé la haine de ses proches... Nous n'en eussions pas moins dû nous souvenir qu'il était, avant tout, « le roi de la soie ».

– Et alors ?

– Ma foi, qui dit « roi » dit « vice-roi ».

En dépit de son parti pris d'indifférence, M. Milhomme eut peine à dissimuler son intérêt.

– Vous n'ignorez pas, poursuivit Silas Lord, quel impitoyable *businessman* était Patricola. Il y a un mot pour définir cette sorte de gens. On les appelle des « requins » et personne plus que lui ne méritait d'être ainsi désigné. Pour dire d'une phrase l'essentiel, la marche ascendante de ses affaires a acculé plus de la moitié de ses concurrents à la ruine et au suicide. Vient un moment où un tel homme doit disparaître... Souvenez-vous de Krüger, de Lœwenstein et d'autres !

– Hum ! Le « vice-roi de la soie », s'il faut lui décerner ce titre, est, sauf erreur, J.-J. Hunold. Vous n'allez pas l'accuser d'avoir tué son rival ?

– Non... Par contre, j'accuse un homme ayant toutes facilités de s'introduire dans les milieux les plus fermés – grâce probablement au métier qu'il exerce – de se mettre à la solde de financiers véreux et de les débarrasser de ceux qui les gênent.

– Folie ! éclata M. Milhomme. Dieu merci, l'Amérique a encore le monopole des « tueurs » !

– « Tueur », voilà le mot que je cherchais ! Vous citiez, à l'instant, J.-J. Hunold. Peut-être – j'ignore tout de lui – a-t-il été l'instigateur du crime ; peut-être fut-ce un concurrent moins puissant, peut-être financèrent-ils le crime – si j'ose dire – à plusieurs. Mettez-vous dans la peau de quelque *trustman* peu scrupuleux et sur le point de « sauter ». Refuseriez-vous quelques gros billets à l'inconnu qui se chargerait de vous débarrasser de l'heureux rival dont la prospérité cause votre ruine ? Certainement pas ! Surtout si, comme je le présume, vous n'étiez tenu de fournir nul écrit capable, par la suite, d'établir votre complicité. Résister à une sollicitation de cet ordre, ce serait renoncer à « tuer le mandarin » !

M. Milhomme se passa une main sur le visage :

– Sans doute ! Mais il n'y a pas l'ombre d'un fait qui vienne étayer cette invraisemblable accusation !

– Pardon, il y a les cours de la Bourse.

– Et c'est là-dessus que vous vous basez pour... ?

– Non. Seulement, il ne me plaît pas de démasquer mes batteries maintenant. Dites-vous bien que le meurtrier de Melvyn Patricola m'appartient et que je ne laisserai à personne le soin de l'arrêter.

– Vous y serez bien obligé !

L'irritation du magistrat croissait à vue d'œil :

– Au demeurant, je ne crois pas un mot de votre histoire ! Quand et comment auriez-vous eu vent de tout cela ?

– Une première plainte m'est parvenue il y a trois semaines. Deux autres il y a dix jours.

– De quelle source ?

– Cela me regarde.

– Si vous disiez vrai, votre complice Stacey ne vous aurait pas accusé par-delà la tombe !

– Stacey n'a jamais été mon complice. Quant à sa lettre, elle sent le faux à plein nez !

– Margeot, le graphologue, se porte garant de son authenticité.

– Qu'à cela ne tienne ! Je trouverai deux experts pour un qui déclareront le contraire.

M. Milhomme fit mine de repousser son fauteuil :

– Restons-en là ! Si vous vous décidez à vider votre sac, faites-moi prévenir. Dans le cas contraire...

Silas Lord était déjà debout :

– Il n'entre pas dans mes intentions, comme vous dites, de vider mon sac. Par contre, je me permettrai de vous donner un conseil. Faites protéger les nababs de cette ville. Faites-les protéger jour et nuit. Ceci dans votre intérêt.

– Dans mon intérêt ?

– Naturellement. Supposez qu'il arrive quelque chose à l'un d'eux et que le bruit coure que je vous avais prévenu. Vous y perdriez votre place.

M. Milhomme, de rouge qu'il était, devint très pâle. Visiblement, il livrait un dur combat contre son amour-propre.

– Quels sont, à votre avis, les financiers menacés ? interrogea-t-il enfin.

– Je ne sais pas, moi... Consultez le Bottin... Plus ils ont de millions, plus ils sont en danger !

– Mais ces plaintes que vous avez reçues...

– Emanaient de parents inquiets ou de sous-ordres.

– Je veux des noms !

– Fort bien. En voici... Virgile Formichi, « roi de l'étain », actuellement en Grèce, si mes renseignements sont exacts... Jean-Marie Marnach, « roi du cuir »... Kunze, propriétaire des Fonderies du Centre. Courtois, l'homme des scieries. Le docteur Paul Barnard. E.-B. Mars... Pierre Melady... Carolus Gertner... je crois que c'est tout.

M. Milhomme écrivait, les sourcils froncés. En faisant fonctionner la sonnerie destinée à appeler le gardien du prisonnier, il interrogea, presque malgré lui :

– Vous me disiez que le meurtrier devait avoir toutes facilités de pénétrer dans les milieux les plus fermés. Quelle profession exercerait-il selon vous ?

– Je me le demande. Détective privé, peut-être, comme votre serviteur… Ou inspecteur de police, qui sait ?

– Inspecteur de police !

M. Milhomme se dressa lentement, les mains à plat sur son bureau :

– Vous rendez-vous compte que cela revient à accuser…

Mais déjà Silas Lord regagnait sa cellule en sifflotant *La Habanera*.

MYSTÉRIEUSE TENTATIVE
D'EMPOISONNEMENT SUR LA PERSONNE
DE CAROLUS GERTNER.

put-on lire, le lendemain, dans les feuilles du soir.

Terrassé par un toxique inconnu, « le roi des zircons » délire depuis midi.

3

Le poison fantôme

Carolus Gertner, « roi des zircons », ne mourut pas. On ne put découvrir la nature du poison qu'il avait absorbé, pas plus que la manière dont il avait été administré. Encore que plusieurs noms barbares fussent avancés par des toxicologues en vue, aucun d'eux ne réunit l'unanimité des avis.

Le financier était tombé dans la rue, devant ses bureaux, sombrant aussitôt dans un lourd sommeil coupé de convulsions qui ne permettait pas de douter des effets foudroyants du poison. Il n'avait rien absorbé de la matinée et personne – aux dires de témoins dignes de foi, dont son chauffeur, deux passants et le portier en uniforme de général des magasins Gertner – ne l'avait approché. Enfin, nulle trace de piqûre ou d'injection ne devait apparaître à l'examen.

Cet attentat – inexplicable pour le vulgaire – souleva, comme bien l'on pense, une grosse émotion. Vingt-quatre heures durant, le nom de Carolus Gertner fut dans toutes les bouches. Après quoi, certains journaux s'étant décidés à publier la lettre type que je leur avais adressée suivant les instructions du *boss*, il n'y en eut plus que pour « le premier détective du monde ».

Je crois bien faire en reproduisant ici l'essentiel de cette lettre et les commentaires de l'*Alarme*.

HUIT GRANDS FINANCIERS
EN DANGER DE MORT ?

imprima-t-elle sur quatre colonnes de première page.

Telle est la sinistre prédiction de Silas Lord,
meurtrier présumé de Melvyn Patricola.

Après mûres réflexions, la direction de L'Alarme *a résolu de communiquer à ses lecteurs une impressionnante prophétie...*

Hier matin – quelques heures, par conséquent, avant la tentative d'empoisonnement dont a été victime Carolus Gertner – parvint en nos bureaux une lettre tapée à la machine et signée : Silas Lord. En dépit de son étonnant contenu, nous ne crûmes pas devoir l'insérer. Il n'entre pas dans nos habitudes d'ouvrir nos colonnes aux gens accusés de meurtre. La tournure prise par les événements a entièrement modifié notre façon de voir.

Ci-dessous, l'étrange avertissement dont une copie se trouve entre les mains de la police :

« Messieurs,

Je m'adresse à vous moins dans le but de protester publiquement de mon innocence que dans celui de prévenir toute une série d'attentats...

Des renseignements dont je ne puis ni ne veux actuellement dévoiler la source m'ont, en effet, permis d'élucider en partie, depuis mon incarcération, « le mystère Patricola » : loin d'avoir été frappé par l'un de ses proches, comme je l'ai pensé tout d'abord, ou par moi, comme le prétend l'inspecteur Taurochs, « le roi de la soie » est tombé sous les coups d'un inconnu agissant pour le compte d'un ou plusieurs de ses concurrents.

J'entends d'ici les exclamations d'incrédulité provoquées par cette affirmation. Sans doute dois-je renoncer à prouver sur l'heure ce que j'avance. Les événements, par contre, ne peuvent, dans un avenir prochain, que me donner tragiquement raison…

Melvyn Patricola, en accumulant les ruines autour de lui, n'a fait que se conformer à la loi de son milieu. Partant, si d'aucuns avaient intérêt à sa disparition, d'autres doivent souhaiter non moins vivement celle d'un Kunze, d'un Jean-Marie Marnach, d'un Carolus Gertner, d'un Formichi, d'un E.-B. Mars… Qu'ils se gardent ou leur mort est pour demain !

À l'heure où vous lirez ces lignes, j'aurai averti la police. Il m'a, néanmoins, paru prudent, étant donné la méfiance que je lui inspire, de rendre mes conclusions publiques.

Un dernier mot. Il serait vain d'essayer de m'en faire dire davantage pour le moment. Si je tiens, en effet, à éviter des drames imminents, je ne tiens pas moins à démontrer mon innocence et à garder le bénéfice de mes recherches.

Le meurtrier de Melvyn Patricola m'appartient.

Qu'on me libère pendant vingt-quatre heures et je me fais fort de le démasquer.

SILAS LORD.

P.-S. – *Attendez quelques jours avant de jeter ma prose au panier.* »

On se représentera notre perplexité devant une telle lettre. À la vérité, elle nous fit l'effet d'un énorme bluff. Depuis… Depuis, il y a eu la tentative d'empoisonnement de Carolus Gertner…

Dirons-nous que nous en concluons à l'innocence de Silas Lord ? Ce serait exagéré… De deux choses l'une cependant ! Ou l'empoisonnement du « roi des zircons » n'a aucun rapport avec l'affaire Patricola et, dans ce cas, Silas Lord – l'ayant prévu, Dieu sait comment ! – l'exploiterait pour semer le doute dans l'esprit de ses juges. Ou les deux crimes sont étroitement liés et l'accusé, aussi extraordinaire que cela semble, dirait la vérité.

Il appartient, de toute manière, à la justice de le forcer à parler.

– Des explications ? éclata Silas Lord.

Son regard alla de M. Fordebras, représentant le ministre de la justice, à M. Béguin, procureur du roi, de ce dernier à M. Milhomme, de M. Milhomme à l'inspecteur Taurochs, rouge et gourmé, de l'inspecteur enfin aux sténographes qui écrivaient fiévreusement.

– Je vous ai fourni plus d'explications qu'il n'était nécessaire. À vous de décider maintenant si, oui ou non, vous acceptez mes conditions.

Le représentant du ministre et le procureur du roi prirent un air gêné. L'attitude du prisonnier justifiait leurs pires appréhensions.

M. Milhomme, lui, contre-attaqua.

– Minute, Lord ! C'est à nous qu'il appartient de poser des conditions... Ou vous nous dites tout ce que vous savez ou je vous inculpe de complicité dans l'empoisonnement de Carolus Gertner !

Silas Lord eut un petit geste encourageant de la main :

– Allez-y, monsieur le juge ! Dans ma situation, une inculpation de plus ou de moins n'est pas pour m'effrayer !

Il s'adossa à la cheminée, les pouces aux entournures de son gilet, un sourcil foncé, l'autre en accent circonflexe.

– À la vérité, j'ai modelé de petites figurines de cire à l'image de Gertner et consorts. La nuit venue, je m'enferme dans un cercle magique et les transperce à l'aide d'une aiguille à tricoter... Voilà comme je suis !

M. Milhomme hocha la tête d'un air sombre :

– Je ne vous comprends pas, Lord ! Vous prétendez vouloir démontrer votre innocence et vous vous refusez à nous aider... Pourquoi ?

– Parce que je suis seul capable de pincer l'assassin... Qu'il échappe à vos limiers et j'aurai perdu mon unique chance de sortir d'ici !

– Elle est perdue d'avance si vous vous obstinez à vous taire.

– Erreur ! Le temps travaille pour moi... Le meurtrier aussi, sans s'en douter... *Son second attentat commis,* vous me supplierez en chœur de courir après lui !

Ici, l'inspecteur Taurochs ne put se résigner à garder le silence plus longtemps.

– Il n'y aura pas de second attentat, Lord ! Avant ce soir, vous serez au secret ! C'est-à-dire : empêché de communiquer avec votre complice, quel qu'il soit !

Silas Lord considéra son interlocuteur avec intérêt :

– Ah ! oui, mon complice ! Je me demande qui il peut être ?

– Moi aussi, avoua naïvement l'inspecteur. Paula Gans et le jeune David Ford sont étroitement surveillés. Nous n'avons rien relevé contre eux.

– Je ne vous le fais pas dire !

Taurochs se tourna vers ses supérieurs :

– Cet homme bluffe, monsieur le juge ! Ouvrez-lui les portes de la prison et vous ne le reverrez jamais ! Voyons, admettons un instant l'existence d'un autre coupable... Admettons que ce dernier se soit arrangé pour que l'accusé paie pour lui… Compromettrait-il délibérément aujourd'hui le succès de ses plans ? Ridicule !

L'argument était de poids. Silas Lord en convint volontiers :

– Bien raisonné, inspecteur ! Permettez-moi cependant de vous faire observer que le meurtrier, ignorant à quel point je suis renseigné sur lui, a dû se dire, en commettant ce nouveau crime, que personne n'établirait de rapport entre les deux affaires.

– Soit ! Mais, à présent qu'il sait, il aura soin de se tenir tranquille.

– Au contraire ! Ma lettre aux journaux lui aura appris l'échec de son système… Il a donc les meilleures raisons du monde de continuer et de faire vite pour gagner le plus d'argent possible avant de fuir cette ville.

– Non… car, s'il n'y a pas de second attentat, vous aurez beau dire, vous ne convaincrez personne !

Le procureur du roi intervint.

– Une question, Lord… Si votre Machiavel existe et si vous avez une idée de son identité, vous devez vous douter aussi de la façon dont il empoisonne ses victimes ?

Silas Lord haussa les épaules :

– Relisez l'histoire des Borgia. Vous y trouverez maints exemples de livres, de fleurs et de gants empoisonnés. Si la victime était une femme, je pencherais pour la voilette toxique… Peut-être Gertner avait-il quelque coupure légère et y a-t-il appliqué un bout de taffetas gommé au curare ?

On n'en put tirer davantage. L'entrevue avait commencé à 4 heures. Elle prit fin à 7, sans que rien fût décidé.

Une période de calme suivit. Cédant aux instances de l'inspecteur Taurochs, M. Milhomme s'était décidé à mettre Silas Lord au secret. Paula et moi continuions de passer le plus clair de notre temps au bureau à éconduire clients et reporters et à nous dire notre inquiétude. J'étais sans aucune nouvelle de Roberte.

Cela dura quatre jours, quatre interminables jours. Nous commencions à désespérer et n'étions pas loin, égarés par notre affection pour le *boss*, d'appeler de tous nos vœux un nouveau crime quand, le lundi 9, « le poison fantôme » refit parler de lui.

Parmi les financiers menacés, deux – Courtois, « l'homme des scieries », et Pierre Melady – avaient purement et simplement refusé l'assistance de la police. Le docteur Paul Barnard visitait l'U.R.S.S. et Virgile Formichi faisait une croisière en Méditerranée sur son yacht l'*Albatros*. Restaient Jean-Marie Marnach, Kunze et E.-B. Mars. Depuis l'affaire Gertner, une surveillance de jour et de nuit était exercée autour d'eux.

Plus affecté que les autres (sans doute parce que plus près de la mort), E.-B. Mars avait fermé sa porte à tout visiteur, se nourrissait exclusivement d'œufs et de crudités, dormait avec un revolver sous son oreiller. Comme il arrive souvent, ce luxe de précautions, loin de le protéger, parut le désigner aux coups du sort : il fut la seconde victime.

E.-B. Mars était un maigre vieillard de soixante-dix ans, à la mise de pasteur, qui vivait seul avec une gouvernante, une cuisinière et une fille à tout faire, toutes trois d'âge canonique. On ne lui connaissait d'autre passion que celle des meubles et bibelots anciens, avec une préférence marquée pour l'ère victorienne. Peu de parents, pas d'amis…

Plusieurs policiers, sur sa demande, s'étaient installés chez lui à demeure. Ils assistaient à ses repas, se tenaient dans son bureau quand il travaillait, montaient la garde devant la porte de sa chambre à coucher pendant la nuit. En dépit de quoi, il tremblait de peur.

Ce mémorable lundi, le vieillard avait rendu visite à deux antiquaires, l'inspecteur Charles sur ses talons. Rentré à 7 heures, il s'était mis à table aussitôt, touchant à peine aux mets préparés et ne prenant d'aucun avant que son chat Loukoum, un persan bleu des plus rares, y eût goûté.

Le dîner terminé, l'inspecteur Charles échangea un regard avec son camarade, Roux, et crut résumer l'opinion générale en disant :

– Je pense que nous voilà tranquilles pour aujourd'hui !

E.-B. Mars grimaça de colère. Atteint de ptôsis, il avait toujours l'air de considérer ses interlocuteurs avec arrogance.

– Vous en parlez à votre aise ! Il n'y aura de tranquillité pour moi que le jour où le meurtrier sera sous les verrous !

Ce disant, il se traînait vers son bureau, une pièce sévère et froide, au mobilier Empire ; l'inspecteur Charles et son camarade Roux l'y suivirent en soupirant. Leur rôle leur pesait mais ils avaient des instructions strictes. Plutôt se couvrir de ridicule que de permettre au mystérieux poison de faire son œuvre une fois de plus !

Charles, en dedans de lui, récapitulait complaisamment les précautions prises. E.-B. Mars n'avait absorbé que des fruits ou des mets dont l'innocuité était prouvée. Du côté des aliments, donc, aucun danger ! Pas de danger, non plus, que quelqu'un pût s'introduire dans la maison. Restaient les objets d'usage quotidien... Mais, outre que le vieillard s'en servait depuis longtemps, Charles avait la certitude qu'aucun suspect ne s'en était approché. Serviettes, draps de toilette, linge de table et de peau, tout – jusqu'à son tabac et ses pipes – avait été examiné sur la demande expresse du financier. Charles étouffa un bâillement. Comme il l'avait dit, on pouvait être tranquille !

E.-B. Mars s'était installé à son bureau et avait allumé une lampe à abat-jour vert. Ayant peine à demeurer inactif, il écrivait généralement jusqu'à 11 heures. Trois soirs de suite, sa secrétaire, une grande fille rousse à lunettes, était venue prendre des lettres sous sa dictée. Encore que, comme tous ses employés ou serviteurs, elle fût au service du financier depuis de longues années, sa première visite n'en avait pas moins éveillé la méfiance des policiers et elle avait dû, à sa grande indignation, se laisser fouiller par une femme appelée tout exprès... Ce lundi soir, elle ne se montra même pas.

L'inspecteur Charles, invité à choisir un livre dans la bibliothèque, y chercha vainement une histoire d'amour ou le récit de quelque beau crime. L'ouvrage le moins rébarbatif s'intitulait : *De l'importance du décor chez les portraitistes allemands du XVIIIe*. Faisant contre fortune bon cœur, l'inspecteur s'y plongea résolument. Deux de ses camarades rôdaient dans la maison ou papotaient à l'office. Roux montait la garde devant la porte du bureau.

Huit heures sonnèrent, puis 9. On n'entendait guère d'autre bruit dans la pièce que le crissement de la plume du financier sur le papier et les bâillements discrets de l'inspecteur. Neuf heures et demie : le chat Loukoum sortit d'une invisible cachette et son apparition inattendue fut tout un événement, « le seul événement de la soirée », préjugea Charles.

Dix heures. Dix heures et demie. À 11, E.-B. Mars releva la tête et considéra son garde du corps d'un air interrogateur :

– Verriez-vous quelque inconvénient à ce que je fasse une petite promenade hygiénique avant de me coucher ?

L'inspecteur en voyait d'autant moins qu'il avait lui-même des fourmis dans les jambes et mourait d'envie de boire un bock.

– Aucun, monsieur ! répondit-il vivement. Roux et moi vous accompagnerons.

« Ainsi, pensait-il, j'aurai liberté de m'éclipser un moment… »

– Dans ce cas…

E.-B. Mars se leva et tendit la main vers sa lampe de bureau, dans l'intention de l'éteindre. À la même seconde, son visage devint d'une pâleur cireuse, ses os saillirent sous la peau. Avant que l'inspecteur Charles fût revenu de sa stupeur, le vieillard était retombé dans son fauteuil avec un gémissement sourd.

Le temps d'appeler Roux à l'aide, de s'assurer que le financier vivait encore, d'envoyer un grand coup de pied à Loukoum qui se mettait inconsidérément à la traverse, et Charles se jetait sur le téléphone. Son appel au secours, volant bientôt de bouche en bouche, fit crier à l'impossible.

Le lendemain matin, Silas Lord, libéré pour vingt-quatre heures, franchissait le seuil de la prison d'un pas allègre, l'inspecteur Taurochs sur ses talons.

4

PARTIE GAGNÉE

La première visite de Silas Lord – et de Taurochs – fut pour nous. Dès qu'elle le vit, Paula courut au *boss* et l'embrassa. J'eusse volontiers fait de même mais la crainte d'une rebuffade me retint.

Silas Lord avait retrouvé son sourire railleur et son regard direct. Échappant à Paula, il se jeta dans un fauteuil, les pieds sur son bureau et le chapeau dans la nuque. Puis il se tourna vers l'inspecteur Taurochs, immobile au milieu de la pièce, le dos rond, les mains dans les larges poches de son pardessus noir :

– Repos, mon cher ! Votre index doit être engourdi à force de demeurer sur la détente de votre automatique. Prenez un siège et souriez…

Émerveillé, je jetai un coup d'œil autour de moi. La pièce n'était plus la même. Elle venait de retrouver son âme.

À l'opposé du *boss*, Taurochs me parut singulièrement défait. Pauvre Taurochs ! Je sus gré à Lord de lui épargner son ironie.

– Alors, patron ? interrogea Paula qui ne tenait plus en place. Ils vous ont donné vos vingt-quatre heures ?

Silas Lord acquiesça d'un signe. Considérant ensuite l'affiche qui avait contribué à faire sa célébrité, il eut un sourire amer :

– Gardez-vous des promesses, mon ange... Le destin, lui-même, vous prend parfois au mot !

Comme d'habitude, je me tenais près de la fenêtre. Le *boss* m'interpella :

– Voulez-vous jeter un coup d'œil dans la rue, David, et me dire ce que vous y voyez ?

– J'y vois un rémouleur, répondis-je après un moment d'observation, un petit homme en waterproof qui va de porte en porte, une valise à la main, et un domestique de grande maison promenant un pékinois.

– *Okay*.

Silas Lord avait attiré le téléphone à lui et composé un numéro :

– Donnez-moi M. Milhomme... Ici, Silas Lord.

Puis :

– M. Milhomme ? Désolé de vous ennuyer de nouveau, mais ne m'avez-vous pas assuré, ce matin, que je serais surveillé par le seul Taurochs ? Vraiment, il n'y paraît pas !... Tandis que je vous parle, un faux rémouleur, un faux représentant de commerce et un faux pékinois ne cessent d'épier mes fenêtres... Une initiative de l'inspecteur Taurochs ? Fort bien, je vous le passe... Mais que je rencontre encore la moindre fausse barbe et je réintègre la prison illico !

Taurochs écouta ce que le magistrat avait à lui dire avec une résignation poignante. Il avait à demi fermé les yeux et légèrement écarté le récepteur de son oreille. (Nous n'en entendions que mieux la voix furieuse de M. Milhomme, déformée par la distance.) Enfin, il dit : « Bien, monsieur le juge ! », raccrocha et s'en fut vers la porte.

– Hep, mon vieux ! lui cria Silas Lord. N'avez-vous pas peur que je vous fausse compagnie tandis que vous recommanderez à vos hommes de déguerpir ?

– Oh ! non… car je ne vais que jusqu'au palier ! répondit Taurochs avec une drôlerie inconsciente. Le garçon d'ascenseur *en est*, lui aussi.

L'inspecteur sorti, Silas Lord me tendit une feuille de papier sur laquelle il venait de griffonner ces mots incompréhensibles :

Quatre, cinq, deux. Silas.

– Pour Roberte Patricola, m'expliqua-t-il à voix basse. Télégraphiez-lui cela dès que je serai parti.

Je me sentis pâlir. Car s'il était un être capable de supplanter le *boss* dans mon cœur, c'était bien la jeune femme blonde qui nous avait accueillis, un soir, au seuil de la lumière, dans une robe vert sauge.

Silas Lord devina-t-il mon obscure jalousie ? Toujours est-il qu'il me prit aux épaules (Paula sortit en claquant la porte plus fort qu'il n'était nécessaire) et me dit avec une gravité inaccoutumée :

– Renoncez à Roberte, David.

Il ajouta, cherchant ses mots :

– Ce n'est pas la femme qu'il vous faut.

Pour la première fois, j'éprouvai à l'égard du *boss* un sentiment qui ne ressemblait ni à l'affection, ni au respect.

– Qu'avez-vous à lui reprocher ? interrogeai-je d'une voix blanche.

– Mais rien… Il est tout à fait vain de reprocher aux gens d'être ceci ou cela.

J'allais insister, me rebiffer peut-être. Lord me prit la main et la retint un moment dans les siennes.

– Adieu, David.

Je m'inquiétai aussitôt :

– Adieu ? Pourquoi, adieu ?

– On ne sait jamais ! répondit-il seulement. Je me dispose à jouer une grosse partie, la plus grosse que j'aie jamais jouée...

Il parut sur le point d'ajouter quelque chose mais, se ravisant, gagna rapidement la porte. Je l'entendis, dans le hall, échanger quelques mots avec Taurochs et Paula, puis ce fut le silence, un silence où – comme une pierre s'enfonce dans l'eau – s'enfonçait un bruit de pas d'instant en instant plus lointain.

Paula rentrait. Sans mot dire, elle s'assit devant sa machine à écrire et je ne me sentis pas plus qu'elle le courage de parler.

Jusqu'à la fin de l'après-midi, nous ne cessâmes d'avoir indirectement des nouvelles du *boss*. Un grand quotidien, *L'Aube*, situé au coin de la rue, l'ayant fait filer dès sa sortie de prison, eut en effet l'idée de tenir le public au courant de ses déplacements par haut-parleur. Sur un écran installé tout exprès, furent en même temps projetés quelques films de court métrage pris à l'insu de Lord et de son compagnon. On vit ainsi les deux hommes pénétrer chez E.-B. Mars (hors de danger depuis le matin), converser avec un policeman, s'enfoncer dans une sombre impasse. Ai-je jamais dit que Silas Lord me rappelait l'acteur américain Warner Williams, dans le rôle du financier Krüger ? Sur ces dernières photos, la ressemblance était frappante. Hélas, les meilleures choses ont une fin... Vers 6 heures, la projection s'interrompit subitement tandis que le haut-parleur annonçait à regret :

– Des circonstances indépendantes de notre volonté nous forcent à suspendre notre reportage parlé. Pour plus amples détails, prière de consulter nos prochaines éditions.

Qu'était-il arrivé ? *L'Aube* eût préféré n'en rien dire mais ses concurrents – instruits Dieu sait comment – n'allaient pas laisser passer l'occasion de rire à ses dépens… *Silas Lord boxe l'un des reporters attachés à sa personne et brise l'appareil photographique de l'autre*… Ainsi résumèrent-ils un incident qui égaya la ville toute la soirée.

Paula et moi décidâmes de passer la nuit au bureau. Les fauteuils étaient bons, la cave à liqueurs du *boss* contenait de l'excellent whisky… De toutes façons, nous n'aurions pu fermer l'œil.

Je me réveillai le premier, la tête lourde et la bouche pâteuse. Paula s'appuyait à mon épaule avec un étrange abandon. Sans ses lunettes, elle était méconnaissable.

Silas Lord avait jusqu'à 10 heures pour démontrer son innocence. Je regardai ma montre et courus à la fenêtre. Des groupes de curieux stationnaient devant les bureaux de *L'Aube* dont le haut-parleur tonitruait de plus belle :

– Le bruit court que M. Milhomme serait sans nouvelles de son prisonnier et de l'inspecteur Taurochs depuis hier soir 5 heures. La foule massée aux environs du palais de justice commence à manifester de l'impatience et l'opinion générale est que Silas Lord a pris la fuite…

Je secouai Paula sans douceur.

– David ! gémit-elle… Da…

Puis, subitement consciente :

– Qu'y a-t-il ?

– Il y a que nous avons trop bu ! m'écriai-je, et que nous devrions être là-bas depuis longtemps…

Là-bas, dans mon esprit, c'était le palais de justice.

– Allez-y si vous voulez ! répondit-elle. Moi, je reste ici.

– Ici ? Pourquoi ?

Mais elle se contenta de hausser les épaules en défripant sa jupe.

Je bus un grand verre d'eau fraîche et retournai à la fenêtre. Le haut-parleur de *L'Aube* s'était tu. Plus personne dans la rue.

Fut-ce l'émotion ou la conséquence de nos excès nocturnes ? Je me sentis bientôt incapable de rester debout. La vue d'un cadavre ne m'eût pas été plus pénible que celle de la bouteille de whisky vide sur un coin du bureau.

Dix heures sonnèrent, puis 11. À la demie, enfin, une rumeur monta de la rue. On courut sous nos fenêtres, des voix crièrent : « Édition spéciale ! Demandez *L'Alarme,* édition spéciale ! »

Paula dégringolait déjà l'escalier. Je réussis à me lever et à faire quelques pas.

– Eh bien ? dis-je quand elle reparut, alarmé par sa pâleur.

Elle me jeta un regard méchant :

– Eh bien ! il a gagné ! (Sa voix tremblait :) Gagné sur toute la ligne ! Écoutez plutôt... *Silas Lord et Roberte Patricola en fuite... « Le premier détective du monde » enferme l'inspecteur Taurochs dans une cave du palais de justice et écrit cyniquement à M. Milhomme : « Lui seul y a vu clair ! »*

– Qu'est-ce que vous dites ?

J'arrachai le journal des mains de Paula. Hélas ! tout n'était que trop vrai ! La gorge serrée, je réussis à lire ce qui suit :

Ce matin, vers 9 heures et demie, l'inspecteur Taurochs a été découvert enfermé à double tour dans une cave du palais de justice.

– Ne me demandez pas comment je suis entré là, a-t-il déclaré à ses supérieurs. Je n'en ai pas la moindre idée !

Un quart d'heure plus tard, M. Milhomme recevait une lettre ainsi conçue :

« Cher monsieur Milhomme,

Ne dégommez pas Taurochs pour m'avoir laissé fuir. Élevez-le, plutôt, aux plus hauts grades : lui seul y a vu clair et sa perspicacité m'a fait passer de bien vilains moments.

Au cas où, négligeant cet avis, vous voudriez lui créer des ennuis, je me verrais obligé de remettre en circulation certain « poison-fantôme » qui m'a permis de faire deux victimes sans l'aide d'aucun complice et sans quitter ma cellule.

Merci pour toutes vos bontés. »

SILAS LORD

Tandis que je lisais, les souvenirs affluaient à mon esprit. Je revis Silas Lord tel qu'il était apparu au petit employé de M. Papapoulos. J'évoquai nos aventures communes... Mes promenades avec Roberte... Nos soirées, à Stacey, à Paula et à moi, quand j'apprenais la belote...

Et puis... J'eus subitement l'impression que ma jeunesse s'éloignait de moi comme un ami perdu... Silas Lord et Roberte étaient en fuite ! Silas Lord et Roberte étaient coupables !

Je me retrouvai agenouillé devant Paula, la tête enfouie dans les plis de sa jupe et pleurant comme un enfant.

– Paula ! suppliai-je. Paula...

Elle, non plus, n'était plus la même : elle me caressa les cheveux avec douceur.

– Paula. (Je ne savais plus trop ce que je disais.) Voulez-vous ?...

Mon regard, épiant ses lèvres, contenait une grave question. Elle y répondit par un baiser.

– Vous me parlerez de lui, chuchota-t-elle ensuite, lucide jusqu'à la cruauté. Je vous parlerai d'elle...

5

Le dessous des cartes

Et voilà ! Le récit de mes souvenirs pourrait se terminer ici. Il y gagnerait sans doute en intensité dramatique. Mais, outre qu'on se sera déjà aperçu que j'aime la précision, ma tâche demeurerait inachevée si je ne révélais au lecteur le dessous des cartes.

Tandis que j'écris dans la lumière cendrée d'un jour finissant, un vol de pigeons passe et repasse sans cesse devant mes fenêtres et j'entends Paula aller et venir dans la cuisine. Mariés depuis bientôt deux ans, nous habitons un joli petit appartement de quatre pièces, avec terrasse, au dernier étage d'un immeuble neuf. Ma femme est dactylo chez un homme politique, je tiens la rubrique des chiens écrasés dans un grand quotidien. Nous nous entendons fort bien et, tout au contraire de ce qu'on pourrait penser, faisons rarement allusion au passé.

Un soir, cependant, que j'avais prononcé incidemment le nom de Silas Lord, Paula me dit sèchement :

– Cessez au moins de penser à lui comme à Dieu le Père ! Vous ne savez pas quelle espèce d'homme c'était...

Je protestai avec chaleur :

– La belle malice ! C'était un homme tout simplement ! Un homme qui, après avoir sauvé quantité d'innocents et fait prendre plus de coupables encore, a tué par amour… tout comme je serais amené à le faire si vous apparteniez à un autre !

Mais une flatterie n'a jamais amadoué Paula.

– Bêta ! s'écria-t-elle avec irritation. Vous êtes-vous jamais demandé ce qu'était devenu le collier de lady Horbury ?

Le collier de lady Horbury ? Je dus faire un sérieux effort pour me replacer, en pensée, dans le cadre d'une cabine de luxe, à bord du s/s *Wyoming*, en rade du Havre.

– Ma foi, je suppose qu'il fut volé à New York puisque les perles jetées dans la mer étaient fausses. Silas Lord a, du reste, conclu en ce sens après avoir vainement fouillé les bagages de la femme de chambre.

Paula eut un rire méprisant.

– Eh bien ! il mentait ! Le collier – à la vérité découvert dans la cabine de Doris Keaton – se trouvait, à ce moment précis, dans sa poche !

– Impossible ! protestai-je. La voleuse l'eût dénoncé…

– Pas si sotte ! C'est grâce à lui qu'elle a pu échapper à la police lors du débarquement.

J'étais atterré.

– Plus fort que Sherlock Holmes ! s'exclama amèrement Paula. Quoi d'étonnant à cela, je vous le demande, *puisque Lord était, à la fois, Moriarty*[1] *et Sherlock Holmes ?*

– Vous n'allez tout de même pas prétendre…

– Mais si ! Ah, il s'est bien moqué de vous, de moi, de tous ! Je l'entends encore déclarer, lors de

1. Irréductible ennemi du célèbre détective anglais et personnification du crime, d'après Conan Doyle.

votre premier contact : « Il me faut un collaborateur honnête *et qui en ait l'air !* » Votre bonne foi, votre probité lui servirent en quelque sorte de paravent !

– Paula ! suppliai-je comme un aveugle qui redouterait d'y voir clair.

– Rappelez-vous la petite histoire qu'il vous débita, entre la poire et le fromage, dans un restaurant du Havre, le soir précisément où le destin mit Roberte Patricola sur votre route. C'était la soi-disant confession d'un condamné à mort qui aurait goûté au plaisir de mal faire en mettant le feu à une dune. Au vrai, Silas évoquait un souvenir personnel.

– ...

– Il vous a expliqué aussi comment il avait résolu, enfant, le mystère de la mort de « Mlle Flore ». Vous en avez déduit que sa vocation de détective datait de là, que ce tête-à-tête avec un fantôme lui avait inspiré l'horreur du crime... Mais c'est le contraire qui s'est produit !

– Je ne vous crois pas ! Tous ces coupables qu'il a fait prendre...

– Il en a fait prendre fort peu. Souvenez-vous de l'explosion de la Banque Africaine, de l'affaire des faux billets de mille, de celle de la rue Valhubert, d'autres encore. Il les résolut à la satisfaction de tous, mais le coupable demeura impuni. Et pour cause : *Le coupable c'était lui !*

Tandis que nous conversions de la sorte, je fixais stupidement une équipe de maçons travaillant au faîte d'une maison en construction, de l'autre côté de la rue.

– Décidé à ne pas chômer, le *boss* allumait le feu lui-même, certain qu'on viendrait ensuite le supplier de l'éteindre. En vérité, il n'avait même pas besoin de vingt-quatre heures pour jouer les œdipes puisqu'il n'y avait d'autre sphinx que lui et que ses clients étaient ses victimes de la veille. Nul vol qui ne lui ait rapporté de surcroît d'impressionnants honoraires !

– Quel profit retira-t-il de l'assassinat du docteur Grillparzer ?

– Cette fois-là, je vous le concède, il travailla pour la gloire, comme du reste dans l'affaire des « mains qui parlent », du « crime à distance », des « yeux éteints » et du meurtre sans mobile apparent de la rue Notre-Dame-de-Grâces. Mais ce furent des exceptions. Prenons, par exemple, l'assassinat de Schaffer, le compositeur. Où croyez-vous que soit passé son *Stabat mater ?* Je ne suis allée à « la maison du pendu » que pour l'enlever du cou du bonhomme de neige. Silas Lord avait la manie de faire main basse sur tout objet précieux, même s'il ne voyait pas la perspective d'un profit immédiat.

Je crus avoir trouvé le moyen de désarçonner Paula :

– Parlez-moi un peu du vol de l'*Agneau mystique*.

– Volontiers. Silas Lord n'a jamais dépensé plus d'ingéniosité qu'en ces circonstances. Lui et « Gérard-le-Diable » faisaient un seul et même personnage. Comprenant qu'il ne pourrait obtenir une rançon en rapport avec la valeur des tableaux et qu'il éprouverait surtout les plus grandes difficultés à entrer en sa possession, il monta toute l'affaire dans le seul but d'obtenir quelques millions d'honoraires.

– Mais le *boss* était à mes côtés quand « Gérard-le-Diable » prit la fuite en auto.

– D'accord ! Ce jour-là, c'était Stacey, « Gérard-le-Diable » !

Au faîte de la maison d'en face, un gros homme dansait un cake-walk pour se réchauffer.

– Silas Lord – et là réside en grande partie le succès de sa prodigieuse réussite – sut toujours profiter des cas qu'on lui soumettait accidentellement. Ainsi, dans l'affaire des timbres de la Guyane anglaise volés par son voisin à la coquette Mme Gritte. Aux dires de Silas Lord, le colonel Lothaire simula un cambriolage pour n'avoir pas à restituer les précieuses vignettes. Mais la vérité est tout autre. Le cambriolage eut effectivement lieu pendant la nuit et le *boss* en fut l'auteur. Il s'appropria les timbres comme il s'était approprié le collier de lady Horbury, le *Stabat mater* de Schaffer, et cent autres trésors...

– Allons donc ! Le colonel Lothaire, dans ce cas, eût fait appel à la police.

– Depuis quand un voleur se plaint-il d'être volé ? Il dut s'imaginer que Lord lui avait repris les timbres pour les rendre à Mme Gritte... et je parierais qu'il l'a finalement épousée dans l'espoir de les ravoir !

Tandis que Paula parlait, j'étais en proie à une sorte de vertige. Avoir vécu tant d'années aux côtés du *boss* et avoir tout ignoré ! En même temps, je commençais à me faire une idée assez exacte de la mentalité de Silas Lord. Sûrement, il était moins intéressé qu'ambitieux. En dépit de ce que pensait Paula, il avait dû, enfant, se promettre d'atteindre à la célébrité, de devenir « le premier détective du monde ». Hélas ! il n'y a pas de grand détective sans affaires à sensation... Alors, *il se servait lui-même !*

– Mais, dis-je soudain, sachant tout cela, comment se fait-il que vous ne nous ayez pas quittés ?

Une vive rougeur monta aux joues de Paula :

– Je n'ai appris à connaître Silas Lord que peu à peu, répondit-elle avec embarras. Après tout, il s'est toujours contenté de voler. Et... Et il détenait un tel pouvoir de séduction !

La nuit était tombée depuis un moment, mais nous ne pensions, ni l'un ni l'autre, à allumer les lampes.

– Si je comprends bien, dis-je encore, Formichi, Gertner et consorts n'ont jamais été réellement en danger ?

– Naturellement, non ! Le *boss* n'en persuada ses juges que pour les décider à le relâcher pendant vingt-quatre heures... Voyez-vous, il ne laissait rien au hasard et, avant même de se rendre à « La Halte », avait pris toutes ses précautions au cas où la perspicacité de Taurochs le mettrait en échec.

– Il semble que Roberte ait été sa complice...

Un débat violent se livra chez Paula.

– Non, je ne pense pas ! répondit-elle à contrecœur. Par contre, elle était femme à fermer les yeux et à laisser faire. La meilleure preuve en est que Silas Lord l'a décidée à fuir avec lui.

– Je ne m'explique toujours pas de quelle manière Carolus Gertner et E.-B. Mars ont été empoisonnés...

– Le plus bêtement du monde ! Dans les deux cas, la victime avait achevé de digérer son dernier repas quand elle ressentit les effets du poison. On a également fait la preuve que celui-ci n'avait pu leur être injecté. Alors ?

J'eus l'impression de me retrouver en présence du *boss* quand il me posait une colle.

– Alors, triomphai-je, les deux hommes n'ont pu être empoisonnés que par contact !

J'avais déjà eu souvent cette idée. À peine l'eus-je formulée, cependant, qu'elle me parut beaucoup moins bonne :

– Et encore, non, c'est impossible ! Tous les objets dont ils se servaient habituellement furent reconnus inoffensifs.

– Supposez qu'on leur ait fait parvenir par la poste celui qui servit de véhicule au poison…

– Absurde ! La police n'aurait pas manqué de l'examiner aussi…

– Sans doute ! À moins qu'il ne s'agît d'une chose trop banale pour éveiller la méfiance.

– En pareille occurrence, *tout* paraît suspect !

– Croyez-vous ?

Paula prit son courage à deux mains :

– Différentes allusions de Silas Lord m'ont permis de découvrir la vérité. La voici en deux mots… Carolus Gertner et E.-B. Mars ont failli mourir *pour avoir répondu à une lettre…*

– Une lettre ?

– Une simple lettre publicitaire *contenant un timbre pour la réponse.*

Je demeurai sans voix.

– *Réponse payée !* reprit Paula. Connaissez-vous moyen plus discret et plus sûr de se débarrasser de son prochain ? À peine l'expéditeur a-t-il léché le timbre bénévolement envoyé que le poison dont il est enduit commence à faire son office. Ni vu, ni connu ! Le coupable peut être à cent lieues de là, naviguant en plein océan ou se morfondant dans un cachot. Heureusement que Silas Lord a eu soin d'user d'une dose trop faible pour provoquer la mort et que deux financiers, seulement, ont pris la peine de lui répondre.

– Quoi ! Il a écrit aux six autres aussi ?

– Il y était obligé, étant donné que les textes publicitaires prennent généralement le chemin du panier à papier. Et c'est, en fin de compte, *le seul hasard qui a choisi ses victimes !*

– Mais, balbutiai-je, dans son dernier message à M. Milhomme, le *boss* a certifié n'avoir aucun complice !

– Parce qu'il désirait nous mettre à couvert. Il a cependant fallu que quelqu'un expédiât les lettres pour lui. Il y en avait une pile toute préparée dans le premier tiroir de droite de son bureau.

– Vous n'avez pas une seule fois rendu visite à Silas Lord pendant son incarcération, dis-je. Qui donc s'en serait chargé ?

– *Mais vous,* mon chéri ! répondit placidement Paula.

Huit mois ont passé depuis cette conversation. Pendant longtemps, j'ai détesté Silas Lord autant que je l'avais aimé. Maintenant, je ne puis m'empêcher – tant il est vrai qu'on est toujours la dupe de son cœur – de resonger à lui avec indulgence.

Je n'oublie pas qu'il m'a dit un jour :

– Bah ! Je reviendrai. Je finis toujours par revenir. Quand vous vous y attendrez le moins, vous m'entendrez frapper à votre porte... Comme ça !

Aussi, chaque fois qu'un pas hésite sur le palier, j'écoute, le cœur battant... Si c'était lui ?

Ma femme écoute tout comme moi, sans en avoir l'air. Puis elle va, vient, déplace des objets avec bruit, et j'évite de la questionner. Pour un rien, elle me dirait des sottises.

Bruxelles, septembre 1936-décembre 37.

IMPRIMÉ EN FRANCE PAR BRODARD ET TAUPIN
La Flèche (Sarthe).
Imp. : 33499 – Edit. : 67792 - 12/2005
ISBN : 2- 7024 - 3359 - 6
Édition : 01